《别让时光带走了记忆——讲好永新故事》编撰委员会

主　　任：郑军平　古秋云

副主任：杨小成　范晓鸣　饶　星　周家龙

编　　委：刘晓翔　贺小哲　周建文　贺爱梅　尹新华
　　　　　彭　龙　陈莉君

《别让时光带走了记忆——讲好永新故事》编辑部

主　　编：刘晓翔

副主编：吴　谷　陈莉君

统　　稿：吴　谷

撰　　稿：伍　科　江河水　曾绯龙　龙　溪　龙抗病　尹兴华
　　　　　肖喜生　吴一为　李梦星　尹火发　刘家强　史曙明
　　　　　颜　梅　谭回昌　左招祥　刘素琴　龙衍庆　刘柏荣
　　　　　眭传厚　李　前　尹纬斌　刘相才　贺秀文　刘志宏
　　　　　晨　晨　贺香心　龙　飞　谭家庆　胡隆正　刘　动
　　　　　周明灿

别让时光带走了记忆

—— 讲好永新故事

中共永新县委员会
永新县人民政府 编

图书在版编目（CIP）数据

别让时光带走了记忆：讲好永新故事 / 中共永新县委员会，永新县人民政府编. -- 南昌：江西人民出版社，2024.7. -- ISBN 978-7-210-15605-5

Ⅰ. I217.1

中国国家版本馆 CIP 数据核字第 20240FQ355 号

别让时光带走了记忆：讲好永新故事　　中共永新县委员会　编
BIE RANG SHIGUANG DAIZOU LE JIYI: JIANGHAO YONGXIN GUSHI　　永新县人民政府

策　　　划：黄心刚
责 任 编 辑：郭　锐　魏如祥
封 面 设 计：同昇文化传媒

出版发行

地　　　址：江西省南昌市三经路 47 号附 1 号（邮编：330006）
网　　　址：www.jxpph.com
电 子 信 箱：jxpph@tom.com
编辑部电话：0791-86893801
发行部电话：0791-86898801
承　印　厂：南昌市红星印刷有限公司
经　　　销：各地新华书店

开　　　本：787 毫米 ×1092 毫米　1/16
印　　　张：18
字　　　数：280 千字
版　　　次：2024 年 7 月第 1 版
印　　　次：2024 年 7 月第 1 次印刷
书　　　号：ISBN 978-7-210-15605-5
定　　　价：128.00 元
赣版权登字 -01-2024-320

版权所有　侵权必究
赣人版图书凡属印刷、装订错误，请随时与江西人民出版社联系调换。
服务电话：0791-86898820

序

"人事有代谢,往来成古今。"

有了过往,便有了历史;有了历史,便有故事的流传。就像一个人回忆过去,总有那么几笔坎坷和精彩,同样,一个地方回顾历史,也总有那么几页难以忘却的苦难与辉煌。这些无法替代而刻入生命、嵌进历史的经历,在岁月的长河中,总会泛起一抹夺目的色彩,后人或负鼓作场,或凭吊以文——一如在永新,或呈以"和子一曲动天下"(唐代许和子故事)的传说,或发出"忠义于人大矣哉"(贺贻孙《忠义潭记》)的感慨。

永新,史载东汉建安九年(204)置县,早在西周就有先民在境内居住,县西文竹至今还有渚形村落遗址的留存。这一路走来,历经了遥远的路程,也积淀了厚重的人文,定然会演绎出许多动人的故事。永新,地处湘赣边界,俗称吴头楚尾,文化的碰撞,民风的濡染，因之而成独有的地域特色，姚崇、颜真卿、牛僧孺、黄庭坚、解缙等历代政治文化名人曾游历其间，无疑留下了不少文化铭踪；永新，绽放着以盾牌舞、永新小鼓为代表的一大批民间艺术奇葩，势必烙下了无数饱含酸甜苦辣的民间记忆；永新，位于罗霄山脉中段，"七山一水分半田"，拥有碧波崖、高士山、阿育塔等奇观异景，明代徐霞客曾在这片山水间流连忘返，留下大篇幅文字的游记，如此美丽的"画卷"中，定会蕴藏着不尽的神话传说；永新，一块红色的热土，是三湾改编、龙源口大捷的发生地，还是井冈山革命根据地的重要组成部分、湘赣革命根据地的中心、长征先遣队红六军团的始发地、南方三年游击战的坚守地、全国著名的将军县，"长征逾万参加者，烈士八千磊落才"，在那些红动永新、波澜壮阔的日子里，又怎能不镌刻下一个个红色传奇……这些林林总总，仿如万涓归海，在这块2195平方千米的土地上，汇就了一部大书，承载着永新千百年来的发展历程，焕发着永新永世不竭的精神之光。它让每个永新人都难以忘怀、铭记于心，也让每个关注、热爱永新的人情有所致、感同身受。

"舞榭歌台"，虽说"风流总被雨打风吹去"，但"斜

序

阳草树"，总会"春来还发旧时花"的。有道是，"有灯的地方，就有人"——薪火相传，才能心灯不灭。文化就得一代一代传承下去，故事就得一辈一辈讲述开来。所谓的传承和讲述，不能只是靠口口相传以求生生不息，而是要靠文字的记录，以填补或缺。余秋雨在《中国文脉》中写道："文脉的原始材料，是文字。"没有文字和记录，历史有可能留下不少空白，换句话说，当时光流逝，文字才是最好的记忆。因此，我们将永新故事精选整理成书，不求探赜索隐，钩沉致远，但求追寻前尘，守住过往，一如这本书的书名所祈愿的——别让时光带走了记忆。

没有记忆，对于一个地方来说，就像无源之水，无本之木，是没有生命力的。毋庸置疑，记忆是有力量的。记忆不单单是停留在时间里的影子，它也活生生地随形于现实当下，可鞭策未来。就像永新的记忆，会不时告诫我们：我们的骨子里，有"忠勇信义"的气节；我们的血脉中，有红色基因的赓续。我们不能辜负这片红色热地，更不能辜负千秋万代的文化传承。

"今美于昨，明日复胜于今。"时代是发展的，正如永新县名的来历："苟日新，日日新，又日新。"我们无法复制前辈的事迹，我们也无须刻意去复制，但我们可以通过阅读永新故事来领略永新风采，从中汲取力量，激发动能，从而在这个百舸争流、万马奔腾的时代，展现新的时代魅力，踏上新的永新征程。正值吉安市旅发大会在永新召开之际，永新的本土作家通过挖掘搜集、认真遴选、精心编写，适时推出《别让时光带走了记忆——讲好永新故事》这本书，文字朴实无华，内容丰富多彩：有古韵溯源，有故址循迹，有红色记忆，有民俗风情。捧读时，感受到的就如书中所言——永新是部典、是面旗、是首歌、是扇窗……

"百年草木新雨露"，新时代的永新，在中国共产党的带领下，正朝着以中国式现代化全面推进中华民族伟大复兴的目标昂首阔步；新时代的永新，正在描绘一幅前所未有的瑰丽画卷。我们坚信，永新的明天会更好！

是为序。

编者
2024年5月

目录 contents

001 永新是部典

"苟日新，日日新，又日新"
　　——永新县名的由来 …………… 002
忠义潭 …………………………… 003
八砖千古 ………………………… 005
义　井 …………………………… 006
大唐歌飞许和子 ………………… 009
官袍挂树的宰相刘沆 …………… 013
甘贫守节贺贻孙 ………………… 019
布衣哲人颜山农 ………………… 021
女诗人贺桂 ……………………… 026
翰林学士刘定之 ………………… 029
"狮子林"开山祖师惟则 ………… 032
龙文彬拜师 ……………………… 036
"强项令"贺康载 ………………… 038
铁马秋风 ………………………… 041
秋雨梧桐 ………………………… 045
"黎青天"清廉爱民 ……………… 048

055
永新是面旗

三湾枫叶红 …………… 056
龙源口大捷 …………… 065
永新困敌 …………… 072
草市坳战斗 …………… 075
塘边村分田 …………… 079
秋溪乡党支部 …………… 082
割据九陇山 …………… 084
誓 旗 …………… 087
湘赣省委所在地——永新 …………… 089
贺氏三兄妹 …………… 096
开国将军王恩茂 …………… 119
张国华巧取衡阳城 …………… 124
一身正气的刘俊秀 …………… 125
"一只摧不垮的老虎" …………… 128
硝烟"三八"线 …………… 132

137
永新是首歌

永新盾牌舞与盾牌魂 …………… 138
全国书法之乡 …………… 140
永新三角班 …………… 149
永新"子和调"与山歌之乡 …………… 151
永新血性——庄堂习武 …………… 157
梅田洞的传说 …………… 159

目 录

碧波崖的传说 …………………… 161

高士山 …………………………… 162

禾 山 …………………………… 167

尚山庵 …………………………… 170

阿育塔 …………………………… 172

武功坛 …………………………… 174

三相台 …………………………… 176

茅 塔 …………………………… 177

解元坊——南门老街苏家巷的故事 …… 179

南华山传奇 ……………………… 181

栖凤塔 …………………………… 184

狮 山 …………………………… 185

婆婆坳 …………………………… 186

三元祠的故事 …………………… 187

孝义感天传"四珍" ……………… 190

习溪桥：永新夏阳一个家族的传奇……… 192

永新是扇窗

书刊媒体中的永新

永新说舞 ………………………… 196

永新听鼓 ………………………… 204

写得"宝朵"出庐陵
　　——蝉联全国"群星奖"的宝朵系列
　　　　诞生记 ………………… 210

以马为媒，寻善洲塘 …………… 217

韵 律 …………………………… 223

"歌乡"情歌 …………………………… 228
烟的重量 ……………………………… 233
那寺，那座名叫"报恩"的寺 ………… 236
院下那抹红 …………………………… 239

名人文章中的永新

湘赣边界的一颗明珠 ………………… 247
永新风骨 ……………………………… 251
永新的忠 ……………………………… 255
井冈山下歌正飞 ……………………… 261
永新女子好颜色 ……………………… 263

名人诗歌中的永新

题吉州龙溪 …………………………… 266
送萧尚书致仕归庐陵 ………………… 266
登白云凌霄峰 ………………………… 267
挽刘沆 ………………………………… 267
刘丞相挽词二首 ……………………… 268
丁巳宿宝石寺 ………………………… 268
四美堂 ………………………………… 269
送永新杜宰解印还朝探梅 …………… 269
永新县春风亭 ………………………… 270
山中载酒用萧敬夫韵赋江涨 ………… 270
永新城东 ……………………………… 271
和赵子昂吊岳武穆墓诗 ……………… 271
龙源口大捷 …………………………… 272
宿永新 ………………………………… 272

273

后　记

永新是部典

　　永新是部典,是一部有1800多年厚重历史的典籍。

　　典籍中,有赴潭殉国的三千义士,有血染八砖的烈妇赵清媛,有为民挂袍的宰相刘沆,有"一曲动天下"的歌妃许和子,有刚正不阿的布衣哲人颜山农,有拒荐逃名的文学家贺贻孙,有爱民如子的县令黎士弘,有普渡众生的诗僧惟则,有不惧奸邪的尹台,有诚信守义石桥汤氏家族……

　　永新人的性情,永新人的气节,永新人的风骨,铸就了永新人的忠、勇、信、义这部大典。

　　永新是部典,它记录过去,鞭策现在,更昭示未来!

"苟日新，日日新，又日新"

——永新县名的由来

永新地处赣西，毗邻湘东，古称吴头楚尾。

春秋战国时期，永新地域先属吴国，后属越国，再后属楚国。境内先民居住的历史颇为悠久，县西文竹有西周时期的渚形村落遗址，这是县内已知最早的先民遗址。世事沧桑，风雨淘洗，亘古不变的是先民奋斗的轨迹。自春秋后期至两汉，先民在境内繁衍生息，分布范围相当广泛，县西沙市与澧田交界地带，有春秋时期的高洲村落遗址，在默默诉说着沉甸甸的历史。

秦灭楚后，永新属九江郡。汉王刘邦元年（前206），项羽立英布为九江王，属九江国。汉王刘邦四年（前203），改九江国为淮南国，统辖豫章等4郡，永新地属之。其后，增庐陵县，永新地属庐陵，仍隶淮南国豫章郡。汉高帝十二年（前195），封刘濞为吴王，豫章郡庐陵县属吴王国。汉景帝三年（前154），削吴王国之豫章等地直属朝廷。东汉建安四年（199），孙策析扬州豫章郡分设庐陵郡，下置西昌（今泰和）县，永新地属西昌。

东汉建安八年（203）秋，孙权命周瑜率领大军平定庐陵"山越"（即匪患），长驱直入至今永新地域。

周瑜的军队纪律严明，秋毫无犯，深得当地百姓拥戴。时值仲秋，天气转凉，蚊虫肆虐，将士们常年征战，精疲力尽，又缺少物资，长期露天宿营，许多将士因此染上疾病。听闻此事，南城尹姓族长当即动员族人倾尽所有搭设军帐木棚，令周瑜深受感动。

不久，山洪暴发，冲毁百姓的田地与家园。又是南城尹姓族长一声号令，召集上千人，与周瑜的部队一起，同舟共济，抗洪抢险，修建了一条长达数里的坚固长堤。

周瑜感慨道："这里的子民真是万众一心，团结友善，不屈不挠！"遂将这里发生的事情报告孙权。

孙权认为，民齐者强，此地民众笃善心齐，且能改天换地，正如《礼记·大学》里所云："苟日新，日日新，又日新。"故下令在此建县，赐名"永新"，县城设在城西40里的高州，当时县境比如今广阔。

"永新"，即"永远除旧布新"，日日新，月月新，永远创新，永久崭新之意。

永新在东汉建安九年（204）建县，距今已有1800多年历史。隋开皇十一年（591），废县；唐显庆二年（657），重新置县，县治改设在今禾川镇；元元贞元年（1295），升为州；明洪武二年（1369），改州为县，至今未变。

忠义潭

忠义潭距永新县城约三公里，位于今袍陂水区，明万历《永新县志》载：元寇突破城邑，八姓勤王，弗克。三千壮士相继赴潭水死，故名。时人为之语曰："苍苍义山，汤汤义潭，是兴烈士，义胆忠肝。"为纪念这一惊天动地的抗元事件，明代文学家贺贻孙著有《忠义潭记》，并凿刻全文于潭对面巨崖之上，清代文人都写有诗文以颂之，该诗文均收入"忠义祠"内。

出永新县城西门，沿着宽阔平坦的319国道，步行十几分钟就可见一排挺拔俊秀的山岭，它横卧于禾水河一侧，其势如钢筋铁骨。在这排山岭中有三条深深沉入山腹且笔直而下禾水河的槽，槽下的禾河水幽蓝碧绿，深不见底。禾河水到了这里变得温柔缓慢，失去了它的气势和雄姿。因为，在这里安眠了三千抗元壮士。这里是三千壮士的家，水也通人性，都不愿去打搅壮士们的爱国梦。

这个故事发生在南宋末年。当时元兵长驱直入，直捣南宋国土。南宋朝廷政治腐败，连连败北。朝中大臣主战的少，主和的多。唯文天祥率领义兵殊死抵抗，最终陷入孤军作战的困境。文天祥临危受命，出使元营谈判，元军却将文天祥扣留不放。文天祥的妹夫、永新知县的彭震龙听闻消息后悲愤交加，当即赶回永新联络刘、颜、张、段、吴、龙、左、谭八姓豪杰组成义军，揭竿而起。义军爱国志壮，一时声势浩大，一举收复了永新县城。元朝廷派大队兵马进攻永新。由于元兵来势凶猛又粮草充足，加之南宋将领邑人刘槃贪生怕死，向元军投降，并主动请缨带兵攻打永新县城。彭震龙等义士等不到援军，奋战数日后，县城终被元军攻陷。余部且战且退，最后被元兵围困在离县城约两公里的皂隆山至陂下渡口的峡谷中。三千壮士站在高高的皂隆山上，前后左右都有元兵围守，唯山下有一深潭，碧绿深邃。眼看突围无望，壮士们"又不欲以颈血染敌刀"。于是，个个身绑巨石，从山上分三路滚入潭中。他们从山上滚入潭中的三条道路，此后千百年都不长草木。"正气几字留宇宙，匹夫亦自织纲常"。其悲壮惨烈，实为惊天地，泣鬼神。

后人为纪念三千壮士的爱国气节，将皂隆山隔江相望的山岭命名为"幡竿岭"，不仅在壮士殉难处竖起了一杆铁柱，上书"忠义潭"三个大字，还在幡竿岭的巨崖上凿刻了"忠义潭"三个大字和贺贻孙所著《忠义潭记》的全文。与此同时，在皂隆山下的陂下村修建起了忠义祠。

三千壮士为国捐躯集体沉潭的壮举，将永垂青史，为后人所深深铭记。

八砖千古

八砖亭建于1505年，位于谭烈妇祠后方，同年，皇帝诏赐"贞烈祠"匾额一块，并重修八砖亭，当时的县令书写了"八砖千古"嵌于亭中碑石内，此后许多名家对此都有记载。明末清初文学家贺贻孙著有《谭烈妇八砖记》。明初小说家李昌祺所著《剪灯新话·月夜弹琴记》以神话小说出现，对谭烈妇殉难完节予以歌颂。明文学家邹守益、礼部尚书尹台等也为谭烈妇撰文作诗歌颂和吊念。

这是一个悲壮而惨烈的故事。

刘槃降元后，带领元兵攻破了永新县城。元兵进城后奸淫掳掠，无恶不作。谭妇赵氏听到破城的消息后，立即抱着3岁的儿子随公婆和丈夫藏入城中学宫内。不久，元兵冲进学宫，发现了赵氏几人，凶残地杀死了她的公婆和丈夫。并欲侵犯她。赵氏不从，破口大骂并奋力抗斗。元兵大怒，残忍杀害了赵氏母子。鲜血流淌，浸染了学宫八块地砖，血迹如妇人怀抱婴儿形状。这壮烈的一幕，被躲在学宫梁上的一个屠夫看得一清二楚。不久以后，有官员拜谒学宫，看见血砖，命人用清水洗涤，血迹未褪去；用砂石擦磨砖面，少顷又复原色；用猛火煅烧，血迹反而更加鲜艳夺目。后来，到了明朝，学宫地砖因为年岁久远而损坏，有知县便命人用泥土和石灰铺饰地面，铺了整整三寸厚，可没多久血迹又像以前一样渗透出来。到了清代顺治时期，知县王登录又命人铺饰地面，加的泥土和石灰比过去的还厚数倍，但血迹依旧渗透出来。

出自永新西乡厚田村明末清初文学家贺贻孙被家乡赵氏的刚烈所震撼,他奋笔疾书,写下了《谭烈妇八砖记》,赞扬了赵氏的节烈,同时抨击了乱臣贼子卖国求荣的丑恶行径。

《谭烈妇八砖记》中有这样一段:

……时已阅三朝四百余年矣。余乃睹八砖而忾然叹曰:方元兵之下江南也,驭骕腾云,旌麾蔽日,雷轰电扫,海沸山摇,岂非一时盖世之雄哉?然何以力足以斩炎宋磐石之宗,而不足以折闺阁芳烈之气;势足以遏钱塘滔天之潮,而不足以灭升斗溅地之血;……则是江南已亡,豪杰已死,而赵氏之心独不死也。……独此八砖,敦敦班班,辉耀学宫,千秋万世,传之无穷……

义 井

在永新县城西大街老城区有一口深6米、井口直径1.7米的深水井,从南宋末年以后,人们称为"义井",距今已有近千年历史。井内之水清凉可口,是原县城居民最大的供水地。人们这样热爱义井,因它水质好,更因其所蕴含的"义"深入人心。

现今的繁荣街,早在宋朝,可是永新最繁华的街道,衙门设在那里,学宫建在那里,集市也落在那里,街上行人熙熙攘攘,可以说是永新的政治、经济、文化中心。

街心有一口砖石砌成的圆井,井上有一个精致小巧的井亭,井亭下每天都有络绎不绝的街坊居民前来打水。井水千百年来一直清澈甘美,用来泡茶，色味俱佳；用来酿酒，芳香扑鼻。这口井最早叫什么名字已经没有人知道了，只是南宋末年以后，因为一个感人至深的故事，从此它便拥有了新名字——义井。

一二七七年七月，禾水哭泣，鸟儿哀鸣……

在南宋叛将刘槃的带领下，气势汹汹的元军攻陷了永新县城，大肆掠夺与杀戮。一大半的居民死在了他们的刀下，剩下的也都惶恐不安。

在城内那条繁华的街道，也就是现在的繁荣街，学宫旁边一间民房里，"水窗先生"刘友益已经被困在那里好些天了。这家的主人和他是好友，为避兵祸，出城到乡下去，在城外被元兵杀了。

刘友益一直隐居在县城西门外三里塘，静心读书，致力于完成那部《资治通鉴纲目书法》。前些日子，因为小儿子突发重病，他和妻子便带孩子进城就医，不料元兵攻城，把县城团团围住，就被困在城里了。他早就听说元兵的凶残，眼看元兵就要来了——怎么办？妻子和孩子都很慌乱，一时让他不知如何是好。突然一个念头闪过：把妻儿藏入后院的地窖，那里不容易被人发现，然后自己再冲出去引开元兵，这样或许比较妥当。就在藏好的时候，元兵已经来到街口的井旁，眼看就要进屋了，刘友益迅速冲出房门，往大街上跑去。元兵瞧见了，飞快地追了过来，这一带的小巷小弄，刘友益还是比较熟悉的。他东转西转了几个巷口，便躲在了一个隐蔽的角落，元兵找了很久也没有找到。直到黄昏临近，天色渐渐灰暗下来，刘友益才小心地走出来，往住地跑去……

跑到街口，只见一个高大魁梧的元兵，腰挎一把弯弯的战刀，正站在井亭旁。刘友益见一时难以脱身，便停下脚步，凛然站立。元兵拔出雪亮的战刀，指着"水窗先生"，厉声叫他跪下。刘友益一脸的瞧不起，想自己饱读诗书，一腔热血，怎能这样丧失气节呢？因此，他仰天长叹一声，说道："可恨河山破碎，我刘友益一介书生无能为力。要不，也可跟着彭震龙将军，血溅沙场！现今你杀我，倒了结了我的心愿……"

元兵当下一惊,喝道:"难道你当真不怕死!"便挥刀砍向刘友益。刘友益面不改色、屹然不动。元兵虽然历经多年征战,也没有看过这样临危不惧的人,不禁心头陡然一颤,肃然起敬。

"连年兵荒马乱,百姓遭殃,你们还这样赶尽杀绝,良心在哪里?天理在哪里?"刘友益血染长衫,傲立在傍晚的秋风中,义正词严,句句掷地有声。原来这个元兵在包围县城期间,听说了"水窗先生"的大名。他倒退了几步,说:"自古慷慨捐躯易,从容就义难,看来你真是'水窗先生'了,果真不负你的道德文章声名。"元兵躬身拜过。"既然你也是个明白道义的人,那你为何还不放下屠刀赶紧回到你们的草原去?难道你不爱你们的草原吗?难道你不想你的亲人吗?难道你还要一错再错吗?"刘友益慷慨激昂。"其实我早已厌倦了这种四处征战的生活。我好想回到我的家乡去啊!"元兵顿时脸露凄然。"是啊,家是一个多么温馨的地方啊!谁愿意背井离乡呢?我知道这一切都是可恶的统治者的罪过,你也是被逼的。"刘友益脸色缓和了许多。元兵哀泣不语。"你家里还有哪些亲人啊?"刘友益亲切地问道。"除了年事已高的父母之外,还有一个尚未成年的妹妹……也不知道他们现在过得怎样。"元兵哭得更厉害了。"可怜的孩子啊!也不知我的妻儿现在是死是活啊?"刘友益仰天长叹。元兵号啕大哭起来,之后突然挥手道:"你这么有情有义真是世间少见啊,连你都杀的话,那我还算人吗?你赶紧走吧。"刘友益一惊,忽地感激起来,正要作揖告别,突然瞥见一队元兵出现在不远处的巷口。那个元兵一见急了,为了不让自己的同伴发现,他赶紧脱下衣服,披在刘友益身上,并把头盔扣在他的头上,然后自己纵身跳入身边的井里。那队元兵本想过来,但一看以为"水窗先生"是自己人,便走了。刘友益赶紧趴在井边,大声呼叫,可井里却没有一丝回音。

元军撤出城后,刘友益请人把跳井自尽的元兵捞上来厚葬。伤好以后的刘友益为纪念这位元兵,写下了"义井"二字,镌刻成匾,悬挂在井亭上。

义井的故事就这样世代相传了下来……

大唐歌飞许和子

许和子,又名子和,生于唐开元十二年(724),原是吉州永新(今江西吉安永新县)的乐家女,其家世代都是乐工。唐开元二十九年(741)被选入宫廷当歌妓,以籍贯"永新"为艺名。不久她便作为最高级女艺人入选宜春院。《康熙辞典》《永乐大典》对她都有记载。

唐开元年间,江南西道吉州永新县城东有个观音村,村内有家姓许的乐户。许乐工会吹奏各种管乐器,声情并茂,方圆几十里的红白大事,无不登门相请。

许乐工有两个女儿,长女出嫁后,膝下剩次女许和子,十分聪慧。姐姐出嫁后,母亲患病卧床,父亲时常外出吹乐赚钱,许和子不仅对父母非常孝顺,而且把家中里外拾掇得井井有条,甚为父母珍爱和众邻敬慕。

和子长到16岁时,长得如花似玉,身材苗条,妩媚动人,真是冰雪不足以喻其洁,牡丹不足以比其艳。和子不仅貌美,而且有一副赛过黄莺的"金嗓子"。每逢皓月当空,她便随着父亲的笛声尽情地歌唱,唱男耕女织的田园之乐,唱夫恩妻爱的农家之情,唱山清水秀的绚丽风光……她的歌声圆润婉转,特别是家乡的民歌小曲,更是唱得清脆嘹亮,高亢悠扬,缠绵深情。乡亲们都非常喜爱,只要一听到她在歌唱,一天的劳累全随她的歌声而消失殆尽。

谁料好景不长，唐玄宗李隆基在开元前期尚能励精图治，到了后期则沉湎于歌舞声色。当时在国都长安禁苑中有一梨园，他选了三百名乐工到梨园演奏，并下诏广选天下美女进宫。许和子被宫廷选中，和子因与父母即将分离而悲痛欲绝，乡亲们为再也听不到和子的歌声而叹息落泪。乡民深知，民间女子被选入宫，就像装进一口活棺材，牛郎织女还能在七夕相会，而进了宫则再也难见亲人一面，再也难享人间天伦之乐了。和子想到母亲抱病在床，父母今后无人奉养，乡亲们的欢颜笑语，清澈见底的禾水河、高耸入云的秋山……从此，这将成为逝去的往事，她柔肠寸断，以泪洗面。可是，皇命难违，许和子只得强忍悲痛，泣别父母和乡亲，踏上入宫的路程。

入宫后，许和子被编入宜春院。宜春院在皇城东隅，三面临水，一面靠山，绿柳红墙，曲径通幽，梨园子弟聚集于此，每日雅乐盈耳，供皇亲国戚、达官显贵娱乐消遣，以博一笑。许和子的歌喉在宫中可谓是首屈一指，她能将江南的民歌小曲融于古曲调的旋律，变古调为新声，宜春院八百名歌妓皆黯然失色。时人认为"韩娥、李延年殁后千余载旷无其人，至永新始继"。

在一个秋高气爽之夜，月明星稀，楼阁宫殿都沉浸在万籁俱寂之中，许和子那婉转的歌声飘出了宜春院，飞向广袤的原野。歌声惊动了玄宗，命宦官高力士宣许和子进宫。许和子月夜被宣入宫，心头扑腾不止，不知凶吉如何，喜忧参半，双颊泛红，似同初绽的桃花倍显妩媚，把玄宗的目光一下就给吸引了。许久才听见玄宗问话："适才是爱卿在唱歌吗？"玄宗笑着问道。

"奴婢该死。"和子小心谨慎地回答。

"唱得好呀！唱得好！朕不知爱卿歌喉如此美妙。爱卿叫什么名字呀？祖籍何处？"

"奴婢姓许名和子，家住江南西道吉州永新县。"

"永新县能出这样的歌才，直乃人杰地灵之邦。许爱卿，现召笛圣李谟在此为你伴奏，请为朕再来一曲如何？"

"奴婢遵命。"说完，许和子举步扬袂，喉转一声，响传九陌。当许和子唱完一曲时，李谟的笛管竟吹得爆裂开来，真是曲高难和。玄宗大悦道："朕今赐你名曰永新，卿可中意呀？"

"谢万岁隆恩！"和子激动地叩首于地，拜谢皇恩。

又是一年春回大地。国都长安，春花烂漫，杨柳依依，风和日丽，明皇龙兴大发，降旨在勤政楼举行盛会，表演歌舞百戏，除了皇亲国戚、文武官员之外，还宣旨允许百姓同乐。百姓闻之，无不雀跃前往。是时，大批百姓涌入长安，熙熙攘攘，人声鼎沸，秩序非常混乱，连宫廷的乐队演奏都难以听见，尽管值日官和宫内太监多次于楼前大声呵责肃静，嗓子都喊哑了，仍无济于事。赴宴的文臣武将一筹莫展。玄宗十分恼怒，竟想罢宴。这时高力士担心就这样不欢而散有扫皇上雅兴，连忙跪下启奏："启禀万岁，大声喧哗不止，百戏无法表演，依臣之见，请万岁宣旨召宜春院永新娘子上楼演唱，高歌一曲，保管百姓肃静聆听，喧哗可止。"玄宗点头应允："宣永新娘子上楼歌唱。"

许和子接旨后，来到勤政楼，拜过玄宗和皇后，然后轻舒广袖，慢移莲步，飘飘然如天仙般从容登上楼台。歌声一起，如鸟鸣山涧，高亢嘹亮，清脆悠扬。少顷，勤政楼前宛若无人。和子姑娘久居深宫禁苑，虽然每日雅乐盈耳，点缀升平，但是她时时刻刻无不以家乡亲人为念，她日夜向往着家乡男耕女织、夫妻恩爱、尊老护幼的生活。今逢良辰，许和子犹如脱网之鱼、出笼之鸟，能为四方汇集的百姓歌唱，她心情异常激动，也许听众中有从家乡远道而来的亲人于此一会，这是多么的难得，和子把全部的情感倾注于自己的歌声当中。

和子在未开口唱歌之前，尽管有些惊险杂技，能吸引观众，但当表演结束，又是喧哗不止。当和子歌声一起，观众被深深地吸引，台下顿时鸦雀无声。和子唱到悠扬处，听众个个入迷，如醉如痴；唱到激昂时，人人热血沸腾，喜笑颜开；唱到忧伤处，听众悲痛欲绝，一片抽泣之声……和子唱完，沉醉的观众好半天才从余音缭绕的歌声中醒悟过来。顿时，掌声雷动似暴雨倾泻，如浪涛奔腾。玄宗见状，龙颜大悦，高声连赞："此女歌值千金，歌值千金啊！"

天宝十四载（755），安史之乱爆发，一时兵荒马乱，六宫星散，宜春院的宫女艺人也都流落四方。和子嫁给了一位读书人，她与丈夫也汇入逃难的人流。

在逃难中，和子隐姓埋名，为了不使人们认出自己，也希望能摆脱寂寞痛苦的宫廷生活，易名子和。她目睹了百姓妻离子散、家破人亡，时以歌声来抒发心中的忧愁，歌声之凄怨，无不令人触景生情，泪水纵横。她期盼世间男耕女织，安居乐业，又时以悠扬欢快的曲调来表达对天伦之乐的向往。和子的歌声在民间广为流传，人们把她的歌声称为"子和调"。

一日月夜，在广陵避难的韦青将军踏着月色，信步来到河边，眺望洒金泼银的江水。忽然从一只停泊于河中的小舟上传来悠扬的《水调曲》。"哎呀！这不是永新娘子在唱歌吗！"韦青惊叫一声，连忙登上一条小船，飞棹靠拢小舟，果然发现和子姑娘在舱内。韦青将军与许和子在京师相识，他非常同情和子的不幸遭遇，今夜同是沦落之人，触景伤怀，潸然泪下。那夜正值风静月明，悠扬哀婉的歌声让人们知道许和子逃难来到了广陵。

和子姑娘的丈夫本是一位文弱文生，禁不住颠簸劳累，来到广陵后不到两月就病逝了。和子悲恸万分，为生活所迫，葬夫后随养母返回长安，卖唱为生，在风尘中苟延岁月。

官袍挂树的宰相刘沆

刘沆（995—1060），字冲之，江西永新人，北宋天圣八年（1030）科举殿试一甲进士第二，称为榜眼，这一科共取进士249人。刘沆在古庐陵历史上创造了两个之"最"：是古庐陵第一个在科举考试中进入前三名的进士，比峡江何昌言考取状元早了67年；是庐陵历史上第一位宰相（另有南唐的宋齐丘也任过宰相，但属割据的小朝廷），比第二位宰相周必大早100多年。

刘沆有着庐陵先贤忠正刚直的品格，注重保持高尚的节操。他在舒州、衡州、江宁、潭州、洪州、开封等地做过知府、知州等地方官员，处理了许多积年老案，平反了不少冤狱，深受百姓拥戴。他在衡州任知州时，解决了一桩拖了近20年的田地争夺案。是说当地有一尹氏，仗着自己是大家族，常巧取豪夺，欺负势单力薄的乡亲。尹氏有一邻居，有良田数十亩，家中只有一老翁带幼子靠耕种和出租田地为生。尹氏想买下这块良田，可老翁不答应，说这是祖业，要留给子孙。尹氏待老翁病死后，便伪造田契，说老翁在世时已将田地卖给他了。幼子靠亲友抚养长大后，向官府告状，说尹氏欺负自己年幼，强占良田，伪造田契。尹氏用金钱疏通官府的关系，官府以有田契为由不受理。老翁之子不服，凡换了县官、州官，他都要去告状，告了近20年没有结果。刘沆上任后接到了诉状，问府中老吏，才知这是一件久拖未决的案件。刘沆认为其中必有冤情，不然为何20年状告不息。他命人把尹氏唤来审讯，尹氏拿出伪造的田契做证，还拿出历年来交的田税凭证。刘沆仔细查看了田税票据，说道："按朝廷的税额，你没交足，定有田地隐瞒。"刘沆以欠税之由将尹氏拘押后，立即派人去村中调查。尹氏家人给刘沆送去厚礼打点，刘沆拒收。尹氏见新的知州大人秉公执法，只得认罪，把强占的良田还给了邻居。

对那些鱼肉百姓的权奸酷吏，刘沆不畏权势，为民请命，毫不顾忌。他任舒州通判时，章献太后信奉道术，修建"资圣浮图"殿堂。内侍张怀信负责工程建设，为了讨好太后，他不顾民工的死活，要求加班加点施工，民工苦不堪言。张怀信在州、县催交石料木材时，常辱骂甚至鞭打地方官员。州、县官员十分厌恶却畏惧他。听说张怀信来催建材，州、县官们避之不及，有时装病不敢出来见他。刘沆到舒州后，亲眼见到张怀信的恶行，便直接向皇帝陈述张怀信的劣迹。朝廷于是罢免了张怀信监督工程的官职。刘沆任潭州（今长沙）知州时，兼任安抚使。正逢瑶民起义，侵扰湖南。朝廷下令由刘沆平定"蛮寇"之乱，许便宜行事。刘沆恩威并施，派人去起义军内部安抚，招收投降的头目为地方官，对那些拒不投降的予以严惩。湖南局势得以平稳。可是过了不久，瑶民又起兵闹事，刘沆被朝廷以杀人过多为罪名降职到鄂州任知州。

然而刘沆果敢和雷厉风行的作风，让他在几年后被重新起用，并被委以重用。先是任龙图阁学士权知开封府知府，后任参知政事，相当于副宰相之职，参与国事决策。至和元年（1054）提升为同中书门下平章事兼任集贤殿大学士，成为执掌政务的宰相。刘沆上任后，致力于中书省和枢密院的用人制度改革。他针对时弊，撰写了著名的《中书三弊奏》，并主张用人唯贤，坚决打破任人唯亲的旧弊。仁宗同意刘沆的意见，颁诏令施行，却遭朝中大臣的反对，用人制度改革受到很大的阻力。对负有纠察监督官员之责的御史，刘沆也提出任期的规定和升迁的限制，惹怒了御史中丞张昇。张昇带头攻击刘沆，接连上17个奏本，要求罢去刘沆的相位。刘沆不愿与张昇等人为伍，一再自请罢相，仁宗再三挽留，不得已才批准他辞职。

在朝廷任职期间，刘沆举贤荐能，当时不少大臣按时俗，举荐刘沆的儿子为官，刘沆一概谢绝，让儿子与平民学子同样参加学士院的考试，按成绩录取。而对富有才学之士，刘沆则极力推荐任用。欧阳修与刘沆同时参加科举考试，在全国统一考试的会试中考取第一名（称之会元），在殿试中列为第十四名进士。欧阳修因与权奸斗争而几上几下，在庆历新政失败后，受到守旧派的攻击。刘沆向皇帝建议，说欧阳修是难得的人才，提议让他负责编纂《新唐书》。不久，刘沆便推荐欧阳修任翰林院学士。

刘沆任过地方主官和工部尚书、刑部尚书等要职。出任宰相是他仕途的高峰。虽然位高权重，可他十分清廉，从不贪赃枉法。他主持张贵妃的葬礼，皇帝很满意，将贵妃的"阁中金器数百两"赏给他。可刘沆却认为主持葬礼是应尽的职责，力辞赏赐。刘沆任宰相时，永新老家的族人欠交官租数十万钱，几任地方官因顾忌当朝宰相家族而不敢催交，程珦新任庐陵县尉后，把刘氏家族的人拘捕起来，令其交清欠租才放人，同时向刘沆报告此事。刘沆闻讯，立即回信说，欠交官租是其家族的罪过，县官应大胆秉公执法。程珦去京师拜见刘沆，当面解释此事。刘沆表扬他执法严明，并为家族欠租而道歉。

紫雾三日出刘沆

公元995年的一天，在永新北乡离县城约三公里的三门前村，从早到晚都被一团偌大的紫色雾气所笼罩着，昼夜不散，村里人都感到十分奇怪。面对这突如其来的怪异现象，村民们有人说是好事，也有人说是凶兆，全村都有点人心惶惶。

到了第二天，紫雾依旧还在，这下村民都担心了起来。如果这紫雾持续不散，田里的农作物没有了日照和雨露，农作物怎么生长？农作物不长，大家吃什么、穿什么？第三天早上，紫雾仍不见散去，村里好几位老人，杀了几只鸡和一头猪准备向后山山神祈祷，希望神仙能给村里人指点迷津，为村里找一条出路。乡亲们正抬着猪、鸡上山，突然从后山走出来一个白发苍苍的老人，他老远就微笑着向村民打躬作揖，连声报喜道："恭喜乡亲，贺喜乡亲们啦！"众乡亲一听，真是丈二和尚摸不着头脑，喜从何来？老人仿佛看透了众乡亲的心思，忙把村里那位主事的老人招来自己身边，如此这般地嘀咕了一番。主事一听，先惊后喜，回转身赶紧朝上山的乡亲大声吩咐道："快跪下谢恩，快跪下谢恩！"说罢，便双膝跪在地下，嘴里一个劲地呼叫着："我们村里要出宰相啦，出宰相啦！"

乡亲们听完纷纷围着主事人询问，原来老者是说紫雾三日后，他们村会出宰相。待问清了事情缘由，那位老人却不见踪影了。乡亲们半信半疑，个个都争着跑回村去，这时，村头一个房屋里传来一阵新生婴儿尖脆的啼哭声，这声音特别洪亮，响彻云霄。村民抬头一看，头顶的紫雾顿时不见踪迹，照在村民头上的是一轮喷薄而出的红日。

这个婴儿就是刘沆。

这就是紫雾三日出刘沆的传说，后来，刘沆出生的村子改名为紫雾源。

刘沆挂袍

紫雾源北面有座山叫后隆山，那里山清水秀、草木葱郁，有不少名胜古迹。唐代宰相姚崇曾在此居住读书，后牛僧孺也在那里筑台攻读。刘沆长大后，父亲刘素也在后隆山上筑台，取名为聪明台，且在台下打了口水井，取名为聪明泉。

刘沆第一次考进士不中，本不愿再参加考试了。但是刘沆的父亲相信自己的儿子，鼓励他一定要再考。功夫不负有心人，天圣八年

（1030）刘沆再去参加考试。考前一天晚上刘沆做了个梦：梦见被人砍头，头落地……有一同乡为他解梦说："砍了头，留项在。你这回一定能考中，不过不能排第一，只能排第二。"事隔不久，公布皇榜，果然应了解梦者所说，他中了一甲进士第二（榜眼）。

刘沆对家乡感情特别深。有一次，他回老家，正值冬闲，乡亲们都在修陂引水。刘沆一见，赶紧下马，脱下官袍和靴子挂在旁边的树枝上，自己拿起锄头，奋力开挖。他默默地劳作着，一句话也没说。因有些年头没干体力活了，手上磨起了血泡，但他忍着疼痛，继续挖土。手上的血泡破了，鲜血从锄头把上流了下来，滴进土里。

一旁的老乡发现后，说："这位兄弟，看你全身透着一股书生气，手上的血泡破了在流血，赶紧回去歇歇，过几天再来吧。"刘沆笑了笑回答："为了让水早日流到乡亲们的农田里，手上流点血也无所谓。"

到了吃午饭的时候，侍卫从远处跑来说："大人，该吃饭了。"刘沆用眼睛使劲瞪了一下侍卫，示意他立即离开。

但是侍卫的这句话，引起了在一旁劳作的乡亲们的注意。看着大家异样的眼光，刘沆心里明白，在这节骨眼上，想瞒也瞒不过去了，他深情地对大家说："乡亲们，我是刘沆啊！"

"刘沆？刘沆！"乡亲们一听到这个名字，大家都激动起来，欢呼着一齐拥向他。

此时，刘沆心里难受，深情地对着乡亲们说："大家辛苦了，我对家乡关心不够，还请乡亲们原谅。"乡亲们心里很感动，有位乡亲说："咱们家乡能出这样的好官，亲自下马修陂，咱们老百姓再苦再累也愿意……"

刘沆听到乡亲们真切的言语，眼泪涌了出来，他哽咽着说："乡亲们，这次我回朝廷后一定把这事解决好，一定想办法解决乡亲们的困苦。我刘沆说话算数。"说完，他指着树枝上的官袍和乌纱帽，"如果我刘沉说话不算数，我这官袍就永远挂在这里。"

刘沉回朝后，心里想到的第一件事就是想办法筹钱把家乡的水陂修好。不久，刘沉向朝廷争取到了一笔工程款，直接下拨到县衙，而且注明了专款专用。一年后，这里的水陂果真用刘沉争取到的专款给修好了。乡亲们没忘记刘沉"官袍挂树"的举动，将这水陂命名为"袍陂"。

指阳渡

刘沉一生清贫，忧国忧民，对朝廷忠心耿耿，后积劳成疾，65岁便因病去世。刘沉主张丧礼从简，临终前他给女儿留下遗言说：将他安葬在故土永新紫雾源村。

父亲死后，女儿遵照遗嘱，悄悄地请来一辆马车和几个随从日夜兼程往老家赶。从京城一路舟车劳顿，马不停蹄地走了七天八夜后，一行人来到了吉州的一个渡口。这个渡口离永新很近，过了渡口只半天的时间便可到家，可此时落日西沉，黄昏将至，这里前不着村后不着店，连个借宿的地方都没有，怎么办？女儿急了，赶丧的家人也急了。就是再快的速度，在天黑前要赶到永新老家也根本不可能。让灵柩在山野露宿，那时是十分忌讳的，女儿又急又悲，她双膝朝西沉的落日跪下，面对落日苦苦哀求道："太阳公公，如果您觉得我父亲是个为国为民办了许多好事的清官，您就暂时不要西沉下山，让我父亲早日回到故地入土为安！"

说也奇怪，女儿这一祷告，西边的落日果真停在了半空，并飞来满天彩霞，就像早晨八九点钟的太阳刚刚从地平线上冉冉升起。

女儿和众人一见，都欢呼起来：太阳显灵，刘宰相是个大清官啊！

女儿扶着父亲的灵柩，双眼泪流："父亲，太阳公公送您回家啦。"

这西沉的太阳当真一直未落，直到刘沉回到老家，那轮红日才渐渐地隐没在山后。

后来人们就把这个渡口改名为"指阳渡",这指阳渡的名字一直叫到今天还在叫呢。

甘贫守节贺贻孙

贺贻孙(1605—1688),明末清初文学家,字子翼,江西永新人。天启四年(1624),赴省闱,主考丁天行拟取其为魁,因文章太奇,被副主考所抑,仅中副榜。崇祯时,与陈宏绪、徐世溥等结社于南昌,被推为领袖。明末,放弃举业,隐居不出,致力于古诗文词。有《易触》《诗触》《骚筏》《诗筏》《激书》《水田居文集》《水田居诗集》《掌录》行于世,清代收入《四库全书》。

永新沙市的厚田是一个大村庄,间阎扑地,灯火万家,四周平畴弥望,绿水绕流,青山屏障,真是一个好地方。可惜时逢乱世,厚田也几度遭遇兵燹。贺贻孙就在这里度过了数十个艰难的春秋。

崇祯十七年(1644),明亡。第二年七月,清兵下吉安,贺贻孙家在城南的旧宅心远堂被乱兵焚毁,他带着一家老小逃入深山。大乱稍息,贻孙奉老母、偕家人回到厚田祖里。顺治三年(1646),清兵再入永新,搜山之兵,杀人盈野。贻孙只好偕妻子逃离故乡,走江楚间,饥寒流离,备尝战乱之苦。顺治六年,贻孙的姐姐被清兵所掳,不堪屈辱投江而死。这件事更加深了他对清统治者的憎恨。

贺贻孙在悲愤里度过了两年。

这一年八月,刚过了中秋节,村子里随处可见的瓦塔脚下的木灰犹有余温,忽然马蹄声自远处传来,不久,翩翩两骑进了村。

来人问清了贺贻孙的住处，策马来到门前，将两匹马拴在柳树上。进了厅堂，解下包袱，取出一幅立轴，舒展开来，摊在八仙桌上——原来是大红喜报，来人正是报子。他们又走到大门外，放了两挂爆竹，噼里啪啦的爆竹声引来了远处的乡邻。厅堂里、大门外，挤得满满的，后来者伸长脖子向里张望，却被一层层后脑勺遮住了视线，什么也看不清。只听见报子高声嚷道："恭喜！恭喜！"又听见有人问："你们报什么喜呀？子翼先生不求功名，没有就考，喜从何来？"又听到报子说："学使樊大人佩服子翼老爷的才学，特列贡榜。从今以后，贺老爷青云直上，鹏程万里，这不是大喜是什么？"

报子要跟贺老爷当面道喜——这当然是要讨赏钱了。贺贻孙早已从后门出去了。耿耿此心，皇天可鉴，贻孙怎会向屠杀百姓的刽子手低头求残羹冷炙，以之炫耀世俗呢？

老母亲在后厅让人把家里几个孩子叫来，悄悄叮嘱了一番。孩子们来到厅堂上，把喜报卷起，还给报子。报子说："这野崽，你要干什么？"孩子说："这里没有贺老爷，你们找错门了。"报子说："没错，没错。不给赏钱我们是不走的。"又将喜报放在桌上。孩子们拖的拖，搡的搡，把报子赶了出去。报子不依，乡邻们说："走吧，走吧！子翼先生不稀罕这个官。"报子喊喊叫叫："反了！反了！你们要造反吗？"

报子走后，乡邻们又惊又惧，对贻孙母子说："这要惹祸的。你们避一避吧。"贻孙说："谢谢乡邻们的关心！请放心，不会出什么事。我不做官，愿意当百姓，这有什么罪呢？"

又过了六年，御史笪重光本已久闻贺贻孙之名，巡视至吉安，对贻孙的情况有了进一步的了解，不愿让这稀世之才埋没草野，决定具疏以博学鸿词特荐，书将到，消息先传来，亲友们都劝贺贻孙为安全计，还是接受征召的好。贻孙愀然："我逃世而不能逃名，这虚名害人不浅，我还是改名逃遁吧。"

贺贻孙禀告老母亲："父母在，不远游。当年避兵逃至山谷，孩儿也未曾远离膝下，如今战事早已平息，想躬耕陇亩，菽水承欢，却又不能。苍苍青天，待我何薄！"说罢，泪水潸然而下。

母亲也老泪纵横，安慰贻孙："不是我儿不孝，儿的苦衷娘明白，你放心去吧。"

老母给贻孙剃掉头发，准备僧帽衲衣。

妻子面对此情此景，不觉泪如雨下，一再叮咛保重，贻孙只得忍住悲伤，安慰了妻子一番。

翌日，贻孙戴上僧帽，穿上衲衣，向老母磕了三个头，然后跟妻子和家人道了珍重，出得门来，迈步前行。忽听得枝头知了长鸣，蓦然回首，见一家人还在烈日下目送自己，不觉一阵心酸袭上心头。他遥向老母拜了一拜，回过身来，迤逦向北行去。

布衣哲人颜山农

颜钧（1504—1596），字子和，号山农，又号樵夫，晚年因避明神宗朱翊钧讳，改名铎。明江西吉安府永新县三都中陂村（今芦溪乡中陂村）人。钧上承王艮，下启罗汝芳、何心隐，为泰州学派重要代表人物，被誉为平民思想家。有《颜钧集》传世。

一

颜钧世居永新三都中陂村。其父孝斋公生五男，山农排行第四。山农13岁时父亲赴任江苏常熟，他跟在父亲身边求学。其父因劳累过度，染病于床，山农侍奉三年，昼夜不离，父亲病逝后，山农悲恸异常,几乎丧命。为行子孝,山农与兄长扶父柩归乡。从此,他奉养慈母,行田园之乐。过了数年,其母患病,一月不起而长逝,眼见父母相继离世,山农终日恸哭,以泪洗面。因家境贫寒,多亏乡邻资助,才将母亲安葬。

  山农幼时比较顽劣,不太聪慧,一直到了19岁,读孟子书,虽每日从早到晚诵读不辍,却依然不得要领。他的二兄很有才学,有一天,他在附近讲学,山农也在旁边聆听。晚上山农问其兄:"二哥,我怎么整天苦读不得入门,是否有学习之法?"其兄说:"要学学习之法,为兄提示如下四名句,请贤弟斟酌:如猫捕鼠,如鸡覆卵,精神心思,凝聚融结。"山农听后,似乎有些领悟。午饭后回室内睡觉,梦见一个穿紫色衣裳的人邀他到玉皇大帝的灵霄宝殿巡游,但见云烟缭绕,仙乐四起,琼楼玉宇,金碧辉煌,奇花异草,馨香扑鼻。醒来后,他把门关上,不许他人入室,冥思苦想其兄之言,废寝忘食,七天后,豁然开朗。没过几天,他只身来到深山隐居自学,日益精进。九个月后,他从深山归来,乡人见他谈吐与往常不同,长进匪浅,甚感惊奇。他笑着说:"过去我几乎连自己都不了解,现在才知道学习并不是一件容易的事"。山农根据自己的切身体会陈述一个人学习、办事应具有的精神和心理状态及方法。要学习本领,必须做到精神专一才能长进,否则将一事无成。大家听了,非常敬慕。山农深感自己学业的浅薄,需要名师指点,求学之心颇为迫切。一天,他听说王艮在广陵讲学,于是收拾行装,离家别兄,往寻王艮。来到广陵,王艮见他见解不同凡响,另眼相看,谆谆教诲。山农专心致志,潜心钻研,孜孜以求,非常重视独立思考。光阴荏苒,功夫不负有心人,他的知识越来越丰富,对四书六经之用存乎于心,提笔作文如江河水流。随着名望的渐大,他遍游四海,那些士大夫、王公贵戚慕名求学于他门下的甚多。

二

罗汝芳是山农门生中最虔诚的一个。罗汝芳为秀才时，虽然多年寒窗苦读，几度应试，均名落孙山，心情烦躁不安，不能节制，以至忧郁成疾。他听说山农在南昌讲学，立即前往拜见求教。山农问明缘由，责怪他说："你的心时刻忧郁，如有一重物悬系，以至大病，如不早摘除，就会危在旦夕。"接着，山农深入浅出地跟他讲了两个小故事：其一是，早先有个人得了重病，心情很沉重，忧郁得很，他向神医扁鹊求医。扁鹊跟他诊脉说："你要放心疗养，保你平安无事。"那个人素来相信扁鹊的医术高明，便安心休养，药还没有服完，病就好了。其二是，有个人贪污公款一千两银子，锒铛下狱，他的儿子在外经商，闻讯后，星夜启程回家，并带回一千两银子。他到狱中看望父亲说："孩儿今天带回一千两白银准备偿还官府，父亲不必担忧，一切都会平安无事的。"那人听了，顿时感到心宽，仿佛身上戴的镣铐也变轻松多了。山农还打了个比方，讲的是玩蛇的人不怕蛇，是因为他心中有治服蛇的办法。山农告诫汝芳说："你之所以放心不下，原因是自己不能相信自己，不相信、不了解自己，心又怎能放得开，想得宽呢？孟子说学问之道无他，求其放心而已矣，就是这个道理。一个人如果心旷神怡，心病就像一团火碰到了水，马上就会熄灭。"罗汝芳听后，如释重负，心里感到无比舒畅。他把山农接到家里，盛情款待，当作恩师敬重。

三

山农一生淡泊功名，贫贱不移。他不求举业，终日潜心研究理学。同时，他爱好军事，精通孙子兵法。俞大猷当校尉时，因杀了人，被判死罪。山农见他仪表不凡，为人耿直，便千方百计请求督府免他死罪，俞大猷深感山农救命之恩。后来俞大猷屡立战功，升为将军。有一年，山农四出讲学，谈笑风生，慷慨陈词，传播泰州学派思想，抨击封建专制制度，卒被以"放言纵论，排毁圣教，有伤风化"的罪名羁押，发配广西，路过俞大猷将军的营地，俞大猷闻讯，立即带领随从飞马将山农接进军营，纳头便拜，设宴款待。俞大猷聘请山农为军师，当时正值海寇时以骚扰明朝疆土，山农见俞大猷对自己如此恭敬，便为他出谋划策，运筹帷幄，设计将海寇击溃，并擒获寇首。俞大猷向朝廷报捷，想为山农请功，授予官职，山农婉言谢绝，坚决不就。由于俞大猷极力保奏，山农免成归家。

山农回到故乡，布衣芒鞋，和睦乡邻，团结兄弟，依然每天坚持讲学。山农对父母孝顺，后来父母逝世每逢忌辰也不忘祭祀。岁月不居，流光易逝。在他90岁生日那天，弟子络绎不绝前来祝寿，罗拜于堂。翌日，山农溘然去世。

四

有关颜山农的传说很多，为官者，说他志气高傲，不可一世；为民者，赞他性情豪爽，心系百姓。他出生于官宦人家，却一反本家清规，急公好义，体恤民情。

有一年，罗汝芳在东昌任太守，山农受邀在东昌（今山东聊城）讲完学，准备返乡。汝芳盛情挽留，希望他长留东昌，以报恩德。山农执意要归。临行之日，罗汝芳夫妇设宴践行，并将自己多年积蓄的一百两银子赠送给山农置办寿具（即棺材）防老。盛情难却，山农只得收下。是年，东昌一带正逢大旱，自插秧以来，几个月滴雨未下，农田颗粒无收，民储皆空。山农离开东昌，一路上只见渠水断流，田地龟裂，路有饿殍，沿途饥民成群，婴孩嗷嗷待哺。山农见状，于心不忍，就把罗汝芳给他置办寿具的一百两银子全部散给了饥民。饥民甚多，他呆了，又有些火了，心想："你罗汝芳身为东昌太守，衙门口就有成千上万的灾民，你不闻不问，做什么官，做什么大老爷？"一气之下，他又风风火火地返回了东昌太守罗汝芳的门庭。

罗汝芳见山农返回，非常兴奋，以为先生不走了，赶紧将他迎进内室。

山农脸色阴沉，连连扫手："免，免！这里酒肉熏天，门外尸横遍野，你必须再给我一百两银子，我还要买副棺材！"

"又要一百两银子买棺材？"罗汝芳僵了，心中暗暗叫苦："天啦，我哪里还有这么多银两哟。"

山农看都不看汝芳一眼，一直闷坐在中厅等待罗汝芳将银两送上。

罗汝芳为官清廉，虽然太守官职不小，而他却时时两袖清风。他见山农脸色冷峻，无奈只好双脚跪在先生面前，诉说自己的苦衷。

山农一听，十分不悦，拂袖而去。

汝芳跪在地上呆滞半天，抬头一看，山农早不见踪影。凭他对先生的了解，深知山农此气不小。忙起身回到房内，把妻子找来，将山农还需一百两银子的事告诉于她。夫人一听，二话没说，将自己的全部陪嫁首饰典当一百两银子交在罗汝芳的手中。

罗汝芳手捧银两，向妻子连连叩谢，返身就去找山农。

山农正为自己无力接济饥民而闷闷不乐，见汝芳兴冲冲地朝他走来，心中憋着的一肚子气终于找到了发泄的时候。于是，他朝汝芳大声地骂了起来："你来干什么？你来干什么？你身为父母官，出门去看看，哪里不是饿得难以活命的灾民？"

汝芳忙双膝跪地，流着泪将妻子典当首饰的经过说了出来，并双手将银子奉在山农面前："先生，学生深知朝廷腐败，饥民难以聊生。此事，并非学生一人所能拯救，望先生见谅。"

山农闻言感动不已，赶紧扶起汝芳，流着泪接过银子，冲出了东昌府大门。

出得府门,山农并非去买棺材,而是去找饥民。

他来到一座破庙,见里面住着两个人:一个是七十多岁的老妪,一个是十二三岁的孙女。她俩因家中两亩地被当地财主霸占,全家不服,上县里打官司,结果全家的男人都被折磨而死,留下这孤苦伶仃的祖孙二人,没想到如此下场财主竟还不罢休,想要折磨她们祖孙二人。为了活命,她俩只好逃命东昌。一路风餐露宿,老人路中犯病。山农得知之后,将一百两银子送给了老妪祖孙俩。

老妪感激涕零,带着孙女连连朝山农磕头拜谢。山农只淡淡一笑,转身而去。

这年秋末,罗汝芳返回故里,山农闻讯,随后上门去访。罗汝芳得知先生将两次置棺材的钱都拿去接济灾民。心里无比钦佩,这次回乡便亲自请人为他特地做了一副棺材送至山农家。山农正款待汝芳之时,猛听到穷书生蔡制已死,家无力置买棺材下葬,妻子老小哭得实在伤心。山农低吟片刻,毅然要随从将棺材送到蔡制家。

罗汝芳三次送棺,颜山农三次为民,被东昌当地人们传为佳话。

女诗人贺桂

贺桂,女,江西永新龙田人,字秋安,号竹林隐士。生于明朝后期,卒于清朝初期(生卒年不详)。一生所著诗词颇多,其《公东忆子》名声很高,《竹隐楼集》被潘增莹复辑的《国朝闺阁诗钞》中的第二卷收入。

明末清初,永新龙田乡龙田村出了一个女诗人,她姓贺名桂,字秋安,号竹隐居士。自幼聪慧善记,父亲贺士昌在安徽滁州做官,藏书甚多，她诵读三年，遂得父教，颇负才名，父常感叹说："是能续《汉书》者也，惜非男子。"于是贺桂回答说："我虽不是男子，不能参加科举考试，进入仕途，但是我要立志做一个有用的人，来报答父亲。"话虽是这么说，可是在"女子无才便是德"的封建社会里，才高命薄，差不多成了女子的共同命运，如宋代年仅18岁的才女韩希孟，不甘受元兵侮辱，以死相抗，表现了大义凛然的气节；李清照是一个杰出的词人，她的诗、词、文都写得很好，在文学史上有相当高的地位，后流寓南方，境遇孤苦；朱淑真能诗善词，亦擅画，还通晓音律，堪称是一个多才多艺的全能女作家，后因婚事不遂意而抑郁早逝。作为女诗人的贺桂，也是诗、书、画兼通，且通音律，能弹琴十二操，但是同样郁郁不得志，过早地嫁给了同邑贡生龙有珠，不久便成了孀妇。

明亡后，她隐居龙溪，建楼曰"竹隐"，与其子龙科宝朝夕吟咏其间，且常与诗人贺贻孙往来酬唱，用诗来抒发爱国情怀。她的《竹隐楼集》，便是贻孙作序，她自己亦写了序言，总结了自己学习与实践的创作经验。

贺桂眼见明朝覆灭，回天无力，故诗作多寄意山水，托物言志，且其诗风，清新俊逸，颇具气节。如《山中感怀》云："人生天地间，比如桃与李，百卉争艳后，渐随秋草萎。何不学松柏，劲节难与比。"又如《梅田洞山顶石人》诗云："绝顶停立无双侣，冲风暴露听天语。白云插髻倚烟霞，无数幽怀奇山水。"《秋日避兵渔家》诗云："老渔门对雁沙滩，绕宅竹阴秋意寒。湖光远望碧天顷，茅屋隔邻青几团。傍桥杨柳横披网，叠石芦花急转澜。凭谁为报篱边菊，珍重清霜待细看。"《晓过梧溪》诗云："残月无声野店霜，半黄秋草露垂光。昼楼窗掩人犹梦，小圃风开菊度香。树湿珍禽飞细细，江寒残苇色苍苍。山行迳险横荆棘，折得梧枝忆凤凰。"《科儿公车北上赋此寄怀（八音体）》云："金鞭续梦月初低，石路霜浓滑马蹄。丝冷轻裘风面面，竹连古驿雾迷迷。匏樽注酒分童仆，土屋开扉见犬鸡。草尽寒威春到眼，木荣迟早听莺啼。"

清康熙十五年（1676），贺桂的诗传到了著名文学家魏禧（江西宁都人）的耳中。魏禧，字叔子，一字冰叔，他也是一位明亡隐居，教授山中的著名诗人。他对贺桂的《公车忆子（八音体）》诗很有感触。开始，他还以为这诗不是当代人所作的，经人介绍，始知是年已六十的当代女诗人贺桂所作，乃曰："我对贺桂，是久闻其名的，她不但会作诗，而且善绘画，所绘'大士像'最工且多，我尝见而题其上。"叔子称赞贺桂的诗和画，不但举之于口，而且笔之于书。

竹林奇闻

明亡清兴后，贺桂的丈夫龙有珠离世，国土丧失、亲人离世，使得贺桂悲悲切切、忧忧怨怨，终日茶饭不思，精神不振。

初秋的一个夜晚，她朦朦胧胧地睡着，突然见到自己的丈夫来到她的面前。贺桂惊喜万分，千愁万绪一下涌上心头。她一把搂住丈夫哀求道："郎君，你让我好个日思夜想呀！"龙有珠苦笑着抚着她的头："贤妻呀，你难道不知我是个鬼魂吗？多少日月，我哪天不想来见你……可，可今天我才有机会见到你。"说完两人抱头痛哭，尽情诉说思念之情。"郎君，你不能再丢下我一个人孤孤单单在这土屋里啊！""贤妻，若要我俩日日能相见，除非你移居到偏僻的竹林定居。"正说着，鸡鸣声传来，龙有珠赶紧辞别妻子，随风飘飘而去。贺桂急了，大声呼叫起来："郎君，郎君——"这一喊，贺桂从梦中惊醒了。

贺桂发现这是一场南柯梦，惆怅之余仔细品味梦中的情景，她觉得这是丈夫在给自己托梦。不几日，她便在龙田园竹岭筑起一幢竹楼，这里四面是竹，她带着小孩，过起了隐居生活。

贺桂搬进竹楼没几天，说来也怪，丈夫龙有珠果然飘然来到她的面前，贺桂喜出望外，忙端凳递茶，同叙夫妻恩爱，忧国忧民之情。

从此，她白天与孩儿耕耘，一到晚上便与郎君吟诗赋文，开始了幸福的生活。

贺桂夫妻深夜吟诗作对的声音，很快就被园竹岭上的一个看山棚的老倌发现了。奇了，为何夜深人静时还有双双互吟诗文的声音呢？他心想：一个隐居女子哪有男人的声音？莫非这才女另有所爱？于是，他偷偷溜到竹楼的窗前，想看个究竟。岂料，这一看，吓了他一跳，油灯下只贺桂一个人伏案疾书，在她的身边只听见一个男人的声音，却不见那个男人的身影。更奇怪的是，贺桂每写一句话，都要向那男人问一句。那不见身影的男人却头头是道地讲着讲着，不时还能看见一支笔在贺桂面前的纸上写来写去——天啊，那是一支看不见手握的笔！

这神奇的故事从看棚老倌的嘴里一传十、十传百，呼啦啦一下传遍了龙田每个角落。

三年后，贺桂当真写出了一部相当厚的诗集，名曰《竹隐楼集》。这部诗集在当时社会上十分流行，而且还得到许多文学大家的高度赞赏，无不称她为一代才女。

翰林学士刘定之

刘定之（1409—1469），字主静，号呆斋，永新县仰山村人。正统元年（1436）会试第一，廷试赐进士第三（探花），授翰林院编修。宪宗时，官至礼部左侍郎，尝一日草九制，笔不停书。卒谥文安。定之自幼天资绝伦，父刘髦日授千言，均能领悟，未令作文，便能写出《祀灶文》《咏桃浆诗》和《骑石马诗》。定之擅长文学，为文以敏博称。著有《周易图释》《呆斋集》等。

永新城北约三公里有山名仰山，紧倚禾河，山麓下有座两丝潭。潭水清碧澄绿，有一股幻化迷离的神光。潭中有漩涡七个，大小不一。夜半人静潭水叮咚，如鸣佩环。潭边有块突出的大青石，石面光洁。这块大青石形态甚是奇妙，远远望去，犹如一头牛从山上下来正探头喝潭中的清水，风水先生说那块青石有犀牛下海之势。

这仰山山下有个仰山村，明朝时，村里有个秀才，人称刘髦先生，也称石潭公。刘髦先生娶妻冯氏，夫妻恩爱。冯氏一年之前便觉得肚里有块异物，不动也不疼，延医服药又不见效。冯氏觉得腹内这块异物如胎儿一样在蠕动，约莫三炷香之久，竟生下一个白白胖胖的男孩。石潭公不禁喜上眉梢。过来道贺的好友浸师道："石潭兄，这男孩怕是两丝潭里的神童转世哩。"刘髦一听，大吃一惊，忙问："此话怎讲？"

浸师便娓娓道来。

原来一日清晨，东方刚显露出熹微的曙光，刘髦正在专注地钓鱼，耳边猛闻声响。急抬头时，但见不远处掀起一簇簇雪白的浪花，接着，一条人影飞快蹿上水面，一个跃身，轻轻落到青石上。

"早安！刘髦兄。"那人打拱施礼。

"是你！让我虚惊了一场。"

石潭公哈哈大笑。

"你怎么在水里待上一天啦？"浸师回答道："石潭兄，你有所不知，今日我在这潭底下发现一个学府。这学府内金碧辉煌，周围环境幽美。学府前有许多学童在攻书习文。我在学府内左看右瞧，一时入神，忘了时辰，故出来得晚了。"石潭公一听，疑惑地说："我却不信，那么深的潭里，何能有这些异景，贤弟有何证物，使我信耶？"浸师道："有理，奈何我周身赤裸，拿了东西，又往何处藏呢？"石潭公灵机一动，说："你去学府撕得几页书文，揉成一团，藏于发内，岂不是好？"浸师一听，忙说甚妙，潜回潭中去了。

石潭公坐在石板上闭目养神，天渐渐黑了。等到远山近村渐渐都变成了黑乎乎的影子，仍不见动静。石潭公好不焦急，耐着性子等着。三更时分，那浸师上岸了，望见石潭公，手里扬着几页书文，当面交给了石潭公。石潭公暗自高兴，但又埋怨道："贤弟为何如此缓慢？"浸师大笑道："刘兄在岸上哪知内情？您要我撕学童书文，不趁时机，如何下手？我好不容易等得一学童打瞌睡，才偷得这三页书文上岸。"石潭公暗暗称奇，便邀浸师到家里喝几盅酒，将那三页书文一直保存于书箱内。

刘定之从小天资聪明，七岁就能吟诗作赋。仰山村前沙滩上，有几头石牛石马。定之七岁那年，骑在石马上高声吟道：

石马横卧荒沙洲，不知流落几千秋。
狂风吹来毛不动，细雨霏霏汗如油。

众人听了，无不佩服，称之为神童。

此后，刘定之府试、乡试连连夺魁。正统元年，会试第一，廷试赐进士第三，中了探花。他在京城打马游街三日，前呼后拥，好不威风。不久，得到皇上恩准，回家省亲三个月。

刘定之回得家来，利用余暇之日，著书立说。他身伏案前，下笔如有神，洋洋万言跃然纸上。几天之后，书著到一半，突然文思迟钝，写不下去了。定之茶不思饭不想，也不出书房散心，总悟不出个什么道理来。石潭公感到奇怪，忙进书房问定之何故？定之便把著书的怪事禀告父亲。石潭公沉思半响，想起原先浸师在两丝潭偷来的三页书文，于是急忙回房去，把它拿了出来，交给定之说："吾儿看看此几页书文能帮汝否？"定之一瞥，犹如故物，顿时眼放异彩，心中茅塞顿开，思路通畅。定之忙谢过父亲。这万言之著，很快便书写完毕。

这事一经传出,人们都说:难怪定之如此有学问,原来他就是两丝潭的神童传世啊。

"狮子林"开山祖师惟则

惟则,俗名谭天如,元代著名禅师,江西永新人,号称天如禅师。晚年住所"狮子林"。法号"佛心普济夕惠大辩法师"。擅诗,有《狮子林别录》《天如集》传世。

18岁主事中峰庙

禾山寺香火鼎盛,信僧数十。寺外有青山绿水,古木参天;寺下有弯弯石径,幽幽山道。看不见人间炊烟,闻不到鸡啼狗吠。好地方,惟则高兴不已,真可谓离红尘,望仙境。

谁料,师傅教给他的是无休无止地打鼓。从13岁打到16岁,手掌都结上了厚厚的茧。

他不服,背着师傅学诗,学词,学经文。师傅发现,又罚他打鼓。

他更不服!这才知红尘外也不清静,连夜卷起被盖逃出了寺门。

爬山涉水,走乡过村,一路劳顿,一路艰辛,好不容易来到虎丘。幸哉,中峰庙方丈看中了他,包括他的才华,他的骨气。是年,方丈将《中峰宗旨》授教于他。从此,他埋头苦读,专心致志,18岁便成了中峰庙的主事方丈。

此事传到禾山寺。师傅闻听,慌了,急了,苦思昼夜,赶紧派出弟子来到虎丘相请惟则回山。

惟则一听,哈哈大笑曰:"彼中自有打鼓人矣!"遂不归。

荒圃变成"狮子林"

转眼间,惟则已过半百。他佛法精深,加号"佛心普济夕惠大辩法师"。为使自己的生平所学能传于后世,他决心到苏州另辟一处授法乐土。

到苏州,惟则拜访当地官吏,并将自己写好的拜帖奉上。

官吏一看,冷冷一笑:"好,好,尔顾及苏州,实属难得。不过,本地尚有规矩,必先交白银两万两。"

惟则二话没回,欲拂袖而去,官吏又曰:"吾邑东北隅有大片荒圃,彼若能建筑,晚生将加送两万与斯。"

惟则一听,当即带着弟子来到东北隅荒圃。

这是什么地方?怪石奇多,杂草丛生,臭气熏天。路人过此尚退避三舍,况建祠筑庙?

惟则面对荒圃,冷冷一笑,长袖一挥,朝弟子们大声说道:"人争一口气,佛争一炉香,干!"

干!四方弟子都来出力、化缘,各方庙宇都来支持、鼓励。好气魄!荒圃成了人的海,人的山。半年后,这块荒圃成了一片禅林。

当惟则将写有"狮子林"巨匾高悬门额时,那官吏当真将两万银两送上门来,说是支持惟则法师将狮子林建得锦上添花,此时他已被惟则的风骨所折服。

狮子林是苏州古典园林的代表之一,被列入《世界文化遗产名录》,拥有国内尚存最大的古代假山群,被誉为"假山王国"。它以优美的环境,奇特的风韵,巍巍的雄姿,经受了六百多年的风雨袭击,承受了六百多年的历史磨砺,留传于世,至今犹存。

惟则戏姑母

中峰庙住持惟则,弃禾山寺后历经无数磨砺,艰苦卓绝十几年,终于佛法日振，名声遥遥。这天，他带着弟子20人，回到故土禾山。

沿途田地开裂，饥民成群。途经一座庄院，点金漆釉，里面人声鼎沸。惟则冷冷地蹙起双眉，叫弟子前去打听，原来此院乃自己亲姑母之家，此时姑母的独生子染病卧床不起，濒于死亡，日下正请禾山寺的师傅在做道场，以期救命。惟则一听，大悦，哈哈大笑起来。弟子一看，疑惑不解，忙问："师父为何大笑？"

惟则沉思片刻，激愤而谈。

原来惟则自小就随被朝廷贬回家的父母回到禾山老家，父母本是读书出身，回到乡村，肩不能挑，手不能提，生活日益潦倒。在一个风雪交加的早晨，父病危倒床，母无计可施，仅9岁的惟则想起了父亲为官时经常来他家攀亲的姑母，便主动到姑母家借米，姑母一反常态，使小惟则空手而归。这件事使惟则无时不铭刻于心中，后来他又发现姑母一家残酷苛刻对待佃农的许多事实，他都记在心中。现在，他见到姑母家的这座大院，见到姑母为爱子而大肆挥霍的场面，心中陡生一计，想戏弄一下那些势利小人。

惟则主意已定，立即吩咐弟子说："快，进院禀报说中峰庙住持到。"

弟子忙问："不须通报大人的姓名吗？"

惟则挥了挥手："不须，快快去通报就是。"

小和尚来到道场，禀明来意，方丈一听，连忙起身相迎。

惟则披袈带裟，坦然走进道场。方丈一见忙伏身拜叩："中峰庙住持驾到，有失远迎，恕罪恕罪。"

惟则淡淡一笑："方丈做道场所为何事？"

"只为这家施主公子患病数日不见好转……"

惟则头也没抬，说："唤本家主人来见。"主人就是小时候让他空手而归的姑母。

姑母一见惟则，慌了手脚，没想到当年被自己冷落的侄子，如今却如此威风，忙笑脸相迎："哎哟，我道是谁，原来是本家惟则法师到临，想必孩儿遇上了东方贵人。"

惟则又是淡淡一笑，径直走入屋内，看了看卧床不醒的小孩，低头沉吟片刻，掐指一算，马上惊愕无比地叹道："小孩之病，此乃姑母大人平日为人苛刻，触犯了天神、土神和人间那些冤死的亡灵……"

"哎呀，孩子还有救吗？"

"难哪……"惟则故弄玄虚："一病犯众神，实属大灾大难……"

"哎呀，我求求你，你就救救孩子吧，我只这么一个孩子呀……"

"大师傅身为中峰大人，功高道高，你就为小孩行行好吧。"

惟则又沉吟了片刻："要救小孩，姑母，你必须花大钱财哟。""行，行，只要能救这根传宗接代的独苗，我全部家产花尽也心甘情愿。"

"好，明天开始，你必须到澧田圩、黄门村等各大圩场施粥半月，凡是穷苦乡人都必须让他们喝饱，只有这样才能安之六神，救回生灵。"

"这……"姑母打了个冷战，放粥半月，又三圩四镇，一家家财不都花光了？

惟则见姑母犹豫不决，转身告辞："姑母，这是侄子救弟弟的一片真心，听与不听，请你斟酌，贫僧告辞了。"姑母急忙拉住惟则："放，放，我明天就放！"惟则点了点头，走了。

第二天姑母当真大开仓门，四乡施粥，所耗费之粮财确实不少。

惟则见姑母如此效法，暗暗地笑了，当天就把孩子接到禾山寺，耐心用药服侍数日，小孩确实好了。

孩子好了，而姑母的家境几乎也到了惟则家当年潦倒的地步。不过，惟则不会像姑母那样势利，他正准备用化缘的钱来资助她哩！

龙文彬拜师

龙文彬（1821—1893），字撷菁，号筠圃，江西永新人。清同治四年进士，授吏部主事。光绪元年，充校《穆宗实录》，加四品衔。六年，乞假归，主讲章山、秀水、联珠、鹭洲等书院。著有《永怀堂诗文抄》十卷，《明纪事乐府》三百首，《明史会要》八十卷，《清史列传》传于世。

在永新县南城村后的山坡上，时常能看见一个身材矮小，面黄肌瘦的小孩，他手执一根鞭子，斜靠在山坡中心的一棵大苦楝树上，专心致志地注视着坡下那所私塾。他放的牛似乎也很体恤主人的苦心，它们并不走远，慢慢吞吞地在草坪上吃草。这小孩就是清末文学家龙文彬。他自幼丧父，12岁时丧母，父母双亡的小文彬无依无靠，家贫如洗，只好替人放牛糊口。年复一年，日复一日，他对这项赖以填饱肚皮的放牛活感到了无比的厌倦。他的心啊，早就飞进了私塾的课堂里。他羡慕那些进出于私塾的孩子们，更向往那所能使自己读书识字的私塾。为了实现自己强烈的求知欲望，他只好背着主人，偷偷地把牛放到私塾后山的山坡上。

这天，私塾又传来琅琅读书声，文彬按照自己想好的主意，安顿好牛，便蹑手蹑脚地溜下山坡，踮起双脚，将整个身子趴在窗台上聆听先生上课。

先生每讲一句，他就认真地记；先生每写一字，他就认真地默。这字，这书，就像一股汩汩不断的泉水，流进了他的心田，滋润着他那颗干枯的心。从此之后，他每天如此，几乎成了习惯。

日子一长，山坡上的草都被吃光了，牛开始不听话了。小文彬一心扑在读书上，根本没有顾及这些。一天中午，孩子们放学了，他才心满意足地从窗台上爬下来，朝山坡一看，糟糕！牛呢？他环顾四周也不见牛的影儿，于是他放开喉咙大声地呼唤着牛，得到的却是空荡荡的回声。他害怕了，着实慌了，一想到东家老爷那凶横的面孔，一头牛那昂贵的价钱……他不敢迟疑，拔脚四处寻找。寻呀寻呀，从山顶到深谷，从溪边到村口，从烈日当午到日落西山，也不见牛的踪影，他失魂落魄地痛哭起来。他不敢回家，不敢去见东家那可怕的脸。一天奔走，骨架像要散了，他瘫倒在树下，昏昏入睡。

朦胧间，只见一位老者和颜悦色地来到他的面前。老人轻轻地拍了拍文彬的肩膀，轻声呼唤着："伢崽，起来，快起来呀。"

文彬猛地睁开眼睛，心惊胆战了一天，眼前的老人一下化成了他那横眉瞪眼的东家，他惊恐得急忙双脚跪地，语无伦次地喊道："老爷，老爷……"

老人见状，哈哈大笑，连忙将小文彬扶起："伢崽，别怕，你看我是谁？"

"先生？教书的先生！"文彬这才看清眼前站着的正是私塾的先生。心一热，眼泪掉线似的滚落下来："先生，我的牛不见了，你能救救我吗？呜呜……"

"哈哈哈……"先生又是一阵开怀大笑："你的牛跑不了，我早让学生把牛牵回你东家那儿去了。"

"啊？！"文彬眼睛发亮，又惊又喜。

原来，先生早就发现文彬天天在偷听他讲课。一了解才知道他的苦难身世。先生素来心慈心善，对于小文彬十分同情。这天，文彬的牛正好从山坡上下到他的菜园里吃菜，被学生发现后牵了回来。后来一发现这头牛正是小文彬的，立即去找他。那时正好文彬在四处寻牛，先生不见文彬，才让学生将牛替他送回东家屋里。

文彬听到这里，真不知该怎样来感激这位恩人。

先生却不当一回事地撇开话题，笑眯眯地朝文彬问道："你天天偷听我讲课，你能把我所讲的书都背出来吗？"

文彬天资聪颖，二话没说，有头有尾地全都背了出来。

先生大为震惊，十分欢悦，连连叫好："从此后，你不必去放牛了。"

文彬一听，急了，连连摇头："不，不，我不放牛没饭吃。"

"有，在我这里吃。"

"在你这里吃？"文彬睁大眼睛。

"你今后就给学堂里烧水煮饭，帮帮杂工，课就让你天天听。"

"真的？"

"先生之言一点不假。"

文彬眼眶一热，两行晶莹的泪水顺颊而下。他扑通一声跪在地上："恩师在上，请受弟子一拜！"

先生满意地笑了……

"强项令"贺康载

贺康载（1577—1632），明代名臣，字大舆，号青园，江西永新人，文学家贺贻孙之父。家贫，发愤读书，每试皆第一。万历壬子中举。谒选得西安（今浙江衢州）令。为治廉正至诚，轻徭薄赋，民视之如父母，荐举卓异，因贫无以馈都门，仅循资擢兖州同知。走时，攀舟号泣者上万人。至兖州，廉慎如西安时。因丧母悲恸成疾。卒之日，门人因西安、兖州皆产绢，索绢为殓，竟无一缣。后，西安耆民十数人不远千里，登门哭奠。西安人辑康载治绩刊成一书，又建遗爱堂，岁时祭祀。所著古文毁于兵灾，有《唾草》《赋役定议》行世。

明熹宗天启五年（1625），贺康载任浙江西安（今浙江衢州）县令。这一年，魏忠贤兴大狱，杀东林党人。

魏忠贤本是太监，专权乱政，人称"九千岁"。从内阁六部至四方督抚，都有私党。御史杨涟参魏二十四大罪，反被魏所杀，株连而死者甚众。

西安地处交通要道，来往的官员络绎不绝，前任县令因为没有满足魏忠贤党羽的要求，被参劾免职。

好心人劝康载注意。康载想了想，提笔写了14个大字贴在厅堂上以明志："父母心尽其在我，祖宗法不以假人。"

天启七年（1627），魏忠贤的缇骑往来福建、浙江，所经之处，动不动就挥舞鞭子朝地方官劈头盖脑地打去。这些官员平日在百姓面前威风凛凛，而挨了魏忠贤走狗的鞭打，却噤若寒蝉。

贺康载有一个习惯，公事之暇，总是手不释卷。有一天深夜，他在书房里听见前厅吵吵嚷嚷。衙役进来报告，知道来的是魏忠贤掌管的东厂禁卫，绑了一个驿官要加以惩治。霎时，不由得怒火中烧，眉头一皱，他让衙役请县丞招待缇骑们吃喝。

当夜，缇骑们开怀畅饮，喝得烂醉。贺康载等缇骑们睡去，问了问驿官，知道委实无辜，便下令把驿官放了。

翌日晨，缇骑们醒来，寻找昨夜绑来的驿官，知道已被放走，气得在堂前暴跳如雷。

忽见满衙吏役齐集大堂，一声吆喝，县令升堂了，西安县正堂贺康载盛服从后堂步出。

缇骑们哪里把这小小的七品官放在眼里。其中一人两手叉腰，盛气凌人，不待康载坐定，就说："你是西安县令，快把那驿官交出来！要不，没你的好果子吃。"

贺康载神态凛然："驿官犯有何罪？"

一个缇骑说："驿官胆敢轻慢爷们，真是胆大包天！"

"何谓轻慢？犯的哪一条王法？"

"咦！你官儿不大，官腔倒不小。咱们奉'九千岁'的命令，出来办事，从不查皇家法典。你未免管得太宽了。"

康载一拍惊堂木："大胆！"

一个缇骑故作惊讶："什么，什么？还没见过哪个官敢说咱们大胆呢！你这芝麻官胆子真不小呀！"

康载厉声说："你们残害多少无辜臣民，谁人不知，谁人不晓！来到闽浙两省，你们的所作所为，本官已派人侦查明白，记载在案，正愁无处缉拿你们归案法办，想不到今天送上门来了。我奉太祖法，几步之内，可以将你们处死，明白吗？"

一个缇骑说："别吓唬人啦，爷们可是经过世面的。你倒是说说，咱们犯了什么法？"

"你们在建阳街头跑马，踏死十岁男孩一名，可有其事？"

"牲口犯事，与爷们何干！"

"你们在临安强抢鲜果，卖水果的老汉索钱，被你们推倒在地，撞破头颅身亡，可有其事？"

"他自己摔死的，怎么也怪爷们？"

"在萧山奸污民女，将她丈夫捆绑鞭打。结果被污之民女，与丈夫双双投水而死，可有其事？"

"这事情没发生在你的治下，你管不着。"

"在诸暨，你们拷打县丞，一脚踢在他小腹之上，当场毙命；在义乌，你们欺辱民女，民女不从，被你们一顿乱鞭打死，可有其事？你们罪行累累，天理难容，还需本官一桩桩说出来吗？"

缇骑们感到问题不那么简单了。

缇骑们赶紧逃出大堂。走到衙门口，回首看时，贺康载正气凛然，满面怒容，衙役们手执刑具，怒眼圆睁，这场面和他们经过的无数县邑截然不同。不知是谁喊了一声"走吧"，三个人便开溜了。其中一个咽不下这口气，走了几步，回身立定，面对大堂狠狠地说："我们逮公卿大臣就像缚鸡，想不到今天被你这强项令所辱。这事没完，等着吧，老子饶不了你。"

不久，思宗朱由检即位，魏忠贤被免职，安置前往凤阳看守皇陵。思宗旋又派人追赶逮捕治罪，魏畏罪自缢于途。贺康载得免于祸。

铁马秋风

一

1277年，宋右丞相文天祥兵败兴国。元江西宣慰使李恒，紧追不舍，直至吉州空坑。

文天祥全军溃散，仅剩二十余骑。

"内兄……"彭震龙拍马奔来，声音喑哑地说，"嫂嫂与孩子，都被元兵掳去了。"

为国者不顾家。文天祥强抑内心的悲痛，问："赵监军呢？"

"监军坐肩舆，元兵抓住他问是谁，他说他姓文。元军以为是你，我们才得脱身。"

文天祥仰天长啸，脸上的肌肉颤动着，耳垂下的牙骨一突一突的。忽然，他眉头一扬，眼睛吐出剑似的寒光，盯着彭震龙说："不能灰心。

国虽破而山河尚在。人马尽失,还有你我及众豪杰。楚虽三户,终能亡秦。你速回永新,招募义兵,共复大宋江山。"

二

马不停蹄,昼夜兼驰,彭震龙回到永新。

"文天祥"三个字就是号召力,在彭震龙的麾下,就是在文丞相的麾下。曾为学士院检阅文字的张履翁,召集全族,歃血为盟。有一人不无畏惧地说:"一旦失败,祸延九族呀。"履翁瞪出的眼睛里几乎要冒火:"我们都是大宋人!报国捐躯,义不容辞。"曾为文天祥幕客的从事郎萧焘夫兄弟,也召集全族人马响应勤王。其余龙、谭、左、刘各姓男女,也一起响应,立即组成浩浩荡荡的抗元义军。

铁马金戈,豪气千丈。禾水河咆哮了。

文天祥兵出岭南一接应,永新八姓健儿势如怒涛排壑。永新城头的元军的帅旗,被女人扯碎做了孩子的尿布。

永新城收复了。

降将刘槃在元营,脸上溅满了江西行省右丞的臭唾沫。他半勾着头,半弯着腰,半屈着膝,软气奴声说:"奴才该死。奴才也是永新人。奴才号召刘姓一族,总……或许……"

"啪!"刘槃的脸上挨了记耳光。

三

刘槃的祖父、父亲、兄弟,孝廉文章,声震一时。刘槃用武起家,做过宋岳州知府。宋度宗召见,提拔为制帅,也很有声名。可叛国投敌,就臭名远播了,刘友益既痛且恨地骂:"父兄数世礼教,为尔斩绝而无遗存矣。"还骂他是朱五经之子温,柳下惠之弟跖……

刘槃恼羞成怒,丧心病狂地亲自率领元军攻打永新城。

人心是城，城是人心。刘槃一万大军，像是玻璃鱼缸边的猫，铁笼子里面的狼。

围城！不准放走一人一马，甚至一只小鸡。围了七天。

"降元者，赏纹银五百两。"刘槃无耻地喊。

纵是五万两，在爱国者的天平上，如芥末之微。回答他的是箭弩炮石。又围了七天。

"若不降元，城破之日，草木不留。"刘槃眦出牙齿嗷叫。

人生自古谁无死，留取丹心照汗青。民不畏死，奈何以死惧之？回答他的还是箭弩炮石。

堡垒还需从内部攻破。

在兴亡之际，制帅刘槃能叛宋，在生死关头，会没有第二个刘槃？

四

月斜窗纸，秋风飒飒，城外元军呐喊不绝。

彭震龙衣不解带，枕戈待旦。妻子见他眼布血丝，颧骨也突起老高，心情很是沉痛。

"元军势众，你听见城外的喊声吗？"

"我耳边只有你哥哥信国公的话：国虽破山河尚在。楚虽三户，尚可亡秦。"

"看来城是保不住了。"

"人在城在，人亡城破。取义成仁，大丈夫只有一腔热血。"

妻子热泪奔流。

"你真是宋室忠臣，我哥哥的好部将、好妹夫啊。你奋勇杀贼去吧，城破之日，就是妾绝命之时，不要以妾为念。"

五

月黑风急。几个怕死的叛卒,偷开了城门。刘槃率元军蜂拥而入,就像饿狼扑进羊群。

彭震龙站在城头,拔剑在手,怒目厉声喝问八姓豪杰:"势至此,怎么办?"

众答:"一团血!"

铁马交鸣,杀声震天。白飞如雨,浇洒永新每一寸土地;血流如渠,汇进了禾水怒涛……

刘友益,一代儒冠,被刺三刀,倒在血泊中……谭赵氏,宁死不受辱,血洒八砖……

彭震龙、张履翁等,身负重伤,还奋勇杀敌,直至血尽力疲,倒卧沙场……

未死的男女老幼三千多人,宁为大宋之鬼,不为敌酋之奴,纷纷跳进禾水河……

积尸截流,堵成深潭。秋风萧瑟,秋雨绵绵,禾水呜咽着向东流去……

六

囚徒彭震龙,一身刀伤,满身血污。他忍着剧痛,傲然挺立。头颅偏过一边,对正襟危坐的刘槃,斜着眼睛也不瞧一眼。

刘槃的好言歹语都用过了,彭震龙蔑视地朝地上吐了一口唾沫,微笑着像去校场一样地走上刑场。

风云变色,天地间回荡着浩然正气。

七

冻雨凝窗,文天祥秉烛挥笔疾书:

彭司令震龙第一百二十二
堂上会亲戚,可怜马上郎。
呻吟更流血,干戈浩茫茫。

秋雨梧桐

秋雨绵绵,下出京城一片阴森而萧索的冷气。窗外那株梧桐孤傲地将枝干耸立于天地之间。

翰林编修尹台将手中的笔沉沉往桌上一放,站起来仰头深深地叹了一口气。他,嘉靖十四年(1535)进入翰林院,官拜六品编修。此后十余年一直没有升迁。许多人为他抱不平,说如今多少人不学无术但升官有道,而像他那样学识渊博的忠臣义士却得不到擢用。于是,有好心的人劝他也去走走"门子"。当时嘉靖皇帝久不视朝,宰辅严嵩专权,他网罗亲信,结党营私,不少官员都投靠在他的门下,得到他的提携和重用。但尹台却冷冷一笑,讥讽道:"严分宜的门子是很热闹,只可惜是旁门左道!我宁愿一生寂寞,也不去赶这份热闹。"

忽然门子进来了,向他递上一个请帖,严嵩要在京城有名的烟云楼摆酒席宴请他。他想,自己与严嵩素无往来,而且平日多有得罪,尤其是前年出任会试考官,私下担心严嵩、严世蕃父子专权误国,便以《权臣与重臣》命题,让应试的举人答对。对策抄呈,嘉靖皇帝看后非常感动,取《臣鉴录》《贤臣传》参阅到半夜。孰料有人到严嵩面前挑拨,因而严嵩暗中一直恼恨他。缘何今日突然有请？正在纳闷，严世蕃打着严嵩的轿子亲自上门来接。到得烟云楼，严嵩已在门口迎候，手捻长须，面带笑容，将他让至上座。尹台满腹狐疑，猜不透这位权倾天下、炙手可热的权臣心里想些什么，葫芦里卖的是什么药。他们一个不说，只管劝酒，一个也不问，酒过数巡，严嵩有些耳红脸热，忽然轻轻拉着尹台的手，道："洞山，今日朝廷上下有识之士能有几人？唯有你志向远而学识深，皇上十分赏识你！"

尹台拱手道："相公过誉了！"

"洞山，"严嵩不胜感慨，"你有所不知啊，大将军仇鸾拥兵自重，早为国家后患，今皇上下令戮尸传首，皆因你今秋出任乡试主考，命题《陈驭将制兵机略》，才引了起皇上的极大注意。严惩仇贼，你功不可没啊！"

听严嵩这么一说，尹台哑然失笑。大将军仇鸾拥重兵，勾结严嵩父子，极力主张与屡犯边塞的俺答议和，企图引狼入室。满朝文武敢怒不敢言。尹台借出任乡试的机会，命题《陈驭将制兵机略》，其目的是要引起皇上对仇鸾和严嵩父子的警觉。不料，正好仇鸾因争宠与严嵩反目成仇，以致仇鸾的通敌受贿罪行被揭发，仇鸾忧惧而死，而严嵩与仇鸾相勾结的罪行不但不能大白于天下，相反，他还成了反对仇鸾的功臣！真是阴差阳错，尹台心里暗自叹息。

这时，严嵩站起身来，亲自为尹台斟满酒，举杯道："洞山，你我是同乡故里，亲不亲故乡人哟。我今有一事相求，想必你不会驳我这张老脸吧？"

尹台望着窗外的绵绵秋雨："相公有话直说。"

"好！"严嵩道，"听说洞山膝下有一千金，长得聪慧，还待在故里。世蕃有一犬子尚未婚娶，欲与洞山结为亲家，日后你我在朝中也好有个照应，不知尊意如何？"

尹台一听，终于明白严嵩宴请他的真正含义。他想，他要跟我联姻，目的是要我投入他的门下，为他所左右，这老贼真是用心良苦！他委婉回道："相公，您家门第很高，学生是万万高攀不起！承蒙相公看得起小女，学生感激不尽，只不过小女在家早已许配于人，实在有负相公一片美意！"

"这么说——"严嵩立刻变色道，"洞山是看我老夫不起？"

"岂敢，岂敢！"尹台辩解道，"实是小女已经许配于人，望相公见谅！"

严嵩突然哈哈大笑，笑得手中的酒杯直抖。尹台呆呆地望着他笑了好一阵，如坠五里云雾，不解地问严嵩笑什么，严嵩这才止住笑，用一双异样的目光望着尹台，道："洞山，平日我看你是个诚实人，什么时候也学会撒谎啦？这样吧，过些天我会派人来府上下聘礼！"

过几日，尹台正快快在房中看书，忽报夫人送莲儿来京订婚，十分惊讶。一问，方知严嵩早已派人到老家永新定亲，见夫人和莲儿喜滋滋的样儿，心里一沉，说："你们不该来呀！"

"怎么？"夫人满脸疑惑，"不是说……是你让我们来吗？"尹台仰天长叹，气得说不出话来。夜很深，夫人还在一旁劝解道："老爷，这门亲事别人高攀不上呐！"

见尹台半天不说话，夫人又说："严嵩的性格天下人哪个不知。顺者昌，逆者亡。就算你不巴结，可你得罪得起吗？"

"夫人不必过虑，我自有道理！"尹台显得有些焦灼。他一生忠君报国，岂能同一个欺君罔上、专权误国的奸佞小人同流合污、沉瀣一气？他宁愿削职为民、归隐山田，也不愿为虎作伥！他在厅堂来回踱步，突然在影壁前站住。影壁上挂着一块条幅，上书"淡泊明志，宁静致远"。他久久地凝望着这幅魏书翰墨，突然，他转身快步走到桌前，展纸研墨，挥毫疾书"寂寞守志"四个遒劲的大字。丢下笔，他大声道：

"夫人，快把莲儿叫来，你娘俩明天就动身回家！"

他紧闭书房，独自坐在房中，吩咐一概不见，决心守住那份坚持！

窗外依然秋雨绵绵，高高的梧桐树上几片枯叶在萧瑟秋风中飒然飘下，苍劲的枝干以一种高尚的淡泊傲然于冷冷的风中。

"黎青天"清廉爱民

永新自建县以来，有过300多位县级长官，其中有一位辞世已经300多年了，永新人依然对他顶礼膜拜。在他离任后不满半年，永新人就为他建了一座生祠，并树了一座"去思碑"。他逝世后，永新人为他塑像供奉，一年到头香火不断，一直延续至今。

他就是清康熙时期福建长汀籍永新知县——黎士弘。

有关他的故事很多，就从他在永新主政的三年中，采撷几朵闪光的花朵吧。

永新来了个黎士弘

康熙七年（1668），黎士弘由广信府推官改任江西永新知县。

黎士弘到任后，首先与民约法曰："前为礼官，不得不严，今为令，主于慈而已。"

黎士弘是这么说，也是这样做的。他"政清狱简""一心与民，返朴还淳"。永新虽未直接遭受战争的摧残，但历年来苛政如虎，沉重的赋税和徭役，压得老百姓喘不过气来。黎士弘上任伊始，便着手整顿，出台了一系列重大举措：

他废除不合理的赋税和徭役，使老百姓得以休养生息。如：按旧例，官府每年二月开始征收赋税，至五月须完成一半。此时正是青黄不接的荒月，要完成赋税的一半，无异于使老百姓雪上加霜，会直接影响到农民当年的生产和生活。黎士弘经过仔细调查，便向江西布政使上书："县小民穷……请以四月开征，五月解，展两月之征，已为穷民留数万之粮。"江西布政使刘楗本来就是一个开明之人，看了黎士弘的上书，马上同意照办。这一举措从某种程度上延缓了农民负担，有利于百姓安度春荒和发展生产。

在此基础上，他采取打击囤积居奇、哄抬物价的不法粮商米贩，平抑了市场物价，从而稳定了市场秩序。

紧接着他出台了"清屯田"的政策。屯田赋，是一个令各地县衙头痛的历史问题，永新亦然。黎士弘上任伊始，立刻借鉴早年他未出仕前为长汀籍屯户讨回公道的经验，着手处理这个历史遗留下来的问题。以"附甲带征之法"（即谁种田谁纳税），为屯户解决了不少困难。

与此同时，他还简化监狱典章。他亲自前往监狱考查，了解监狱和囚犯现状。并调阅了全部在押犯人的案卷，释放了一些无辜和可关可放的囚犯。

除此之外，他本人切实做到"洁己自持"，严格要求自己、家人和下属，从不利用手中的职权为自己谋私利。黎士弘上任伊始，便与下属约法：杜绝行贿，有胆敢以身试法者，将严惩不贷。黎士弘在永新三年，从没接受过任何人的馈赠和宴请。而对于那些确实有要事相求，拐弯抹角地想送点小礼的平民百姓，也总是婉言谢绝，一概分文不取。能办的事尽量帮着办，万一办不成的也好言安抚，无论贫富贵贱，一律以诚相待。

黎士弘深感永新县小民穷，财政收入有限，为了将县财政有限的钱都用在为民办实事的刀刃上，他首先出台了衙门改革措施，简化衙门一些繁缛礼仪，严格了财务制度，尽量节省不必要的公共开支。黎上任前，县财政出现严重亏空；由于措施得当，离任时，不光还清了前任欠下的债务，而且还有所盈余。

他关注教育，视其为头等大事。黎士弘言传身教，劝民为善。身为县令，除了花费大量的时间来处理繁杂的政务外，还得抽出一定的时间来关注教育。他每月初一、十五定期去学堂，召集邑内的学子讲授《易》《礼》诸课。加之他学识渊博，颇受学子们欢迎。黎士弘在永新三载，"士风以振"。

由于黎士弘"尽除苛政"，化解了官府与民间的矛盾，本来就民风淳朴的永新，更呈现出一派欣欣向荣的新气象。

为官一任，造福一方。黎士弘在永新，还公判了沉滩江水的千年旧案，这是一项令他流芳百世的德政。正是由于这一政绩，使永新南塘一带的人们至今还将他当作神明一样来祀奉。

沉滩江口，是永新南乡万年山水系在水口村分流处。沉滩江水在这里分为三道溪流，其中两条流向十三社（约含今烟阁乡13个行政村），一条流向南塘等村（含今龙源口镇4个行政村）。

从三江口分流出来的三条水渠，是以灌溉为主的渠道，是上万亩农田和数千户居民的生命之水。

历史上，十三社与南塘沉滩江水的纷争，由来已久。天旱时节，双方为江水的走向、流量和时间的分配问题，经常发生争执，甚至不惜聚众械斗。千百年来，双方诉讼不断，而历任官府对此历史问题一筹莫展，毫无良策。

沉滩江水在日夜地流淌，而十三社和南塘之间的关系，就像两只在不停地碰撞着的火药桶，每遇天旱时节，随时都有爆炸的可能。

黎士弘到任那年七月，恰逢天旱。十三社与南塘之间为争水，又发生了一桩事关八条人命的大案。是夜，南塘村八个汉子在沉滩口护水，因蚊子太多，都以麻布袋或被单盖住头脚。孰料，酣睡中被前来偷水的十三社人一顿乱棍活活打死。

案子报到县衙，黎士弘除了及时缉拿凶犯到案外，顿感案情非同小可。他决意亲临现场，了解实情。

某日，黎士弘亲临沉滩江口视察。他召来十三社和南塘的族长，现场了解纷争渊源，并亲自来到田间地头察看水流情况。经过一番勘察和问询，了解到沉滩江区共有三个分水口，十三社两个，南塘一个。分水惯例是日夜三江平流。分水口地处十三社灌区上游，水路短，流速快。而南塘灌区地处分水口西边，地势高，水路又远（离分水口有四五里之遥），犹如"东水西调"，流速极慢。如果水流在同一时间内流动，流向十三社较远的田头早已到了水，而流向南塘的水却还在半路上。加之路途遥远，渠道干裂，途中流失量较大，没有数倍于流向十三社的流量和时间，水根本到不了南塘灌区最近的田头。

这是一个十分严重的问题，黎士弘意识到，如果不从法律上解决，南塘及周边村数百户农家，根本无法生存。而为了生存，素有"棍尾上长谷"（靠武功种田）的南塘人必然会铤而走险，因争水而械斗，永无宁日。

有鉴于此，黎士弘回到县衙后，经过深思熟虑，一改往昔"三江平流"的旧例，重新作出了"日出三江平流，日落吴姓独管"的最终判决。

从字面上看，这一判决似乎有失公允。其实，这是黎士弘根据两个灌区的地形地貌、路程长短和受灌面积等综合因素，作出的理性化判决。正是这一科学和公正的判决，在一定程度上缓和了十三社和南塘之间因水而滋生的矛盾和冲突。300多年来，两大灌区的农民始终遵循黎士弘的这一判决，再也没有发生过重大的纷争和械斗。

水，是万物的生存之源。黎士弘的这一判决，对南塘灌区农家的生存、生产、生活和发展，起到了至关重要的作用，也为十三社和南塘两大灌区人民数百年来能和睦相处提供了法律保证。

黎士弘在永新期间，政绩卓著，深受永新士民爱戴。康熙八年（1669），抚院调黎士弘为吉水令。士民闻之，自发前往抚院请求挽留，抚院见民意如此，只好准留。黎士弘为之深受感动，此后益加恪尽职守，生怕有负众望。

清康熙十一年（1672），黎士弘在永新三年任期已满，考核时"以廉卓第一，奉旨赐袍服，擢陕西甘州同知"。

黎士弘在永新三年，清正廉洁，一尘不染。他过手的银两数以万计，却公私分明，不沾分文。黎家因人口较多，俸银有限，家中开支常常捉襟见肘，夫人只好在衙内空地开荒种菜，以补家用。离任时，县衙尚存库银千两，而他却向继任者移交清楚，分文不短。黎空手而来，两袖清风而去。走时，连雇车的银两，都是夫人的私房钱。平时，从不受赠，更莫说受贿。及卸任，下属及百姓有所馈赠，概以婉拒，真正做到了"只食禾川水，不食禾川鱼"，是永新历史上一位口碑极佳的清官，好官。

比黎士弘后两任的永新县令张士琦，在听取当地百姓和同僚们的叙述，并查阅了一些档案后，对黎士弘赞不绝口，并赋诗一首，诗曰：

冰鉴输人鉴，前贤是后师。
昌期凡九令，不朽独公奇。

史载，黎士弘即将离任时，永新人为他建生祠，刻"去思碑"以作纪念。刻思碑，在古代一般都是用于缅怀尊贵的逝者，人还在世，永新人就给黎县令建生祠、刻思碑，足见黎士弘在永新人心目中的地位。离任那天，永新城万人空巷，人们自发前来送行，"攀车挽留，泪洒于道"。其车马所经之地，"沿途百姓皆燃鞭炮以谢其德"。

黎士弘一生倡导"仁恕"精神，早年备兵甘山时，便取魏晋才女辛宪英的一句名言："军旅之间可以济者，惟仁与恕"。归田后，以"仁恕"二字命其陈屋老家的堂名，曰"仁恕堂"。晚年他付梓的文集，也以《仁恕堂笔记》为书名。仁爱宽恕精神，贯穿黎士弘的一生。在长汀和闽西，所有的典籍文献和民间历史资料上，都可以轻易找到黎士弘的名字。

清康熙三十八年（1699），黎士弘于长汀寓所无疾而终，享年80岁。

老百姓心中的那杆秤

历史上，民间曾有将"人"造成"神"的先例，如：关羽成了"关帝"，妈祖姑娘成了"海神"，陆羽成了"茶神"……

在永新，也有人被当成了"神"。他就是黎士弘。

吃水不忘挖井人。黎士弘离任后，深受他恩典的南乡南塘人，为感谢这位父母官给他们带来的"活命水"，为他制作了雕像，将其尊称为"五涧水老爷"（"五涧水"是南塘五个自然村将灌区分为五个支流的别称），黎士弘成了南塘人的"水神"。

数百年来，每逢农历十二月十五日，是轮值供奉"五涧水老爷"的交接日。届时，交接双方远在千里的游子，也会专程回来参加这一盛典。十四日，轮值村便将"老爷"黎士弘的塑像"请"进祠堂，请来戏班唱大戏，让"老爷"端坐正中观看，第二日（十五日）一大早，每户携带一大卷鞭炮，全村老幼一齐来到祠堂，为"老爷"送行。"老爷"安坐在一顶八抬大轿中，两边仪仗齐备。吉时一到，瞬间铳炮齐鸣，锣鼓喧天，手持"肃静""回避"牌的两个大汉在前开路。随即大轿由八个汉子抬起，在人们的簇拥下缓缓前行。"出巡"队伍逶迤数里，蔚为壮观。队伍所经之处，沿途异姓村庄的百姓也纷纷走出家门，燃放爆竹，以示敬仰。整个游行活动须绕道十余里，近两个小时才能到达新的轮值村。此时新的轮值村祠堂前，也早已是人山人海，炮声震天响。人们数度叩拜，将轿子恭迎进祠堂后，交接活动才算告一段落。然后，新轮值村当晚又是一晚的大戏，直至天明。

第三天，接送仪式结束后，"老爷"被安放在早已打扫好的一间神堂里。从此，按户轮值，每日早、中、晚三次，给"老爷"上供，一年365天供品丰盛，香火不断。此风俗已经沿袭300多年了，年年如此，天天如此。即使在最困难的年代，人们宁愿自己不吃少吃，也要省出钱来买供品，绝不会让神像前断了香火。南塘人已经将他们的大恩人黎士弘当作自己生命的一部分，代代传承，生生不息。

黎士弘与永新同在，与永新长存！

永新是面旗

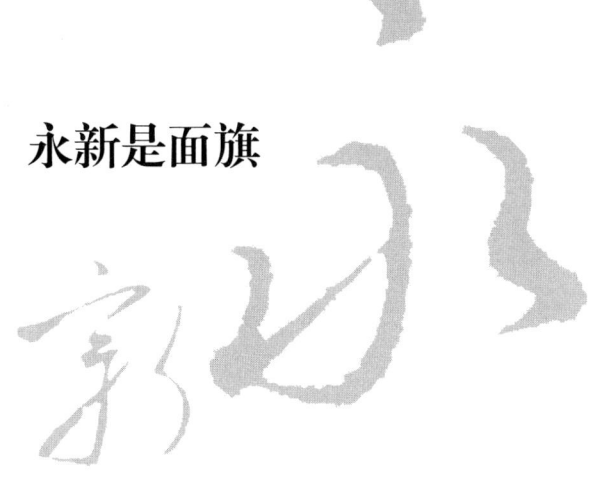

  永新是面旗,在千里阴霾,万里寒流中升起的一面鲜艳夺目的旗。

  旗上镌刻着三湾的红枫、龙源口的硝烟、暴动队的大刀、红飘带的梭镖、贺子珍的坚贞、马奕夫的热血,更有"永新无数佳儿女"的无畏与奉献……

  当年仅27万人的永新,在中国共产党的领导下,参军参战者达8万以上,1万多人参加长征,有开国将军41位,为中国革命做出了巨大的贡献。

  永新是面旗,是一面从井冈山斗争时期扛到今天,而始终不倒,更加亮丽,更加鲜红的大旗。

  这面旗,永远高高飘扬在今天50多万永新儿女的心中……

三湾枫叶红

三湾乡三湾村,位于永新的南乡,距县城40公里,它是上井冈山的门户,是连接湘赣两省的纽带。这里山高林密,是三湾改编发生地。

红旗飘飘进三湾

三湾,坐落在九陇山脚下,是一个山清水秀的小村庄。

1927年的9月29日,天气格外晴朗,一轮红日冉冉升起。老表们都出去干活了,村子里显得十分寂静。

突然,清早去高陇逢圩的几个人,急匆匆地跑回来,大喊大叫着:"快啊——快上山去躲!"

"高、高溪那边来了兵,有上千人哩!"

"糟嘞!又来兵了!"乡亲们一个个惊叫起来,都赶快收起各样工具,匆匆忙忙跑回家,收捡起几样东西,牵儿带女,一溜烟儿往山里躲去。

这也难怪。大革命失败后,土豪劣绅卷土重来,拼凑起了这号兵、那号兵。他们三天一批、两天一队,来到村里,杀人放火、奸淫掳掠……乡亲们恨死了这帮人,但又奈何他们不得。所以,一听到兵来了,都飞快地逃避。

日头偏西一竿子的时候,留在村里看动静的钟老倌见从枫林坳转过来两个背枪的兵,手上还牵着对门李家的大黄牛,便立即和罗莲英老婆婆一起,躲进屋里,把眼睛凑近门缝向外看。

两个背枪的兵进到村里见没动静,一个就把牛牵到枫树坪,让它吃草。另一个走到河边蹲下来,双手捧水喝。钟老倌见他俩既没杀牛,又没砸门,觉得奇怪,于是壮着胆子走出门来看。对方看见了,就一起牵着牛来到钟老倌的面前,和气地打招呼:"老表叔,这黄牛是村里的吗?"

钟老倌点点头,晓得是老李因躲兵匆忙,把牛丢在了枫林坳。

"牛放在山冲里没人管,不怕它走失吗?"

钟老倌见他们这样和气,原先的害怕也就打消了一半,脱口说:"没来得及把牛拴进栏嘛。"

"不晓得是哪位老表屋里的,先就请老表叔照管一下吧。有人来认,就让他牵回去。"他们细心地交代。

钟老倌把他们浑身上下打量了一番,胆子更壮了,问:"你们从哪里来?"

"我们打高溪那边过来。"他们向钟老倌轻言轻语地解释,"老表叔,莫要怕,我们是穷人的军队,专打土豪劣绅的。"

"你们是毛委员的军队?"钟老倌立刻喜形于色。因为前两天他就听逢圩的穷哥回来讲,有位姓毛的同志,带着一支军队,打进莲花县城,赶跑了保安团,还给土豪劣绅戴上高帽子,押着游街。钟老倌忙又打听:"怎么就你两个?"

"不,老表叔,我们的大队伍还在后面,一会儿就来,都要在这里住下。正想请你帮忙找些住处哩。"……

正在钟老倌和罗莲英老婆婆带着他们进屋子的时候,从枫林坳那边就过来了大队伍。队伍前头有面好高的红旗,迎着山风,哗哗飘扬,把整个枫林坳都映红了。队伍里的人,有的背枪,也有的背着梭镖大刀。

进村后,有人喊了声"休息",队伍就一伙一伙席地坐在草坪上或晒谷场上,有些战士还朝山上喊起话来:"喂——老表,莫要怕,我们是无产阶级的队伍!"

"老表,我们是专门打土豪劣绅的,莫要怕,快下山来吧!"

几个后生仔见这些兵一没放枪,二没放火,三没抢东西,正想下山看个究竟,听到他这样一喊,立刻就跑下山来。钟老倌便把他们叫过去,说明情况,并吩咐一个后生仔上山去把乡亲们喊回来,不一会儿,老表们就纷纷下了山。

几个老表看到战士们要在钟家祠堂里睡地铺,忙说:"这怎么行呢?我们三湾是个山沟子,天气变得快,湿气蛮重,你们衣单被薄,又走了老远的路,会生病的呀!"硬要拉着战士们到各家去睡。看到他们不肯,老表就纷纷将自家屋里的门板卸下来,送到祠堂,有几家还把禾草一捆捆背去……群众非要给,战士们硬不肯收,正在相互推让时,住在协盛和杂货店的那个高大身材的干部来了。战士们亲热地称他为"毛委员"。

毛委员?老表们一齐拥到毛委员身边,热情地喊道:"毛委员!"

罗莲英认出,就是这位毛委员,刚才还到屋里和她谈心。发现她是年高体弱的孤老婆子后,不仅再三再四进行安慰,临走还特意送了几尺青布叫她做衣服。

罗莲英丈夫在四十岁那年被反动派抓去当壮丁的时候,只给她留下两个小孩子。那年冬天,天上飘着鹅毛大雪,地面银白皑皑,树枝屋檐上倒挂着尺把长的冰溜条。虽然是天寒地冻,但是为了生活,罗莲英也只得牵着小儿上山挖野菜。她浑身被冻得起了鸡皮疙瘩,小儿扯着她的衣襟哭:"妈妈,冷……我冷……"回家后,小儿受冻得病,不久就死了。没过几天,大儿给地主放牛,在山上被野兽吃掉,也失了性命。活了快一辈子的罗莲英,哪里体会过毛委员这样体贴入微的深情厚意啊。她不由得老泪横流,紧紧握住毛委员的手,感慨万千地说:"亲人呐,你真是贫苦老表的贴心人啊!"

毛委员扶她坐下,又招呼大家也坐下,笑着说:"你们九陇山是个好地方呀,可以沿着禾山、铁镜山、天龙山、桃花山、万年山打游击嘛。你们山里人有句土话,叫作'一个篱笆三个桩,一个好汉三个帮'。这就是讲,大家要齐心协力和地主土豪们斗,这样斗就一定能胜利。"

乡亲们听到这亲切的话语,都觉得毛委员真是个大能人,把话说到自己心坎上。

老表和战士们聊了起来。这边战士说:"我在家也是租种地主的田,活不过去了,才跑出来跟着毛委员闹革命,打倒那班土豪劣绅。"那边后生讲:"对!土豪劣绅们见了穷人就要欺辱,我们也有两个拳头,为什么要怕他们!我也要参加革命,狠揍那帮人……"

第二天,毛委员站在一块石头上,向聚集在枫树坪的一千多军民发表了讲话。他指着身边那棵红枫树说:"革命要有落脚点。我们到这里来,就是要像这棵红枫树一样,要落地生根,茁壮成长。红枫树没有泥土生不了根,乡亲们就是革命的泥土。大家都是穷苦出身,深受反动派的剥削压迫,现在我们要翻身,要抬头,要过好日子,就要起来推翻国民党反动派的统治,打土豪,斗劣绅。乡亲们都发动起来了,这个根也就更扎实了。"

这时,有几个战士扛来了一大堆布匹、粮食、衣服……毛委员又继续讲:"这些东西是我们打土豪得来的,是你们的血汗,现在该归还给你们了。"随后,战士们就把这些东西发到贫苦农民手中。

当天,村里的后生们在双溪河和池塘中撒下渔网,打了一百多斤新鲜鱼,送到部队。部队不肯领受,后生们便径自刮鳞、剖鱼,七手八脚,把鲜鱼弄干净,又抬到炊事班。后来,部队一定要付钱,而且还一定要多付十五斤的钱,说是因为剖了鱼,减了秤,应该加上。后生们不肯收,说:"山里人逢事都是长竹竿过巷路——不拐弯,这鱼钱我们就是一文也不能收!"

战士们说:"毛委员常常教育我们,要守纪律、买东西要给钱,我们怎能违背毛委员的教导,白吃你们的鱼呢?"

乡亲们看到这种情景,赞叹不已地讲:"你们千辛万苦为穷苦人翻身,我们送几条鱼还不肯领受,毛委员领导的军队就是好啊!"

毛委员播下革命的火种,三湾跟着就燃起了革命烈火,贫苦老表们打土豪、斗劣绅……样样搞得热火朝天。成年人和壮小伙操柴刀、背鸟铳,押着地主豪绅游田垅;伢仔细女也扛起红缨枪,在村头村尾站岗放哨。有一次,儿童团员钟九生主动挑着一担开水,送到兵坊上请指战员们喝。毛委员看见后,走过来抚摸着他的头,慈爱地问:"今年几岁啦?"

钟九生认真地回答:"十二了。"

"是谁叫你挑开水来的呀?"

"我自家,干革命嘛!"

毛委员听了,朗朗地笑起来。

这天下午,毛委员把钟老倌叫到身边,从口袋掏出一封信,对他说:"老钟叔,听说你和宁冈那边的龙超清、袁文才熟悉。想麻烦你一下,找个人帮我们把这封信送过去。"

钟老倌接过信,一口答应了。

毛委员又拿出几个银毫子,塞到钟老倌手里,说:"这几个银毫子,带着在路上作茶钱。"

…………

这几天,毛委员在这里不仅对部队进行了改编,主持成立了士兵委员会,而且还大力做群众工作,三湾村里红红火火、热热闹闹,一派革命的景象。

第五天一早,战士们散操后,便忙着捆禾草、还门板,拿用芦茅扎成的笔醮着石灰水刷标语,搞伙食的战士也挨家挨户送回碗筷。乡亲们说:"真是好纪律呀!借个碗筷,也要洗得干干净净送回来!"有两个战士挤空走到罗莲英屋里，挑满了一缸水，劈好了一堆柴。罗莲英拉着他们的手讲："真的要走啊？"战士们说："没走呢，毛委员讲，我们要在这一带扎下根来，武装革命，建立革命根据地，和大家一起闹革命哩！"

满村里的人，不管男女老少，全都出来相送。他们有的向战士们口袋里塞米果；有的向战士们的行装里塞草鞋；有的乡亲和战士肩靠肩，边走边谈；有的乡亲和战士手拉手，久久不愿意放开；还有几个老倌老嬷，用手巾和围腰包着鸡蛋，硬要送给毛委员吃；钟华荣两弟兄，还在为给工农革命军带路争得面红耳赤哩……

部队集合了。毛委员站在大樟树底下，向战士们讲了行军纪律。之后，就在乡亲们的依依不舍中，率领着雄师劲旅，雄赳赳、气昂昂地向宁冈方向挺进。

乡亲们眼含泪花，恋恋不舍地望着远去的部队，情不自禁地唱起来：

> *三湾来了毛委员，*
> *带来将官带来兵。*
> *红旗飘飘进三湾，*
> *九陇山沟闹革命。*

三湾改编

中国工农红军进三湾后，毛委员分析了当时的政治形势和部队状况，认为要肩负起创建农村革命根据地、完成以农村包围城市并夺取全国胜利的伟大任务，就必须建立一支全心全意为劳苦工农打天下的革命军队；就必须有一个坚强的党组织作领导核心，实行对部队的绝对领导；就必须废除旧军队的军阀作风，以保证士兵战斗积极性的充分发挥。所以，在部队到达三湾的当天晚上，毛委员就召开前敌委员会，会议决定采取坚定措施，对工农革命军进行改编。

（一）

9月30日早晨，毛委员把部队全体指战员集合在枫树坪下，宣布了"愿留则留、愿走则走"这条果断的革命措施，并立即重新组建部队。广大工农出身的共产党员、共青团员和革命战士由党代表宛希先带领，跟着毛委员走到枫树坪下的左侧，他们举起手中的武器，高呼"跟着毛委员打天下，坚持革命到底"的口号，英武地接受了毛委员的检阅。

有个叫陈三崽的战士，由于挂念家中的母亲有病，在"去"和"留"的问题上犹豫不定，左右为难。毛委员知道了他的具体情况后，立即拿出自己积蓄的四十个银毫子，连同应发给的三块大洋路费，一起交给他，劝他回家把老娘的病治好，在家乡继续和穷兄弟们一起闹革命。

陈三崽满眶热泪地离开了部队。可是，就在第二天晚上，他却突然带着十几个青壮年老表回来了。

原来，陈三崽走到莲花和永新交界的文竹时，被当地的反动保安队抓住了。那帮家伙不但抢走了他的四十个银毫子和五块大洋，把他毒打一顿，还扬言要处死他。这时，陈三崽不禁想起毛委员的亲切教导和部队的温暖来，便串联同监牢的十几个老表，越狱逃回到部队。

党代表立即召开大会，欢迎他们参军。陈三崽拉着党代表的手，深有感触地说："党代表啊，穷人不革掉反动派的命，自己就要丢掉命。我再不离开部队了，要永远跟着毛委员干革命！"

部队经过整编，将原来工农革命军第一军第一师改编为中国工农革命军第一军第一师第一团，下设一、三两个营，共有六个连。整编后，人员虽然减少，但是战斗力却大大增强，成了一支坚强团结的人民军队。

（二）

部队整编后，逐步做到了班有党小组，连有党支部，营团有党委，连以上都有党代表。支部建在连上，确立了党对军队的绝对领导，军队听从党指挥。党组织像一个坚强的堡垒，把干部、战士紧紧地团结在一起。

毛委员非常重视建党工作。他经常深入到战士当中调查研究，还亲自到连队发展优秀的工农士兵入党，彻底改变了旧军官、知识分子党员在部队占大多数的情况。

一营战士刘炎、李恒等出身工农，思想进步。毛委员在部队向三湾进军的途中，就曾多次向他们进行党的教育，并亲自委派党代表宛希先做他们的思想工作。

就在部队即将离开三湾的前夜，毛委员在协盛和杂货店的住处，亲自和刘炎、李恒等十多个战士谈了话。之后，他们每人都填写了一张入党志愿书。

工农革命军进驻宁冈茅坪以后，10月中旬分兵发动群众时，毛委员又带领部队指战员来到了湖南酃县的水口。

一天夜里，一营党代表宛希先带着李恒等走进水口圩附近的花池楼。毛委员热情地走过来，与即将被他亲自发展的新党员们一一握手。这时，李恒才注意到屋里油灯闪烁、简朴庄严。靠墙的中央摆着一张桌子，前面醒目地贴着两张鲜亮的红纸：一张上面写着入党誓词；一张上面写着"CCP"三个代表中国共产党的英文字母。

毛委员亲自主持了三湾改编以来发展的第一批党员的宣誓仪式。他依次走到每个人面前，询问了一些问题后，又问他们为什么要参加共产党。

刘炎、李恒等齐声回答："要翻身，要打倒土豪劣绅，坚决革命到底！"

毛委员高兴地点点头，把入党誓词和"CCP"三个英文字母作了详细解释。然后，便举起握着拳头的右臂，领着大家宣誓："牺牲个人，严守秘密，阶级斗争，努力革命，服从党纪，永不叛党！"

宣誓结束后，毛委员讲："从现在起，你们都是光荣的共产党员了。

今后要团结群众，多做群众工作，严格组织生活，严守党的秘密……"毛委员的话，是鼓励、是明灯，增添了每个新党员的决心，照亮了每个新党员前进的征程。

之后，各连党支部都遵照毛委员的教导，充分发挥支部建在连上的作用，发展了一批又一批工农骨干到党内来。

（三）

为了扫除旧军队的不良影响和习气，毛委员亲自领导部队进行了民主改革，确立了士兵委员会等集中指导下的民主制度。

毛委员指示工农革命军的每个连队都要建立一个士兵委员会。它设主任一人、委员五至七人，均由全连官兵选举产生。它既是民主组织，又是监察机关。有什么事，士兵委员会就召集大家讨论，上至各级首长下到伙夫，都有充分发表意见的权利。有批评，有表扬，赏罚分明，官长和士兵都一样，一点不马虎。

毛委员不仅大力支持士兵委员会的工作，而且身体力行，带头贯彻官兵一致的原则。有一次，老表们送了些鱼和鸡蛋给毛委员，让他滋补身体。炊事班和士兵委员会一商量，觉得老表的行动也表达了自己的心意，就特意给毛委员做成四菜一汤。毛委员却马上召集各连的党代表开会，说明干部要带头执行军内民主主义，要与战士同甘共苦，决不能搞特殊。之后，毛委员就带领党代表们端着这四菜一汤，逐桌逐桌地分给战士们吃。分完后，毛委员带着党代表们领了一盆三湾的苦瓜，一起津津有味地吃起来。当战士们发现毛委员和党代表们正在吃苦瓜的时候，感动得热泪盈眶，又纷纷将他们给自己桌上加的菜转回到毛委员和党代表的桌上。陈三崽见到这些，禁不住走上前去，激动地说："毛委员，苦瓜味道苦，你不吃鱼、不吃蛋，吃些南瓜总行吧。"

毛委员一听，哈哈大笑，说："先吃苦瓜，后吃南瓜，这叫先苦后甜嘛。"又说："现在条件艰苦，物资困难，干部吃苦瓜，让士兵吃南瓜，这是很对的嘛。"

　　听了毛委员的话语，指战员们从中受到很大教育，更加深了对建立士兵委员会的意义的认识。一些原来不太习惯受士兵委员会约束的干部，也变得积极支持了。比如后来组建的三十二团一营一连的战士朱海南被选进士兵委员会后，因读过几天私塾，被分工当宣传委员。他就在党代表的指点下，带领全连干部战士手拿写有"宣传"二字的小红旗，三人一组地到离茅坪不远的葛子头、龙王壁一带，以苦引苦，进行宣传，启发了群众的阶级觉悟。此后，他们又到樟树下等地宣传，进一步宣传劳苦工农要组织自己的武装，组织自己的政府等，很受群众的欢迎。

　　不久，又分工朱海南负责监督全连的伙食账目。他心想：毛委员把好菜让给士兵吃，自己带领党代表们吃苦瓜，现在条件这么差，环境又这么困难，我一定要认真做好这项工作。于是，他每隔十天，和事务长清查一次伙食账目，不仅保证了合理开支，账目清楚，而且能够做到及时把节余的伙食费发给士兵。

　　正因为士兵委员会认真、严格地执行了各项制度，又热情、积极地协助干部做好工作，所以，在党支部的领导下，团结了指战员，把连队工作搞得有声有色。

龙源口大捷

一

　　在毛委员革命路线指引下，井冈山革命根据地日益巩固、发展，加之五斗江战斗（一占永新）、草市坳战斗（二占永新），红军连战连捷，直急得蒋介石慌忙调集湘赣两省十多个团的敌军，于1928年6月中旬，发动了对井冈山革命根据地的联合"进剿"。

敌人的部署是：湘敌吴尚第八军由茶陵、酃县向宁冈推进；赣敌杨池生第九师、杨如轩第二十七师共五个团，由吉安向永新推进。以优势兵力，分进合击。妄想一举摧毁我井冈山革命根据地，拔掉毛委员亲手树起的革命红旗。

敌人的罪恶计划，很快就被红军获悉。毛委员高瞻远瞩，洞察风云，对形势作了精辟的分析。他根据湘赣两省敌军的利害不尽一致的特点，采取了对湘敌取守势、对赣敌取攻势的作战原则，毅然将红军主力从永新撤回宁冈，并命令红三十一团佯攻湖南酃县（今炎陵县），虚晃一枪，给敌人造成错觉，然后迅速退回宁冈，准备集中力量打击江西敌军。

红三十一团攻湖南的行动，吓得湘敌立即龟缩起来。愚蠢的赣敌却以为我红军主力西出了湖南，机会难得。于是，急忙下达了由永新进犯宁冈的命令：一个团经烟阁、四教、龙源口进攻新七溪岭；两个团经墩上、白口进攻老七溪岭，杨如轩的前敌指挥部驻白口；一个团和敌总指挥部守备永新县城；一个团在永新城至新、老七溪岭之间待命。他们自以为算盘打得很精，却不知正是自投罗网。

6月20日下午，毛委员在宁冈新城召开连以上干部会议，永新、宁冈两县党和地方武装负责人也参加了。毛委员让大家先发表意见。于是，与会者便围绕着打还是不打的问题，十分激烈地争论起来。

红二十八团一营营长林彪首先提出不能打。他认为杨池生的部队是赣敌的"起家部队"，武器好，受过正规训练，素有"最狠的部队"之称，而红军兵少地方小，武器低劣，红二十九团还是梭镖队，因此，不能打，只能跑。

红二十八团团长王尔琢坚决主张打。

王尔琢列举了许多可能取胜的条件，他说："我们有强大的地方武装和人民群众，人数不比敌人少。敌人受过正规训练，我们受过游击训练。不管敌人如何'狠'，草市坳战斗中已经打过交道，失败的还是敌人。最重要的是，有毛委员、朱军长指挥，定可以打赢。因此，只能打，不能跑。"

争到后来，主张打的意见占了上风。这时，几十双眼睛一齐热切地望着毛委员，期望得到他的决断。

毛委员站起来，说："我同意大家的意见，要坚决打好这一仗！"

一句话说得大家心里热乎乎的。

毛委员明确指出："敌人数量虽近十倍于我军，但他们的利害关系不尽一致，江西敌军遭到我军连续打击，士气更是低落。而我们的红军战士，经过政治教育，提高了阶级觉悟，知道是为自己的阶级打仗，莫不以一当十，以十当百。现在敌人又在炎炎烈日之下长途行军，因而疲惫不堪——这是我们克敌制胜的一个有利条件。我们有为数不少的地方武装，有人民群众的大力支援，而敌人却十分孤立。人心的向背决定了敌人的进攻终将失败——这是我们克敌制胜的另一个有利条件。我们有很好的地形，只要我们正确地运用游击战争的战略战术，坚决和敌人斗争，就能有效地消耗敌人的有生力量——这是我们克敌制胜的又一个有利条件。"

毛委员最后强调说："这一仗关系到边界的安危，一定要坚决打好！"

到会同志一致拥护毛委员的意见，确定在永新和宁冈交界的新、老七溪岭一带歼灭敌人。

接着，毛委员根据敌情，谈了总的计划，即新、老七溪岭同时打响，分散敌人兵力。由老七溪岭方面先行把敌人赶回永新，再回头与新七溪岭方面我军前后夹攻新七溪岭下的敌人，并予以全歼。然后，我军全部集中起来，再追歼逃至永新的敌人。这样就可以始终以优势兵力分别吃掉敌人。为此,毛委员亲自部署了兵力,决定:朱德、陈毅、胡少海率二十九团和三十一团一营,在新七溪岭阻击敌二十七团;王尔琢、何长工率二十八团在老七溪岭迎击敌二十五、二十六团;袁文才率三十二团和永新赤卫队埋伏在武功潭一带,相机捣毁敌驻白口的前线指挥部,截断敌人后部;毛泽东率三十一团三营继续在永新龙田、潞江一带监视湘敌;宁冈、永新两县地方武装和群众协同红军作战。

最后,毛委员号召边界军民团结一致,坚决粉碎敌人的联合"进剿"。

广大军民听到这个消息,都为战争在做准备,各级地方党政干部也积极发动群众,准备打好这一仗。

二

新、老七溪岭,相距约五公里,紧靠龙源口村拔地而起。山上树高林密,怪石山岩,非常险峻。两座山岭各有一条小路蜿蜒而上,直达宁冈的新城,是永新通宁冈的交通要道。它像两扇大门,守卫着井冈山革命根据地的大本营宁冈。

6月23日清晨,一轮红日喷薄而出,染红了新、老七溪岭的山峦。

龙源口的战斗打响了。

新七溪岭方向,我红二十九团、三十一团一营从新城出发,上了"吊谷上仓",穿过"五鼠进洞",通过"蛤蟆湖",抢在敌人前面,占据了新七溪岭的制高点——望月亭。

成群的敌人在猛烈炮火的掩护下,被敌督战队逼迫着,缩着头、弓着腰,哇哇地叫着,向我军望月亭阵地扑来。

在阵地上,红军战士们子弹上膛,密切注视着山下蚂蚁般爬上来的敌军。

200米、100米、50米……

"打!"朱军长一声令下,霎时间枪声震天,杀声动地。

"叭叭叭！"一颗颗子弹射入敌人的胸膛。

"轰轰轰！"一颗颗手榴弹在敌群中开花。

梭标马刀大显神威，直杀得敌人溃不成军，狼狈逃窜。

战斗从上午一直进行到下午，敌人组织的三次集团冲锋，都被我英勇的红军打垮了。

在敌众我寡的形势下，守卫在新七溪岭上的红军战士，打得勇敢顽强，坚持战斗，始终牢牢地控制着望月亭这个制高点。

凶恶的敌人不甘心失败，又集中了七八挺机关枪，疯狂地向望月亭扫射，一窝蜂似地窜到了望月亭下面的险要——风车口，情况非常紧急！

关键时刻，朱军长抱起一挺花机关（冲锋枪），向敌人猛烈扫射，战士们发起了又一次冲锋……

一定要敲掉敌人的机枪，一定要拿下风车口！

红三十一团班长马奕夫勇猛地冲了下去。他利用树木山石为掩护，艰难地攀着野藤，迅速地接近了风车口敌人阵地，把几颗手榴弹甩过去，炸得敌人的机枪只剩下了一挺，马奕夫也身负重伤昏死过去。

"冲啊！杀啊！"战士们高喊着扑过去。但立即又被敌人的机枪火力压住。

马奕夫在战友们的喊杀声中苏醒过来。他摸了摸全身，发现弹药用光了。他怒视着敌人那还在狂叫的机枪，奋力向前爬呀、爬呀……突然，他一跃而起，使尽全身力气，猛力向敌人机枪扑去。他那两只粗壮的大手紧紧地抓住滚烫的枪筒，一副壮实的胸膛紧紧地堵住了喷射火舌的机枪口……

"为马班长报仇！"惊天动地的喊声震得新七溪岭也在发抖，红军战士们勇猛地向敌人冲杀过去。

凶残的敌人抵挡不住红军的凌厉攻势，溃败下去。风车口终于被我军占领了。

在老七溪岭上，战斗也正在激烈地进行着。

敌人两个团的兵力抢先占据了老七溪岭上的制高点——百步墩，向我茅营坳红二十八团阵地不停地开炮轰击。

茅营坳上弹片横飞、硝烟滚滚，红二十八团在王尔琢团长率领下，向敌人发起进攻。

王尔琢从三营挑选了100多名优秀的共产党员、班长、老战士组成冲锋集群，由三营长肖劲率领，向百步墩猛烈冲锋。连续三次，激战一个多小时，终于夺取了百步墩，打得敌人狼狈地向山下溃退。战斗中，肖劲不幸中弹牺牲。

这时，埋伏在武功潭的红三十二团小分队和永新、宁冈的地方武装迅速出击。他们人人奋勇争先，直扑白口敌前线指挥部。敌师长杨如轩见势不妙，窜上马想溜。秋溪乡暴动队队长立即大喝一声，举刀追砍，吓得杨如轩差点坠下马。忽然，一颗子弹打中了杨如轩的手臂。他死命抱住马头，带领师部残兵，狼狈不堪地向永新逃去。

老七溪岭的两团敌军失去指挥，首尾挨打，立即全线崩溃。我军红二十八团乘胜猛冲。敌人丢下累累的尸体和遍地的弹药，夺路逃窜。老七溪岭战斗很快结束了。

按照预定计划，王尔琢率领红二十八团追击敌人到白口后，便从白口包抄过去，与新七溪岭的红二十九团、三十一团一营上下夹击新七溪岭下龙源口的敌人，赤卫队和暴动队也呐喊着从四面八方冲过去……

下午，杨池生的一整个团被我英勇的井冈山军民歼灭在龙源口桥畔。

三

从白口敌人前线指挥部侥幸逃出的敌师长杨如轩，带着他的残兵败将，扔下满地枪支弹药、辎重行李，如丧家之犬，拼命地向总指挥部所在的永新城逃去。

按毛委员预定部署，我军三十二团小分队和永新地方武装立即跟踪追击，一路上俘敌缴枪，势如破竹。

溃敌像被惊扰的鸭子，刚逃到四教村，村里突然杀出一群村民。他们人人手执武器，见敌就杀，有的甚至举起钉耙当头就杵，吓得敌人胆战心惊，四处逃窜。

在追击敌人的队伍中，有八个战士追在最前头。他们一直追过秋溪、四教、烟阁，一口气追了十多公里，直追到永新城边。

滔滔的禾水河切断了敌人的退路，窄小的浮桥挤满了敌人，过不去的敌人纷纷落水。

"缴枪不杀！红军优待俘虏！"八个战士无畏地挡住了成百个敌人。

这时，经过毛委员大力经营的永新各区各乡的暴动队、赤卫队和男女群众都从四面八方包围上来。满山遍野的红旗飘扬，喊杀声惊天动地。追击敌人的红军队伍也铺天盖地冲来。

八名勇士中的一个小战士"嘀嘀嗒嘀嘀嗒"地吹起了嘹亮的冲锋号，吓得那成百个敌人魂飞魄散，乖乖地缴枪投降。

追上来的同志见八个战士缴了敌人这么多的枪，作战更加勇猛，一鼓作气，乘胜攻进了永新城。

在龙源口战斗中，红军在广大群众和地方武装力量的有力配合下，溃敌三个团，缴枪约七八百支，弹药不计其数，粉碎了湘赣两省敌军的联合"进剿"，保卫了井冈山革命根据地，开创边界的全盛时期。喜讯传开，广大军民欢欣鼓舞，奔走相告，兴奋地唱道：

不费红军三分力，

打败江西两只羊（杨），

真好，真好！

快畅，快畅！

永新困敌

1928年7月中旬，红四军二十八团、二十九团出师湖南鄌县、茶陵后，在永新只有一个红三十一团。赣敌得知消息后，就派第三军及第六军所属的11个团，从吉安、安福两路侵入永新。敌众我寡，形势对我军极为不利。

一

为了粉碎敌人分进合击永新的阴谋，毛委员主持召开了红三十一团营、团干部会议。散会以后，红三十一团团长立即把部队集合在一起，高声宣布：这次战斗，毛委员已经作了部署，组织了党的三路行动委员会。红军分东、北、中三路阻击敌人。毛委员要我们依靠群众，在群众掩护下四面游击，敌进我退，敌驻我扰，敌疲我打，敌退我追，和敌人周旋，把敌人困死在县城附近。

听说有毛委员亲自指挥，战士们无不心情激动，摩拳擦掌。

队伍迅速撤离县城，分三路出发了。

各区、乡赤卫队、暴动队也先后得了困敌的指示。很快，队员们抬出了松木炮，扛出了鸟铳、梭镖、铁锹、木棍，亮出了手炮和火枪。赤卫队员们每人三件武器：手里握着梭镖，背上背着马刀，裹腿里插着匕首。南乡赤卫队5个团7000余人，不到一个时辰，就集结在洲湖村一带山地，和东乡赤卫队接防；东乡赤卫队4个团5000多人迅速埋伏在山田、邻角岭一带山区,和北乡赤卫队接防;北乡赤卫队4个团6000余人,和红军战士一起散布在小屋岭、虚皇山、天龙山一带,和西乡赤卫队接防;西乡赤卫队8个团1万多人,隐散在草市坳、傅家山、史家村的山林里,和北乡赤卫队接防;在中赤卫队驻扎在洋湖村对面山上,控制浮桥,防止敌人从洋湖突破向南进犯。东西南北,山山岭岭,处处是战场,处处有神兵。

驻守在天龙山附近的赤卫队员们一边磨刀擦枪,一边谈笑风生。

"诸葛亮会摆八阵图,弄得敌人总是吃亏打败仗。我们毛委员更会布天罗地网,白狗子准是进得来,出不去!"

"那还用说呀——不怕他白狗子有机枪、大炮,到时候,要叫他尝尝我们梭镖、大刀的厉害!"

转移到深山里的村民们,也组织起担架队、洗衣队、宣传队、慰问队……一位鬓发花白的老爷爷手里扎着担架,嘴里还对伢仔们说:"前几年,我躲地主的阎王债,在这里蹲了三天三夜,又冷又饿,差点饿昏。这回呀,毛委员叫我们坚壁清野,把粮食搬上山,家畜藏进洞,锅子、碗筷、鼎罐埋进土,碾米的土砻丢进水塘,叫白狗子有谷子也做不成饭。倒要把他们饿昏在县城。看白狗子能闹腾到几时。"一个参加了宣传队的淘气包,跟着就扮出一副顽皮相,怪声怪气地说:"哎哟,长官,我……几天没……吃饭……了……"

大家都哈哈大笑起来。

二

白狗子在地主豪绅的指引下,闯进了永新。大路上烟尘滚滚,匪徒们一个个袒胸露肚,脱下帽子扇风,吵吵嚷嚷,挤挤拥拥而过。

"来势不小呢。干吧,给他们个厉害瞧瞧!"见敌人从眼皮下通过,埋伏在山上的一些赤卫队员沉不住气了。

"毛委员说过要敌进我退，敌疲我打嘛。你忙什么，有你打的。"县委负责人刘作述说。

三天过去了。

敌军经怀忠、高桥一带，陆陆续续地扑向永新县城。但是，县城已经成了一座空城。敌人求战不得，又掉转头来，分成一股一股，延到城外的乡村。乡村里也是没有一个人影。敌人就盘踞在县城附近的仰山村、袍田、观音阁、发关等地方，到处瞎摸，四处找粮食。

这天的三更时分，趁着月亮西沉，各赤卫队的队员们都悄悄地走下山，机警地向驻扎着匪兵的村庄接近。

"嗒嗒——嘀——""嘀嘀——嗒——"霎时间，四面响起了军号声；"噼里啪啦"，爆竹放在油桶里的炸裂声像机关枪在怒吼；"咚咚"的鼓声，震天动地地响成一片；火把熊熊燃烧，"冲啊""杀啊"的叫喊声，犹如千军万马在奔腾。匪兵们从梦中惊醒，以为是红军大队人马夜袭，立刻东边村子开枪，西边村子放炮，互相对射起来。闹了一夜的敌军，天亮后才知道，原来是自己打了自己。

一到夜深人静，赤卫队就这样下山骚扰敌人。有时一个夜晚骚扰几次，搅得敌人晕头转向。白军接连几天找不到吃的，睡不上一个安稳觉，一个个饿得浑身发软，疲惫得四肢无力。

七月下旬的一个夜晚，大雨倾盆，隆隆的雷声震耳欲聋。盘踞在北乡花溪村的一连匪兵，正在睡梦中，刘作述却率领着县赤卫大队一百多人进了村。忽然，一道闪电照得村里通明，"轰"的一声霹雳，震得瓦片作响，吓得屋檐下的敌人哨兵突地一抖。"不准动！"队员们立刻冲上去把枪口对准了他。大队人马一拥而上，包围了敌人的住房。不知谁放了一枪，惊醒了敌人。可是，黑夜里白狗子弄不清虚实，只好躲在屋里朝外乱打枪。一个赤卫队员不耐烦了，扬手朝屋里扔了一枚土炸弹。"轰"的一声，炸得白狗子哭爹叫娘、哇哇乱叫，立刻从窗口扔出枪支，举着双手，颤抖着从屋里走出来。赤卫大队这一仗击毙了十几个白军，缴获步枪三十支和子弹几百发。

白狗子在北边挨了打，又窜到南边。

一天黄昏，王均部下的三四十人闯入南乡泮中。活动在南乡的一连红军和当地群众，立即把敌人四面围住。张连长下达命令后，八名司号员分头埋伏，在周围山头插遍红旗。黎明，敌人还在睡梦之中，突然四面军号齐鸣，鼓声震天，周围山头红旗招展，冲杀声和枪炮声混成一片，我军不到半个时辰，就结束了战斗。

敌人不明虚实，不知红军主力去向，不敢轻举妄动，却又时时挨打。于是，便像野牛一样到处乱窜，往东窜的，在邹角岭、山田一带被赤卫队打得屁滚尿流；窜入北乡虚皇山、小屋岭附近的饿得头昏眼花，一听到枪声，就丢盔弃甲；窜入西乡草市坳、傅家山的敌军，几次中了红军埋伏，吓得看到风吹草动就以为红军、赤卫队打来了；窜往南乡蛤蟆湖的匪兵，连吃败仗，纷纷落荒而逃。敌军陷入四面楚歌中，进不能、退不得，被困在县城附近15公里以内，达25天之久。如果没有"左"倾盲动主义路线的干扰，把红军大队拉往湘南，击溃困在永新的敌人，是稳操胜券的，井冈山革命根据地就必然迅速推广到吉安，直向安福、萍乡，与平江、浏阳连接成一片。

草市坳战斗

红四军在五斗江歼击敌人，乘胜追击，占领永新城。之后，蒋介石非常惊慌，立即向江西、湖南两省下了所谓"加紧剿匪"的督战令。5月中旬，江西敌军朱培德部二十七师四个团便在师长杨如轩的带领下狼奔豕突，气势汹汹地直扑永新而来。

为了粉碎敌人的"进剿",保卫井冈山革命根据地,毛委员对战斗作了精心部署,采取敌进我退的战术,命令红军暂避装备精良之敌的锋芒,主动从永新撤往宁冈休整,空出永新城,放敌人进去。

杨如轩进到永新城后,表面上气壮如牛,但五斗江的惨败,依然使他心有余悸。因此,他龟缩在城里,一方面放纵匪兵到处烧杀抢掠,中饱私囊,自己则花天酒地,打牌作乐;另一方面,坐等枪支弹药、粮草辎重源源不断从吉安运来,企图以永新城为据点,步步推进,进逼井冈山。

毛委员为了粉碎敌人的罪恶企图,尽快把敌人引出城,加以消灭,就采取声东击西的策略,部署红二十八团、三十一团佯攻湖南,以迅雷不及掩耳之势,袭击了茶陵的高陇,打垮了敌军,歼敌一个连。

杨如轩得到这个消息后,又惊又喜。惊的是没想到红军不声不响地去了湖南,还打垮了众多的守军;喜的是红军主力去攻湖南,井冈山必然空虚,正好乘虚而入。

于是,杨如轩急急忙忙地派两个团抵达龙源口,妄图越过七溪岭,直取宁冈;又另派一个团向西出击澧田、龙田,警戒湖南方面的红军;自己则带着师部和一个团坐镇永新城。杨如轩满以为这下子准是万无一失,哪想到恰恰正中了毛委员的计,被牵着鼻子钻进毛委员早已设下的圈套里。

担任主攻的两团敌军赶到龙源口的时候,只见七溪岭上,红旗招展,壁垒森严。他们壮着胆强攻了数次,都被根据地军民击退,伤亡很大。敌军黔驴技穷,只好扎营山下,按兵不动。原来,毛委员获悉敌军的部署后,立即作出决策,命令红二十九团和宁冈、永新的地方武装,利用山险,扼守新、老七溪岭,阻击敌人主力;同时,又派人星夜送信到高陇,命令红二十八团和三十一团迅速挥戈东向,奔袭永新,选择有利地形,歼灭敌人警戒部队,并袭击敌人指挥部,彻底粉碎敌军的

"进剿"。

红二十八团和三十一团攻下高陇,打了个胜仗,部队情绪高涨。战士们听说毛委员来了信,指示部队奔袭永新,消灭敌军,更是浑身长劲,都说:"有毛委员指挥我们战斗,什么敌人也不在话下。我们一定要打好这一仗,不辜负毛委员的期望。"

第二天一早,东方还没发白,朱德军长就带领一支部队,向永新方向前进。他们穿山过坳,在又陡又窄、崎岖不平的山路上急行军。战士们一天跑了60多公里,傍晚时,终于赶到距永新城15里的澧田圩。一到澧田,就派出一支小部队,消灭了守卫澧田圩的靖卫团,又故意放跑几个敌人,让他们到县城去报信。杨如轩听说红军只有100多个,便漫不经心地叫七十九团仍照计划在第二天出发,去澧田方向警戒红军的大部队。

第二天,天还没亮,红军便按照毛委员的预定计划,赶到距永新县城只有七八公里的草市坳,伏击敌人。

草市坳是草市山的一个山坳口,是永新县城通往澧田的必经之处。它三面环山,山势起伏,东西延绵,左侧靠河,河边是一块不大不小的田垄,一条小道绕着山脚转。山不太高,但杂草丛生,树木繁茂。地形和环境对于伏击敌人十分有利。红军就埋伏在草市坳后面的黑栋山一带。

临近中午,敌军七十九团在团长刘安华的带领下,大摇大摆地走进草市坳。红二十八团团长王尔琢直等到敌军大部进入埋伏圈后,才下达命令发起攻击。霎时间,遍山红旗摇动,到处杀声震天,机枪、步枪一齐吼叫,子弹像雨点般朝敌人扫去。敌人做梦也没想到在这里会遇上红军主力,被打得措手不及,伤亡惨重,掉转屁股就向后逃。他们与后卫部队会合后,又企图抢占坐落在草市坳入口处的鹰崖岭,控制这个制高点。朱军长早就防着他们这一手,布置了四挺机枪架在山头上,一齐开火,如秋风扫落叶一样,打得敌人连滚带爬退下山去。王尔琢带着战士一直追到草市坳东面河边的大桥头。这时,早已埋伏在附近的一部分红军和地方武装,又从坳背后包抄过来,敌军上天无路,入地无门,成了瓮中之鳖,只好乖乖地举起双手,当了俘虏。刘安华心知完了,独自骑着一匹大白马,想冲出一条路逃命。红军一齐开枪射击,送他回了"老家"。草市坳附近的老表们也如潮水般从四面八方涌来,配合红军捉拿俘虏,清扫战场。这时,朱军长又率领红军和暴动队,乘胜东进,攻到了永新城下。

草市坳战斗打响时,杨如轩正在听留声机。枪声传到县城,卫兵连忙向他报告。他丝毫也不在意地说:"我已派刘安华去了。他们小游击队还能翻起什么大浪!"过了一会,枪声近了,副官又慌慌张张地跑进来报告。杨如轩很是恼火,骂道:"白日见鬼,红军主力远在湘东,城外有我一个团,红军生了翅膀也飞不过来!"吓得副官大气也不敢出一口。忽然一串子弹打在杨如轩的屋顶上,瓦片落下来,他这才大吃一惊,连忙换了一身便服,往外就跑。这时,永新城内,满街人喊马叫,行李锱重乱七八糟。在城东门,人马更是乱糟糟地挤成一团。红军攻城越来越猛,杨如轩只好带着几个喽啰,爬上北门城墙,不顾死活地跳下去。忽然,一颗飞弹打穿了他的耳朵,污血流了一颈。他顾不了这许多,爬起来,一溜烟向吉安方向逃去。

那边进犯七溪岭的两团敌军,听说七十九团被红军歼灭了,县城失守了,生怕自己也被红军"吃掉",就慌忙改道,从石桥方向往吉安逃窜。

草市坳和永新城一役,红军共歼敌一个团,缴获山炮2门、迫击炮7门和大批枪支弹药,彻底粉碎了敌人的又一次反革命"进剿"。

当夜,县城内外,灯火通明,一片欢腾。四乡群众高举火把,敲锣打鼓,喜气洋洋地来到县城庆祝胜利。

塘边村分田

1928年夏天,毛委员带领红军来到永新塘边村的第二日,就召集贫苦老表开大会,把村里的大土豪徐美山镇压了,还宣布说要分田。饱受压迫和剥削的贫苦老表,高头得放了两箩爆竹。

村里有个40来岁的贫苦老表,名叫徐邦勋。他全家九口,仅有一亩田地。为了活命,便只好租种地主的田。一年到头,辛辛苦苦地拿血汗换回来的谷子,却一担担挑进地主的粮库。到了来年青黄不接的时候,又得含着泪,再从地主的粮仓中,三斗五斗地借出来……年年如此,总是苦苦煎熬,苦苦挣扎。如今,毛委员来了,土豪打倒了,还听说要分田,他乐得像蜜糖落了肚,简直甜透心,墙上斗大的"打土豪、分田地"标语,整天都看不厌。

一天傍晚,乡工农兵政府主席徐佩沂来找他。没等徐佩沂开口,他倒先问:"哪时候分田地呀?"

"快啦。"

"怎么分呢?"

"听说上头有规定,没收一切土地,按劳力重新分配。"

徐邦勋愣住了。他说:"我家里九口人,才四个劳力,还有的人家五六个人,只一个劳力。要是按劳力分田,那老的、小的不要吃饭了?如今种田人掌了印把子,要分田,就应该分个痛快呀,怎么还留个尾巴呢?我找毛委员去。"

"毛委员正要找你呢。"

毛委员住在徐仔虎家里。徐邦勋走到仔虎家门口,看见有许多苦弟兄正坐在毛委员身边。毛委员坐在桌子边,桌面上放着个本本和一支铅笔。见他来了，亲热地点点头，请他进屋坐下，说要请大家谈谈土地革命的事。

毛委员先问大家，塘边村有多少户、多少人口、多少土地。又问地主有几户，贫农有几户，雇农有几户，还问地主有多少土地……大家争先恐后地一边说，一边彼此议论一下。

毛委员聚精会神地听着、思考着，还拿铅笔往本本上记。毛委员说："你们塘边48户贫苦农民，只有43亩土地；地主1户，却有土地191亩，占有土地总数的81%。田，是农民种的，但是被豪绅地主占去了。这不公平，要夺回来。共产党、红军就是要打土豪、分田地，要让土地回老家。"

大家觉得毛委员的话说到了心坎上，高兴得鼓起掌来。

毛委员接着问："你们看，分田要怎么分好呢？"

毛委员这一问，可真问到徐邦勋心上了，他脱口而出："听说要把田都没收，不管是谁家的，再按劳动力来分，不分给老倌伢仔。是真的吗？"

毛委员皱起眉头想了想，又把头点了两下，问大家这样做好不好？

会场上沉默了一下。有人讲好，也有人说不公平。有个稍微多点田的人讲："不好。贫苦老表的土地也没收，那不都成了豪绅地主啦？"引得大家都笑起来。毛委员挥挥手，示意大家不要笑。然后说："这话也对，如果没收一切土地，中间阶级就和豪绅同受打击了。中间阶级是我们革命的朋友嘛。"

"是啊。"大家异口同声地回答。

徐邦勋抢着说："要是那样的话，中间阶级不高兴，我也不高兴啊！"

大家又笑起来。

忽然有人问："几时分田呐？"

毛委员回答说："不久就开始分田。"

又有人问："田里都插上了青苗，眼下都快扬花吐穗了。"

毛委员斩钉截铁地说："那就分青苗。"

"好！"大家喊了一声。

过了几天，徐邦勋见徐佩沂再没提分田的事，急了，找着他说："你是主席，叫大家开个会，赶快分田吧。"

徐佩沂小声告诉他，毛委员前几天又到夏幽、南城、厚田一带作了调查，昨天才回来，听说，毛委员为分田的事在写个什么……

徐邦勋心里踏实了，见毛委员如此地日夜为穷人操劳，也很感动。

过了两天，宣布召开全乡贫苦工农大会。大会在塘边枫台里的草坪上开，还邀请了邻近各乡的干部和贫苦农民的代表参加。

毛委员站在大树下的一块大石头上，首先分析了塘边、夏幽、厚田、南城各村的阶级状况，接着又指出劳苦大众受苦受难的原因。最后，宣布了分田临时纲领十七条。

好几百人的大会，静得树叶子掉在地上都能听见。当徐邦勋听到分田的原则是没收地主的土地和祠会等公有土地、对土地进行全面丈量、按人口进行分配时，禁不住咧开嘴巴笑了，自言自语地讲："这才好啰。"

毛委员接着宣布：各乡各村要马上成立土地委员会……劳苦大众要团结起来，依靠贫雇农，团结中农，分田分地，巩固和扩大根据地。如果有土豪劣绅恐吓农民，或者延宕分田、营私舞弊，政府一定要从严惩处。

老表们情不自禁地欢呼起来："拥护十七条！""工农兵政府万岁！"

会后，塘边村立刻成立了土地委员会。一个轰轰烈烈的分田运动开始了。

秋溪乡党支部

远在大革命时期,南乡的秋溪就有党的秘密党组织活动。但是,由于这个组织被机会主义操纵,当土豪劣绅卷土重来时,党组织便陷入了瘫痪。

1928年2月间,毛委员率领工农革命军来到秋溪后,召开了群众大会,发动群众打土豪斗劣绅,并建立了工农兵政府,革命这才又有了生气。

面对这一派大好形势,毛委员不仅及时指示军队的党要大力帮助地方党组织发展党员、建立农村党的基层组织,还亲手建立了秋溪乡党支部。

贫农李松林,是个三十来岁的作田人。父亲在本村土豪龙德普家打了一辈子长工,挨打受骂,含恨而死。他自己从18岁起,也当了龙德普家的长工。毛委员带领工农革命军一来,李松林就积极参加了打土豪的斗争,斗倒了龙德普,成天高兴得合不拢嘴。

一天晚上,毛委员和党代表蔡会文走进他屋里。

"毛委员,请坐,请坐!"李松林端来一条长板凳,心里激动得"怦怦"直跳。

毛委员坐到他对面,笑着问:"松林,对这几天的工作,你有什么看法?"

毛委员来了以后,斗倒了土豪劣绅,穷人坐了天下,扬眉吐气,伸直了腰……这许多事,他一时不知从何说起,憋了老半天,才答上一句话:"我们穷人有了靠山啊!"

"革命还要靠大家呀！"毛委员风趣地把五个手指捏成拳头，"比如说，像你们这样祖祖辈辈受苦受难的贫农，团结起来，就是一个有力的拳头！"

李松林领会了毛委员的意思，拉着他的手，冲出一句久久藏在心里的话："毛委员，我要参加共产党，跟你闹革命去！"

毛委员点点头，用浅显易懂的话语对他说："中国共产党是无产阶级先进分子组成的，最终目的是解放天下受苦的穷人，实现共产主义。共产党员，要为解放天下的穷苦工农而英勇战斗，永远革命，不怕牺牲。"

李松林反复思量毛委员的话，感觉全身充满了干革命的力量。

一天夜晚，李松林跟着蔡会文，来到明心寺。在那明亮的松明火光中，他看见毛委员正在和几个人谈话。

蔡会文把绣着镰刀斧头和"CCP"几个英文字母的红旗挂在墙上，举起拳头，带领李松林等人宣誓："牺牲个人，严守秘密，阶级斗争，努力革命，服从党纪，永不叛觉！"那铿锵有力的誓言，在明心寺的殿堂里久久回荡。

毛委员在讲话中指示他们，要把解放天下受苦人的事揣在心上，革命到底。

在毛委员的指导下，秋溪乡党支部建立了。李松林担任了第一任党支部书记。

秋溪乡党支部成立以后，根据毛委员的指示，积极开展活动：建立了宁冈、绥源山、汗江三个地方的交通站；组织了地方武装；负责分田分房等工作。在斗争中，党支部发展到50多名党员。

秋溪乡党支部不断发展壮大，使国民党反动派十分恐惧。地方上的土豪劣绅便依仗敌师长杨池生部的淫威，不断前来"清乡""进剿"，妄图搞垮这个党支部。

3月上旬的一天，毛委员又在象山庵召开了党支部会议。他指出：斗争刚刚开始，严峻的考验还在后头。因为四周都是白色政权的势力，反动军队、地主武装随时有进攻的可能。党支部一定要站在斗争前面，组织群众，严阵以待，粉碎敌人的反扑，为保卫红色政权、巩固湘赣边界根据地出力。

5月初，敌保安队队长严学光带领喽啰兵由东乡关背出发，企图从后路奔袭秋溪。党支部得知消息后，立即召开会议，组织群众，主动迎战。李松林带领暴动队员，连夜赶到关背保安队驻地，趁他们毫无准备，一举歼灭了这股敌人。

在秋溪乡党支部的领导下，群众广泛地发动起来了，使白狗子每次进乡，都捞不到任何油水，有力地配合了红军对反动派的反击。毛委员高兴地称赞秋溪乡党支部是一个能战斗的党支部。

割据九陇山

九陇山耸立于永新南乡，峰回路转，延绵百里，紧连宁冈、莲花、茶陵三县。毛委员1927年9月底带领秋收起义部队进入九陇山区三湾村后，对九陇山进行了详细观察，认为它是一个搞武装割据的好地方。

正当三湾人民含泪告别工农革命军的时候，毛委员无限关怀九陇山人民，向老表们讲了话，并留下老曾等两位同志与九陇山区人民一道，割据九陇山，开展武装斗争。

老曾两人牢牢记住毛委员的教导，当天夜晚就召集钟华荣、李长福等20多个穷苦农民召开积极分子会议。在会上，老曾高举毛委员临行前留下的那一支枪，对大家说："毛委员把枪留给我们，就是要我们穷苦农民拿起枪来，建立自己的武装，创建割据地区，跟反动派和土豪劣绅斗争到底……"看到毛委员留下的枪，一桩往事又浮现在大家眼前……

1926年，湖南农民运动的风暴席卷到了九陇山区。九陇人民举起枪杆，建立了农会，造了地主豪绅的反。但不久后轰轰烈烈的大革命失败了，原先被打倒的土豪劣绅们又神气起来，向九陇人民疯狂反扑。大地主龙镜泉的老婆，竟带着一群狗腿子，荷枪实弹窜进三湾九陇，枪杀了农会的干部。赤手空拳的九陇山人民啊，望群山，群山不语；望红枫，红枫含愤………

现在，大家凝视着毛委员留下的这支枪，把拳头攥得咯咯响，纷纷激动地表示：一定要听毛委员的话，在九陇山沟闹一场天翻地覆的革命。他们当即成立了行动小队，拟定了开创九陇根据地的详细计划。

第二日，天还没亮，九陇山区就沸腾起来：这边铸梭镖、锻马刀，那边磨斧头、擦长矛……到处是一派大干的气势。

行动小队一成立，就按毛委员的指示，抓住有利战机，接连打了几个胜仗，缴枪十多支，还缴获了大量的布匹、粮食、银圆。

不久，毛委员又派宛希先来到九陇山区。他遵照毛委员的指示，发展了钟华荣等23名穷苦农民加入中国共产党，把行动小队改为赤卫队。从此，九陇根据地在党支部的直接领导下，赤卫队日益扩大，武器日益增多。土地革命的烈火，以燎原之势很快地烧到田心、大陇，一直烧遍九陇山沟的山山岭岭。

受到根据地群众沉重打击的龙镜泉，不甘心自己的失败，又四处拼聚势力，配合赣敌杨池生，妄图对九陇山根据地进行疯狂的反扑。

就在边界各县豪绅武装可能向割据地区"进剿"的时候，毛委员又及时指出：九陇山应该成为宁冈、永新、莲花、酃县四县地方武装的最后根据地，要利用山险，要修筑工事，要筹足给养。

毛委员的亲切关怀和谆谆教导，指明了九陇根据地人民斗争的方向，增添了九陇人民斗争的决心和信心。从此之后，党支部发动群众，把打土豪缴获的粮食、药品、医疗器材、布匹全部隐藏在山沟；各个山头，各条要隘，都修筑了完备的工事；人人参战，凭险据守，随时准备歼灭"进剿"的敌人，以保卫九陇山这块根据地的实际行动，支援井冈山的斗争。

果然不出毛委员所料，1928年3月的一天，山外送来情报，说是龙镜泉在杨如轩的指使下，纠集了几百人"进剿"九陇，妄图消灭这个井冈山的后备力量。

龙镜泉的保安队，根本不把九陇山的农民武装放在眼里，进到汗江以后，仍旧大摇大摆地向九陇进发。他们万万没有想到，刚进九陇腹地，赤卫队和根据地人民就据险抵抗，利用山山有工事、处处有枪眼的有利地形，打得他们夺路而逃。奉命阻击后路的赤卫队员们，一听到前面枪响，立即斩断木桥，坚守在九陇山口。敌人想进，寸步难行；想逃，木桥已断。急疯了，便向山口猛攻，企图打开个缺口逃命。但是，敌人的枪炮在林木参天、怪石嶙峋的九陇山里，毫无作用。而各个山间隘口的飞石、滚木却像飞瀑直泻，一个劲地砸向白匪。敌人心慌意乱，被摔死、砸死不少。赤卫队工事坚固，越打越有劲，不到一个小时，就歼敌20余名，缴枪40多支，俘虏30多个。就连当年那个气势汹汹、残酷镇压农民革命的龙镜泉的老婆也做了俘虏，被赤卫队押进九陇。

反动派妄图"剿灭"九陇根据地的阴谋，遭到了惨重的失败。九陇根据地的形势，在毛委员的亲切关怀下，波浪式地向前推进着。

誓 旗

"牺牲个人,言首绂蜜(严守秘密),阶级斗争,努力革命,伏(服)从党其(纪),永不叛党。"

这是一份普通的入党誓词,因为井冈山斗争时期多数共产党员都倒背如流;但它又是一份特殊的入党誓词,二十四个字中,竟出现了六个错别字。

这份既普通又特殊的入党誓词,文物原件珍藏在中国革命博物馆,在全国大多数博物馆、革命纪念馆都有复制件陈列。它是由永新县农民贺页朵冒着杀头危险保存下来的井冈山斗争时期入党宣誓书。

贺页朵(1886—1970),永新县才丰乡龙安桥北田村人。家里十分贫穷,故读书识字很少,早年靠租田、榨油和做短工为生。1927 年参加农民运动,任北田村农民协会副主席。井冈山革命斗争时期,贺页朵以榨油职业为掩护,将榨油坊当成地下交通站,积极从事革命工作,为红军和游击队传递情报,转运粮食,筹备食盐,收集子弹,运转伤员至宁冈等地,曾参加过"三打永新"和"八攻吉安"。

1931 年 1 月 25 日,北风呼啸,寒气逼人,但贺页朵的心田,却荡漾着春天般的温暖。由于经受了艰苦的斗争与严峻的考验,在北田村,经东南特区贺雪龙(湖南耒阳人)介绍,他被批准加入中国共产党。

入党仪式在贺页朵的榨油坊里秘密举行。这是一个神圣而庄严的时刻,贺页朵热血沸腾,心潮澎湃。他拿出自己早已准备好的一块红布,在上方开始写字。由于十分激动,贺页朵的手有些颤抖。贺雪龙在一旁亲切地说道:"别急,慢慢写,写下你对中国共产党的忠诚,写出你坚定革命必胜的信念!"

贺页朵的心情很快恢复了平静。他于是一笔一画端端正正地在红布上方写下中国共产党的英文缩写"CCP",接下来在红布正中央认认真真写下了宣誓词：

"牺牲个人,言首绂蜜（严守秘密）,阶级斗争,努力革命,伏（服）从党其（纪）,永不叛党。"

最后在红布的右边空白处写下"中国共产党员贺页朵""地点北田村"。

当时,也许是基于形势的危急,不太注重外在的形式,也许是考虑到贺页朵这位朴实农民的自尊心。贺雪龙并未点破宣誓词中出现的那六个醒目的错别字,而是将错就错,带领贺页朵举起拳头,轻声诵读宣誓词。贺页朵神情凛然,眼里噙着泪花。他的面前,仿佛出现了千万面党旗迎风飘扬,千万个翻身做主人的农民笑逐颜开,雄赳赳踏上革命的征程。

1934年10月,中央红军开始长征,贺页朵与党组织一时失去了联系,他留在家中继续坚持斗争。为了严守党的秘密,贺页朵将这份入党宣誓书用油纸包好,藏在榨油坊的屋檐下。

1951年,谭余保、李立等同志率中央赴南方老革命根据地慰问团抵达永新时,贺页朵把这份他冒死保存的宣誓书,作为革命文物捐献出来,转交给中共中央宣传部。中国革命博物馆成立后再由中宣部转交给该馆珍藏、陈列。当时谢觉哉同志看后,大为感动,曾撰有《一个农民的入党宣誓书》一文,并将该文收进《不惑集》内。文章最后一节写道："贺同志在写这张布质的入党宣誓书时,不是照着底稿写,而是记熟了这几句话。他虽然写了一些别字,这些别字并不减少它陈列在革命博物馆的意义,倒使人感到它忠实、可爱、可贵。"

1977年8月6日《人民日报》也刊载了题为《牺牲个人,永不叛党——记"入党誓词"和"牺牲带"》文章。文章说："牺牲个人,严守秘密，阶级斗争，努力革命，服从党纪，永不叛党"，这是伟大领袖毛主席亲手创建井冈山革命根据地建党时的入党誓词。它鼓励着多少共产党员，为中国人民的解放事业，前仆后继，勇于牺牲，永不叛党。贺页朵同志的这一光照人间的入党誓词，就是这样实践着的。在井冈山革命根据地，我们还听到许多共产党员矢志践行"入党誓词"的光辉事迹。毛主席亲手建立的永新县秋溪乡党支部的一些党员，担任地下交通员，负责井冈山根据地各县之间的联系，碰到敌人搜查，为了严守秘密，他们总是机警地把党的文件吞到肚里……

由于贺页朵同志的《入党宣誓书》有深远的教育意义和历史意义，1976年1月13日，中国革命博物馆给了贺页朵同志一张收据，上面写道："贺页朵同志：承惠赠你1931年1月25日的入党誓词（布质），除编目珍藏提供研究及陈列外，并致热烈的贺忱。"

这就叫"信念"！

因为在这位老党员的心中，永远坚信中国革命胜利必将胜利。这一天，他终于盼到了，他带着微笑，把他苦苦守护的入党誓词交给了党。

这是一种"信仰"的力量。这也是一种不朽的力量！

湘赣省委所在地——永新

在永新县苏维埃政府建立的同时，周边莲花、宁冈、安福、吉安、茶陵、酃县、攸县也相继建立了各级苏维埃政权，湘赣边的斗争形势有了很大发展。为了进一步加强湘赣边及整个赣西南革命斗争的领导，促进赣西南根据地革命形势的发展，根据中央指示精神，红四军前委，红四、五、六军军委和赣西、湘赣边、赣南特委联席会议于1930年2月6日至9日在吉安县陂头举行，即"二七"陂头会议。会议由毛泽东、刘士奇、曾山等领导主持，讨论了政治、土地、红军、苏维埃和党的组织问题，制定了"二七"《土地法》，提出分配土地工作一要分，二要快；决定将赣西、湘赣边和赣南合并为赣西南特委，统一领导赣西南的斗争。"二七"陂头会议推动了赣西南斗争的发展，促进了此后湘赣革命根据地的形成。

根据"二七"陂头会议的决定，3月22日至29日，中共赣西南特委在吉安富田召开了有78名代表参加的第一次党代会，正式成立了赣西南特委，刘士奇为特委书记。同时，成立赣西南苏维埃政府，曾山任主席。为便于领导和指挥，赣西南特委下设西河、东河、东路、中路、北路、西路等六路行动委员会（简称行委）。永新、莲花、宁冈、遂川、茶陵、鄬县、吉安河西部分归西路行委管辖。

从此，赣西南苏区出现了前所未有的新局面。永新的土地革命和武装斗争也如火如荼地开展起来了。

"二七"陂头会议后，永新的革命形势进一步发展，各级苏维埃政权普遍建立，永新苏区形势相对稳定，县委和县苏维埃政府根据会议精神和"二七"《土地法》，决定在全县范围内全面开展分配土地运动。

这次分配土地的政策规定：没收一切豪绅地主阶级及宗祠、寺庙、神会的田地、山林、池塘、房屋，归苏维埃所有，由苏维埃分配给贫苦农民及其他需要土地的民众；对自耕农的田地、山林等，除自食自用所需田地外，尚有多余经当地多数农民要求没收的，苏维埃应该批准农民的要求，没收其多余的部分并分配给其他农民；废除工人、农民所欠豪绅地主的债务，当众烧毁豪绅地主及宗祠、寺庙、神会的田地契约和债务契约、借据；豪绅地主阶级及反动派的家属，经苏维埃审查，准其在乡居住，如无其他方法维持生活的，酌量分给土地。

这次分配土地的原则是以乡为单位，由农民把他们在本乡及邻乡所耕的田地合起来，按全乡人口，包括男女老幼，一律平均分配，实现

"耕者有其田"的目标。

分配土地的具体方法步骤是：一是召开群众大会，由区政府派干部前往各乡村进行广泛宣传，主要介绍焚契分田的好处和分田的政策、方法，并选出乡、村苏维埃土地委员，成立乡土地委员会和村分田小组，具体领导乡、村土地分配工作。二是由乡土地委员会、村分田小组负责调查土地、人口数量，再召开群众大会逐家逐户核实。三是根据核实的土地和人口数量，折算出每人平均应得的田亩数，按照"以原耕为基础，抽多补少"的原则，逐户算出应进或应出的土地数，经磋商研究后宣布谁家该划出的田块和田亩数，谁家应得到该划入的田块和大小。四是由乡土地委员会和村分田小组带领农民"过田""插界牌"。

由于在分田运动的初期，实行了"在原耕基础进行抽多补少"的方法，加之时间太快，经验不足，仍然分得不够彻底。

1930年10月，永新县贯彻赣西南特委"抽肥补瘦"精神，由乡土地委员会根据土质和水利及产量，把土地分成三等，以产量折成稻谷担数，在原分土地的基础上进行了调整，土地分配才基本完成。

全县除关背外，农民分得了人均6担谷或8担谷（大约2亩）的土地，还分得了豪绅地主的山林、房屋、池塘等。

这次分配土地运动，彻底打破了封建土地制度，农民成了土地的真正主人。

分田运动之后，永新人民为了保卫革命政权和土地果实，他们踊跃参加地方武装力量——赤卫军、少年先锋队。21岁至40岁的青壮年大都参加了赤卫军。赤卫军配备了一定数量的枪支弹药，但大多以梭镖、大刀、鸟枪为武器，还组织了运输队、担架队、拘捕队、特务队、宣传队等配合红军行动。县、区、乡建立了少先队，16岁以上的男女青少年都参加。同时永新县还有一支赤卫大队。1930年1月，红六军在吉安县成立，根据特委命令，永新县赤卫大队近千人与茶陵、宁冈等县赤卫队编入红六军第三纵队,徐彦刚任纵队司令员,刘作述任纵队政委。之后,县委从各区、乡赤卫队抽调精干人员重新组成县赤卫大队,计200余人,枪100余支,刘家贤任大队长,左娜任党代表。1930年7月,赤卫大队又编入红二十军组成第三纵队(后改为红一七四团)。

随着革命形势深入开展,吉安成了敌人在赣西南最后一个堡垒。赣西南特委从1930年2月至10月,动员并组织地方武装和革命群众,配合主力红军,接连进行了九次攻打吉安的战斗。

每次攻打吉安,永新县都动员了上万工农群众参加,特别是在第八次攻打吉安时,全县出动地方武装和群众达5万人之多。当时,王怀任八次攻吉前委书记,前委下设东、南、西、北四路军。队伍在沙尔洲举行了攻吉誓师大会。参加进攻吉安的数万群众手持梭镖,身背鸟铳、大刀和用来填壕沟用的禾草,列队进入会场。主席台上的广播声热烈激昂、振奋人心,台下"打到吉安去,建立苏维埃政权,实行土地革命!""打到吉安去,武装保卫苏维埃!""武装反对军阀混战!"的口号声彼伏此起,响彻云霄。县赤卫大队加入攻城的主力部队,所有青壮赤卫队员和少先队员都参加冲锋队,其他组织担架队、运输队。永新人民还节衣缩食,收集粮食、钱财支援前线。仅第八次攻打吉安中,全县人民就捐款近10000块银圆。

在攻打吉安的战斗中,永新参战的赤卫队员和武装群众表现十分英勇,不怕牺牲,填壕沟,剪铁丝网,冲锋陷阵,勇往直前。在第六次攻打吉安时,永新小江区赤卫队在队长段德本率领下,奉命驻守吉安高沙对面的一座山坡,切断敌人的交通,围困吉安城。敌人进攻小山坡,猛烈的炮火把小山上的工事都摧毁了,但赤卫队员和武装群众顽强抵抗,甚至和敌人进行肉搏,打退了敌人多次冲锋,坚守了阵地,受到了上级的嘉奖。

由于敌人兵力强大,工事坚固,而我军攻吉部队没有大量正规红军参战，又缺乏攻坚武器，所以前八次都未成功。直到 10 月 3 日，由毛泽东领导和指挥红一方面军、红二十二军、红二十军以及赣西南 10 多万工农群众第九次攻打吉安，与敌激战到 10 月 4 日午夜，才胜利攻克吉安城。随后，永新少先队员在吉安城搜捕到 200 多名豪绅地主和反革命头目。

红军攻占吉安，拔除了这座赣西反革命的顽固堡垒，使赣西南红色区域连成一片，推进了赣西地区的革命斗争，为湘赣革命根据地的形成奠定了基础。

随后，赣西南党、团特委合并为江西省行动委员会，下设赣西、赣南、赣东北、赣西北四个行委，永新隶属于赣西行委。1931 年 1 月，江西行委解散，成立了相当于省委的中央赣西南特区委，以陈毅为书记，继续领导赣西南的革命斗争。

1930 年 11 月，蒋介石在结束了"中原大战"之后，调集 7 个师约 10 万敌军入赣，对中央苏区和中央红军进行第一次"围剿"。

驻萍乡地区的敌第十九路军六十和六十一两个师，奉命经莲花和永新等向兴国附近集结，参加"围剿"中央红军。为配合中央红军粉碎敌人的"围剿"，在县委统一布置下，永新县人民和赤卫队、少先队都组织起来，对过境的敌第十九路军进行一场坚决而广泛的阻击战。他们在敌军必经的道路上，掀起大规模的破坏活动：拆除桥梁、挖断隘路，设置各种路障，迟滞敌人的行动；坚壁清野，把凡是能被敌人利用的各种物资都藏起来；赤卫队、少先队采取灵活机动的游击战术，隐蔽于道路两旁，随时袭扰敌人。12 月，敌第十六师从莲花进入永新境内。永新县赤卫队及千余名武装群众配合湘东独立师凭借有利地形，袭击敌先头部队，给敌人以很大杀伤，随后，我军尾击敌人，使敌人惊慌不定，行动迟缓。敌人到莲花坪地区时，又遭到早已埋伏在这里的地方武装截击，其后卫一部被红军歼灭。

永新地方武装和武装群众配合红军阻击袭扰敌军过境，大大迟滞了敌十九路军的行动，使之未能按时间到达集结地域，从而减轻了中央红军反"围剿"的压力。

敌人对中央红军第一次"围剿"失败后，随即于1931年2月间，又调集20万大军，发动了第二次"围剿"。

永新县为了配合中央红军第二次反"围剿"，在全县范围内掀起了扩红热潮，一共有1000余名青年参加红军，随即在上犹县编入红三军内，参加中央红军反"围剿"战斗。根据西路分委指示，永新县地方武装也进行了一次整编，以永新县地方武装为主，抽调安福、宁冈部分人员组成江西红军独立第五团。另将编余的部分武装和从区、乡赤卫队里选调上来的武装人员编成永新红色警卫营（不久改为永新独立营），有枪100余支，段德贵任营长。各区赤卫队、少先队共1000余人组成冲锋团，配合红军反"围剿"。

1931年4月初，第二次反"围剿"战斗正式打响。敌第七十七师向赣西、湘东地区发起了进攻，先后占领吉安县的永阳和敖城，直逼永新县境。为此，中央红军总部指示，湘东南独立师（原湘东独立师）、第二十军一七五团、红七军五十八团在永新组成河西临时总指挥部，以张云逸为总指挥（后为李明瑞），统一领导指挥这三支部队，并发动群众开展广泛的游击战争，打击来犯之敌。

红军河西总指挥部成立后，根据敌我形势，决定向敌第七十七师侧后突击，首先歼灭永阳守敌，威胁敌军后方。

4月4日，红军主力以及永新县独立营等地方武装全力围攻永阳镇守敌第七十七师第二三〇旅。湘东南独立师和红二十军一七五团从东、北面向守敌发起突击。独立师很快突破外围阵地，冲入镇内，但敌人仍镇内顽抗，凭借优势火力，疯狂反扑，随着红七军第五十八团投入战斗，才将敌击溃。永新独立营也冲入镇内，追击敌军，收复永阳。这次战斗毙敌700余名。红军返回永新后，李明瑞团长带领红七军五十八团辗转来到永新。第二天，在永新城举行了隆重的会师大会，会后，几百名永新青年报名加入红七军。

两军会师后，有力地配合了中央红军的反"围剿"战斗。5月30日，中央红军成功粉碎了敌人的第二次"围剿"。

粉碎了敌人的第一、二次"围剿"后，湘东南、赣西南革命形势得到更大发展。湘东南、赣西南苏区已连成一片，形成了以永新为中心，包括湘东南和江西赣江以西、袁水以南、大庾岭以北的一整块革命根据地。在地理位置上，它成为中央革命根据地的重要战略侧翼，是连接湘鄂赣革命根据地和中央革命根据地的纽带，对中央革命根据地起了很好的拱卫作用。与此同时，中共中央和苏区中央局决定"在河西成立湘赣省委，领导河西及湘东南的工作"，并派王首道等同志来到永新，组建中共湘赣临时省委。

1931年7月底，王首道、甘泗淇等到达永新后，随即召开了湘东南特委、赣西南特委的联合分委联席会议。湘东南特委负责人胡波、李孟弼、袁德生等，西路分委负责人朱昌偕、左娜、马铭、龙贻奎、刘天干等参加会议。会议传达了中共中央六届四中全会精神，以及关于撤销中共湘东南特委、赣西南特委西路和北路分委，成立中共湘赣临时省委等决定。8月1日，由王首道、甘泗淇、张启龙、林瑞笙、袁德生、刘其凡、李孟弼七人组成中共湘赣临时省委，管辖湘东、赣西21县。10月8日至15日，中共湘赣省委第一次代表大会在莲花县花塘村召开，正式成立中共湘赣省委，王首道任书记。接着又召开了湘赣省苏维埃第一次代表大会，正式成立湘赣省苏维埃政府，袁德生任主席。省委、省苏维埃政府机关设在永新县城。至此，以永新为中心的湘赣革命根据地正式形成。

贺氏三兄妹

贺敏学

贺敏学，1904年8月出生在永新县禾川镇。贺子珍的兄长。1925年加入共青团，1927年3月转入中国共产党。参加了大革命和井冈山斗争。中华人民共和国成立后，曾担任华东军区防空司令部司令员兼政委、华东工程管理总局局长、福建省副省长、全国政协常务委员等职。1988年4月26日在福州病逝，享年84岁。中央致的悼词中称他"是无产阶级革命家，忠诚的共产主义战士"。

1934年10月，中央主力红军退出中央苏区进行长征后，敌兵大举压境，中央革命根据地形势越来越吃紧。就在这严峻的形势下，"左"倾路线的错误却继续危害着中央苏区的党和红军。留在中央革命根据地坚持斗争的贺敏学此时担任二十四师七十一团参谋长。1935年1月，被数万敌军合围于会昌，红军与敌血战数日损失大部。贺敏学率领这支部队冒着枪林弹雨，趁黑冲破敌军重围，进入深山老林，此时，他手下仅剩20余人。时值深冬，气温低下，林中空气又湿又冷，他们没有衣服、被褥，就穿着破旧单薄的衣服在山林岩洞中裹着茅草过夜，没有粮食，就挖竹笋、摘野果充饥。

6月，贺敏学率队伍来到了油山。油山雄伟高耸，海拔千余米，坐落在大余、信丰、南雄三县接壤处，横跨江西、广东两省。在大山深处的一个茅棚子里,贺敏学与陈毅这两位井冈山的战友见面了。贺敏学紧握陈毅的手、满怀喜悦地说:"陈军长,见到了你们,我们就有主心骨了。"

陈毅也很高兴:"太好了,游击队又多了一员骁将。"几天后,赣粤边特委任命贺敏学为游击支队长兼政委,在北岭天井洞一带活动。贺敏学欣然受命,临行时,陈毅送了贺敏学两句话:"一、你是井冈山上的老同志,要经受住任何严酷的斗争考验;二、斗争异常复杂,任何时候都不能放松警惕性,要识破敌人一切诡计。"贺敏学点头:"陈军长,放心吧,你的话我记住了。"

10月的一天,驻天井洞的秘密交通员赖文泰来到贺敏学的游击队驻地,传达粤赣游击队后方办事处主任何长林的通知:"原中央军区参谋长龚楚来到了天井洞,要召集红军游击队小队长以上干部和后方人员到北岭天井洞开会,有重要指示传达。"贺敏学听后,心头不禁掠过一丝疑惑:眼下斗争条件极其恶劣,各游击队又分散活动的情况下,集中各游击队的干部开会,是很不寻常的。同时,又未见粤赣边特委主要领导项英、陈毅的亲笔信,莫非里面有什么问题?但是,龚楚和何长林他都很熟。尤其是龚楚,1925年就加入了中国共产党,曾先后参加了南昌起义和湘南起义,1928年4月随朱德上了井冈山,担任过红四军军委委员。两人在井冈山多有接触,贺敏学难以对龚楚产生怀疑,他依然做好了预防一切意外的准备,带上武器前往天井洞。

贺敏学爬上山头,快接近天井洞时,只见洞口两旁守着十几个人,个个头发梳得油光水滑,脸色红润,衣服很新,都挎着一色的快枪和驳壳枪,树丛中和石头后也埋伏着人。贺敏学心头一惊,马上意识到情况不对,以往开会都很机密,为什么这次戒备这样森严,游击队员生活艰苦,人人面黄饥瘦,衣衫褴褛,哪会是这些人的模样?而且,游击队武器杂乱,以长枪为主,哪会有如此整齐的装备?想到这里,贺敏学断定一定出了叛徒！这时，他额头冷汗直冒，"怎么办？怎么办？我绝对不能进洞，还要告诉尚未进洞的同志不要进洞。"正在这时，只见何长林从洞内出来，他一见贺敏学欲前不前的样子，就叫："贺队长，快进去呀！已经来了不少人，龚参谋长在里面等急了哩。"

再不能犹豫了，贺敏学说一声："我去小解。"转身就走，边转身边抽驳壳枪，突然，身后枪声大作，贺敏学迅速伏在地上，侧身向追来的敌人射出一梭子，撂倒了几个人后，拼命往山下跑。敌兵穷追不舍，乱枪齐发，贺敏学身中一弹，滚下山崖，又跌落在茅草丛里。在茅草丛里，他从衣上撕下一块布捆扎住伤口，忍痛钻进密林中。敌人搜了一阵，没搜到。贺敏学死里逃生，幸免于难。

贺子珍

贺子珍，江西永新人，1909 年出生，1925 年加入中国共产主义青年团，1926 年加入中国共产党。1976 年 6 月增补为全国政协委员。1984 年 4 月逝世。

结成革命伴侣

1927 年 10 月，茅坪，秋高气爽，天气晴朗。袁文才、龙超清、贺子珍、贺敏学等人在拱桥前迎候毛泽东。时间慢慢地过去，只见山坡那边扬起一缕尘烟，接着几匹马闯入眼帘。还隔得老远，骑马的几个人就下了马，朝这边走过来，袁文才等忙迎上前去。走在最前面的那人身材魁伟，步履坚定，自有一股洒脱不凡的气度。很快，两边的人走近了，陈慕平指着最前面的那个人，介绍给大家："这是毛委员，我在武昌农讲所学习的老师。"毛泽东满脸笑容，亲切地和袁文才等一一握手。

贺子珍在一旁端详眼前这位她敬仰已久的人物：他穿着一身灰布服装，虽然经过作战和长途行军，身上很整洁。面容清癯，皮肤晒得黝黑，脸色显得有些疲倦，却掩不住眉宇间那股勃勃英气。双眼炯炯有神，显现出一种睿智、刚毅、亲切的光泽。当毛泽东走到贺子珍跟前时，想不到迎接他的农军头领中竟有这么一位年轻秀美的女子，眼光中露出一丝诧异，贺子珍握住毛泽东的手，说："毛委员，欢迎您！"清脆的声音充满诚意和热情。这是毛泽东与贺子珍的初次相识。

袁文才把原来贺敏学等永新同志住的八角楼打扫干净，安排给毛泽东住。贺子珍住在袁文才家，贺子珍调到前委担任秘书。袁文才家离八角楼只有200来米的路，贺子珍每天都来前委办公，与毛泽东几乎天天见面。

毛泽东初到井冈山，急切需要了解井冈山一带的情况，贺子珍无疑是最好的访问对象。贺子珍给毛泽东介绍边界各县历史、地理、农民斗争、风土人情等情况，特别是永新的情况介绍得更为详细。毛泽东曾有一次对边界特委的人说："我看永新一县，要比一国还重要，前委要大力经营永新。"而贺子珍更是渴望从毛泽东那里多得到一些有关马列主义与革命理论的指导，除此以外，贺子珍还经常向毛泽东请教中国古典文学作品如《红楼梦》《水浒传》及古代诗词中的一些问题，毛泽东知道贺子珍对中国古代文学感兴趣，很高兴，对贺子珍提出的问题有问必答。工作之余，在屋后的山间小道上，在溪旁树荫下，经常留下他们倾心交谈的身影。

毛泽东与贺子珍通过对各自身世及家庭的了解，以及在工作中一段时间的接触，两人心中架起了银河鹊桥，渐渐地产生了爱恋之情。

袁文才看出毛泽东与贺子珍之间关系不同寻常。王佐也看出来了，对老庚袁文才说："毛泽东不是个等闲人物，而贺子珍要才有才，要貌有貌，英雄爱美人，美人爱英雄，还真是难得的一对哩。"袁文才也极为高兴："哪天我去挑破他们，干脆给他们做媒人，喝他们的喜酒。"

　　1928年4月下旬，毛泽东率部回师井冈。5月下旬的一天，一向待人宽厚和蔼的朱德军长关心地对毛泽东说："润之，你瞧我和若兰，一个胡子，一个麻子，两个人马马虎虎过日子，蛮好嘛！你和子珍不早点成婚过日子，还等啥子呀？"

　　一向以儒将风度著称的陈毅，谈吐清雅："两情相好，志同道合；珠联璧合，天造地设。眼下军事稍松，良缘喜结，正是时候！"

　　5月28日，阳光明媚，天格外蓝，山格外青，溪水也似乎唱得格外欢，路旁的杜鹃花开得鲜艳、烂漫，像烧着的火焰。向来幽静的象山庵变得热闹起来。这象山庵是一座始建于清代乾隆年间的古庵，有前中后三进，此庵结构宏伟，庵内宽敞明亮，庵外四周绿树掩映，小桥流水，环境十分幽雅。

　　大媒人袁文才特地搞了两桌宁冈风味的饭菜，请军委、特委一班子人吃了一顿饭。又买了一些糖果等，招待前来贺喜的战友，大家坐在一起说说笑笑，热热闹闹，毛泽东与贺子珍的婚事也没有举行什么仪式，就在这简单而又热闹的气氛中办完了。

　　毛泽东与贺子珍结婚后，在象山庵住了几天，两人就去了大井。从这时开始，贺子成了毛泽东的贤内助和好帮手。

舍命救战友

　　随着蒋介石对苏区五次"围剿"战争的不断升级，再加上王明"左"倾错误的领导，中央苏区越来越小，形势极为严峻，一天，毛泽东痛心地对贺子珍说："他们不听我的意见，看来根据地要丢了。"果然，不出毛泽东所料，1934年9月，中央作出了全军撤离中央根据地进行战略转移的决定。贺子珍因身怀六甲，身体虚弱，分配在干部休养连，同

20多位女红军和中央的老同志一道出发长征。

前一天开会，第二天就要行动，时间紧迫，贺子珍赶紧做出发前的准备，清理销毁文件，把儿子小毛托付给毛泽覃夫妇，又急急从云石山去下肖村向父母告别。最后把重要文稿装进书箱，准备干粮，一切准备就绪。贺子珍她头戴八角帽，身穿灰布军装，腰里系着皮带，佩带着用红绸子包裹的小手枪，显得庄重威武。10月17日下午，马蹄声碎，喇叭声咽。贺子珍跟随总部卫生部干部休养连的队伍，踏上了艰难的征程。

部队突破湘江进入贵州后，道路更加崎岖，沟壑纵横，加上贺子珍肚子也大起来了，走路气喘吁吁，组织上尽力照顾她，分给她一匹骡子，但她却很少骑，时常把骡马让给伤病员，自己却咬着牙跟着队伍行走。

1935年3月的一天，部队进到贵州的盘县。干部休养连到达猪场五里排，午饭后，大家正在树林里休息时，突然数架敌军轰炸机穿破云层朝干部休养连休息的地方俯冲下来投弹扫射，顿时成为一片火海。警卫员吴吉清同贺子珍刚隐蔽好，贺子珍发现不远的一个担架员被炸死，重伤团政委钟赤兵挣扎着要爬起来，情况非常危急。这时的贺子珍不顾一切勇猛地冲过去扑在钟赤兵政委的身上，敌机疯狂地又一次向下俯冲扫射投弹，随着炸弹的爆炸声，贺子珍被浓烟所吞没。警卫员吴吉清不顾敌机狂轰滥炸，背起重伤昏死过去的贺子珍，把她抬上了担架。总部卫生部李治医生迅速赶到进行抢救，发现贺子珍全身上下17处负伤。因当时受医疗条件的限制，深入体内的弹片取不出来，只好采取保守疗法。后来到苏联治疗，弹片依然取不出来。中华人民共和国成立后，1950年5月26日华东医院对她又做了全面体检，医院向中共中央华东局组织部出具体检证明书中写明："右肺及右腋胸膛有金属异物，左肺无重要病变，根据此情况我们认为残废等级可定为三等甲级。"

曾经沧海难为水

在井冈山贺子珍的生平展览馆中，一张电子管收音机的图片吸引了无数的中外游客，它默默地向人们诉说当年的烽火岁月和坚贞爱情……

1954年9月底，全国人民代表大会第一次会议期间，毛泽东当选为国家主席。这时，贺子珍住在上海市淮海路哥哥贺敏学家里，她平时非常关心国家大事，经常收听时事广播。那天，贺子珍与嫂子李立英正在收音机旁，突然广播里传来了一个熟悉的声音，那是毛泽东在第一届全国人民代表大会上的讲话。"啊，是润之的声音！"子珍兴奋地告诉嫂子，"跟过去一模一样。"

贺子珍怀着崇敬与激动的心情坐在收音机旁，仿佛她的毛泽东就在她的身边，正激情满怀地号召全国人民振奋起来建设社会主义新中国。他那圆润、洪亮又带有浓重湖南口音的话语让她心潮起伏，激动不已，让她越发怀念起他俩风雨十年的夫妻情深，为了能把毛泽东的声音听得更清楚，她把音量调到了最高档。就这样一边听着，一边思考着，仿佛要把毕生的生命都倾注在这收音机里。

1935年，贺子珍为了保护伤员而身负重伤，昏迷之际隐约听到毛主席说"就是死也要把她抬着走"。当时正在长征路上，贺子珍由于身上有17处弹伤，病情危急，不能颠簸，医生建议把贺子珍留在老乡家里养伤，可毛泽东考虑到贺子珍留在农村又没有医疗条件，放在老乡家里不要说碰上敌人，就是光躺着也是等死呀。于是，毛泽东坚决表态："死也要抬着她走。"

第二天早上，李立英起床后发现贺子珍还坐在那里，耳朵贴在收音机上，似凝神在听什么。她见李立英进来。便问："咦，收音机怎么不响了，它怎么不响了，不播毛主席的讲话了？"李立英过去一看，原来收音机一夜未关，而且音量也开到了最顶档，被烧坏了。望着一片深情的子珍，李立英扭过头去擦夺眶而出的泪水。自从1937年与毛泽东在延安分别，17年了，对朝朝暮暮思念着毛泽东的贺子珍来说，那熟悉的声音犹如天外之音，既滋润无声又雷霆万钧，不久贺子珍便病倒了。

  这消息被来上海探望母亲的李敏告诉了毛泽东，毛泽东知道后，心情很沉重，流下了眼泪。他对李敏说："她的病是因我而起的。"这是李敏第一次见到爸爸流泪，这就是爸爸对妈妈的那种无限眷恋之情的表露。1953年的一个晚上，毛泽东与贺敏学在中南海进行了一次长谈。主席很难过地对贺敏学说："叫子珍再婚吧。"敏学从主席的声音地很明显地感觉到主席依然思念着曾经与他患难与共生活了十年的妻子，然而现实却令他无法再续前缘，这也是他觉得最对不起子珍的地方。贺敏学告诉主席："主席，子珍妹跟我说过了。她一生只爱一个人，坚决不改嫁。毕竟曾经沧海难为水，除去巫山不是云！"毛主席听了后，轻轻地叹了口气："花开花落两由之吧。"

  毛泽东在得到贺子珍生病的消息后，又特意派李敏赶到上海去看望，并让她带去他的一封信。主席在信中仔细地叮嘱贺子珍要听医生的话、好好吃药、注意身体等等，殷殷之情，溢于言表。

  毛主席尽管工作繁忙，但每次李敏去上海他都要亲自打点行李，让她带去专门给子珍买的药品、礼物等等。当毛主席得知子珍的收音机烧坏了，又买了一台当时国内最好的熊猫牌收音机送给她。

  1984年4月19日，贺子珍这位平凡而伟大的女性，这位曾与毛泽东并肩作战、患难与共生活了十年的女红军，带着对毛泽东永久的思念与世长辞。

贺 怡

贺怡（1911—1949），江西永新人，贺子珍的妹妹、毛泽覃的夫人。贺怡15岁投身革命。红军长征后，白色恐怖笼罩苏区，贺怡忍受住失去丈夫的巨大悲痛，在极其险恶的环境里，坚持了三年地下斗争。

行船运砂下赣州

中央苏区的第五次反"围剿"失败后，1934年10月，党中央和中央红军被迫退出苏区，实行战略转移。

尽管撤离是那样匆忙，中央对留守苏区人员仍作了许多部署和安排。特别是挑选了一批如项英、陈毅等斗争经验丰富，能力强、熟悉当地情况的干部留下来继续领导苏区斗争，毛泽覃、贺怡夫妇也在留守人员名单中。

转移的征途漫漫，艰险重重，留的更是凶多吉少，生死未卜。然而真正的革命者早已把生死置之度外，一切听从党安排，不论走与留，无怨无悔，这是贺怡与毛泽覃的共识。

红军长征前夕，贺子珍把她和毛泽东十分疼爱的3岁孩子小毛托付给妹妹贺怡，离别时，贺子珍实在难以割舍心中对孩子的眷爱，眼泪顺颊而下。

贺怡见姐姐这样难过，安慰姐姐说："你和姐夫放心走吧，我们一定会安排好小毛的。"可谁能想到，由于后来斗争酷烈，环境险恶，在毛泽覃牺牲后，小毛便下落不明。

1934年12月初的一个早晨,在会昌县白鹅洲四码头,毛泽覃与亲人们依依惜别。毛泽覃需要率领红军游击队转战闽赣边境,贺怡则偕父母孩子去赣州坚持地下工作。中华苏维埃共和国中央政府办事处主任陈毅为贺怡等一行去赣州作了周密、细致的布置,后方办事处特意准备了3条木船,船上装了钨砂和谷子,准备到赣州卖掉后做贺怡生活和工作的经费。陈毅找来曾任中央苏区总工会执委委员,家乡是赣州的王贤选,传达了组织上关于由他负责护送贺怡一行到达赣州,并在赣州坚持地下斗争的决定。对这一特殊任务,在家乡和赣江流域有着广泛群众基础的王贤选,二话没说,向陈毅表示,哪怕牺牲自己身家性命,也要坚决完成组织交给的任务。

王贤选和贺怡对行船去赣州做了更为具体的安排。贺怡一行都装扮成运货去赣州的船主,每条船上的船工都是共产党员。第一条船坐的是贺怡的父亲贺焕文;第二条船是贺怡,改名为胡招娣,与王贤选假扮成夫妻;第三条船是贺怡的母亲温吐秀和刘豹子(刘伯坚之子,4岁,化名小三子)。3条船保持一定距离,以随机应变。

船离开码头缓缓驶向远方,贺怡靠在船舷边向仍伫立在码头上的毛泽覃频频挥手,再也忍不住的泪水夺眶而出。毛泽覃也向远处的亲人不住挥手,直到对方在自己视野中消失……

那时于都县、赣县县城都被敌人控制,国民党军队在城镇、交通要道布哨设卡,围堵、捕捉共产党人,到处是白色恐怖。当贺怡一行乘坐的3条船行驶到距于都县城30多里的地方,遇到几条从于都开来的船,船老大说,于都这几天风声很紧,码头加强了检查,保安团还派了几艘汽轮船在江面巡逻,对从"匪区"来的船严密盘查。贺怡、王贤选听后紧急商议,为了确保安全,决定避开风头,暂不驶往于都。3条船就停泊在塘头这个地方躲了两日。贺怡寻思这样躲下去也不行,能不能晚上开船,趁夜闯过于都。她把自己的想法告诉了王贤选,王贤选认为可以，但要冒些危险。贺怡果断地说："不入虎穴，焉得虎子？与敌斗争总会有危险的，干吧！"

入夜后，3条船依次开动。船老大都是驾船的好手，船只顺流而下，船速甚快。这几日，天气骤冷，北风嗖嗖，天又下起霏霏细雨，江面寂静空荡。敌人哨卡松懈。当船行驶到于都县城江段时，已是大半夜时分，码头上除了几点鬼火似的灯光外，没有什么异常迹象，3条船顺流而下，顺利地闯过了于都这一关。到第二天下午，船行到赣州码头。

赣州是座有1700多年历史的古城，历来为兵家必争之地。现时是敌人在赣南的重要政治、经济、军事的中心。因赣州紧靠中央苏区，敌人为防备共产党力量进入赣州，戒备甚为森严。

贺怡一行3条船刚靠近码头下锚，戴着赣州保安司令部袖章、荷枪实弹的国民党士兵在一个军官带领下上了船，喝问："你们是哪里来的？"

王贤选满脸堆笑，点头哈腰："从会昌城来的。"

"都有通行证吗？"

"有，有。"王贤选忙出准备好的证件递给军官。

"她是你什么人？"军官盯了贺怡一眼，指着她问。

"是我的婆娘。"王贤选沉着回答。

"船里装的是什么货？"

"装着稻谷，还有点钨砂。"

"什么？钨砂？你好大胆，不知道钨砂是禁运物品？来人，到船舱里看看，有多少钨砂。"

几个士兵到船舱里搜查了一遍，报告说："3条船上约有钨砂两吨。"

军官青着脸，鼻子哼了声："船查封，把船老大带走！"

这时，贺怡"哇"地一声哭起来，边哭边说："老总呀，船上的货不是我们的呀，我们是给祥茂货栈运货呀，我们划船的可怜，不运货，就没得饭吃，你带走我们当家的，我们怎么活呀。"船上伙计也纷纷向军官求情,一个伙计把事先准备的两个金戒指和一叠钞票塞到军官手中,说:"在家靠父母,出外靠朋友,望老总高抬贵手,放我们一条生路。"

那军官瞧了瞧手中的东西,脸色好看了些:"人不抓算了,据保安司令部命令,凡匪区开来的可疑船只,货物全部没收,不能通融。"

原想变卖后作经费用的货物虽被没收,所幸贺怡一行身份没有暴露。

隐蔽石人前村

天下起了蒙蒙细雨,贺怡一行乘坐的3条船停靠在比较偏僻的城东磨角上码头。

王贤选首先到城郊的水西龙庄村找到哥哥王木生,然后二人一同折回城里西津路,按计划到福裕隆染布行找一个叫何三苟的伙计。这何三苟是中共地下党员,曾任赣州水西党支部书记。王贤选早就熟识何三苟,何三苟是个可靠的同志,他的父亲在大革命时期因参加农会被反动派杀害。两人打招呼后,王贤选对何三苟说:"'家里'来了人,请你去一下。"何三苟立即会意,收拾好手中活计,向店老板招呼了一句,便同他们一起匆匆赶往磨角上码头。

望眼欲穿的贺怡,听到约定的敲打舱门的声响,急切地迎了出来。大家进到舱内,互相做了简单介绍后,贺怡从船上备用的竹篙缝里取出介绍信。何三苟飞快地展开,只见上面写有"胡招娣,共产党员,请妥善安排"等字样,并标有上级党组织的联络暗记。看完之后,随即把纸条撕碎,放在嘴里嚼成一团,吐进赣江。这时,何三苟尚不知道眼前的"胡招娣"乃是毛泽覃的夫人、我党的重要女干部贺怡。几个人商量,先安排好住所,然后再接两位老人上岸。何三苟说:"王贤选、王木生兄弟在家乡影响太大,住在他们家招人耳目,不安全。我家住石人前村,离城不远,但家里只有一间住房,也安排不下。我有个婶婶叫李金秀，是个寡妇，心地善良，家里正好有空房，待我先与婶婶谈好，就住在她家。"

贺怡听了，觉得何三苟办事、想问题很精明周到，心里踏实了许多。

何三苟立即下船登岸，赶往石人前村。何三苟找到婶婶说，有一个朋友的婆娘，带着爹娘从于都逃难来到赣州，现在无依无靠，想住在这里，给她当干女儿。李金秀丈夫早亡，无儿无女，待何三苟如同待儿子一般，见侄儿相托，很爽快地同意了。

何三苟第二天便把贺怡接到石人前村婶婶家中。生性乖巧，口齿伶俐的贺怡，一见着李金秀便拉着她的手连声亲热地叫"干娘"。李金秀也十分喜欢，逢人便说："招娣是我过去在于都时带的干女儿，她老家遭难，逃到干妈这里来度日安生。"

过了几日，贺焕文、温吐秀也被接到石人前村，从此一家三口就在李金秀家住了下来。

这时，王贤选悄悄潜回家乡水西龙庄村，对人说在外面混荡了几年，实在混不下去了，还是回家里好。他与贺怡、何三苟相别时，约定了秘密碰头的方法、时间、地点。

石人前村面对赣江，离赣州城仅三四里路，因村后小山坡不知何朝何代立着一巨大石雕人像，故此村叫石人前村，全村也有几十户人家，村里人以耕田、打渔为生。贺怡一家在石人前村住下，倒也未引起村里人特别注意。贺焕文、温吐秀两位老人本分老实，贺怡待人亲热，手脚勤快，很讨李金秀欢喜，两家相处甚是融洽。

贺怡等三人虽然安顿下来了，但面对的环境却仍然凶险。当时敌保安团获悉共产党组织、红军游击队已派遣人员进赣州，城内城外查得很严，保安队不时对郊县村子进行搜捕，贺怡一家在何三苟和李金秀掩护下，以"难民"身份蒙混过了关。

已是夜深人静之时，贺怡难以入睡，苏区斗争的壮烈情景一幕一幕在她脑海中闪过,她心潮翻滚。她想,革命处于低潮,但革命是决不会被扼杀的,革命必将取得最后的胜利。无论环境怎样的艰险恶劣,共产党人都要坚持斗争。是火焰就要燃烧,是种子就要发芽,一定要及早建立党的地下组织,开展地下斗争,配合红军游击队活动。

一个漆黑的雨夜,在何三苟家,贺怡主持召开了一次秘密的重要会议,参加人员有贺怡、王贤选、何斌、何三苟、罗孟文等党的干部。会上,贺怡、王贤选传达了中央分局和军区的指示,成立了地下党的支部,贺怡为书记,王贤选为副书记。贺怡根据自己以往在白区工作的经验,提出了开展地下工作的意见:以公开职业为掩护建立秘密联络点、交通站;谨慎地发展地下党的组织;为有效地控制地方基层,掩护地下党的活动,要派可靠的同志打入敌人内部,为游击队提供情报、筹措经费和物资等。同志们都非常赞同贺怡的意见,并且都感到这个"胡招娣"虽然年轻又是个女的,却是个有着丰富斗争经验的同志。大家又一起讨论了一些具体的计划和措施,一直到晨曦微露,才分头散去。

正当贺怡、王贤选领导赣州地下党组织秘密开展活动的时候,突然发生了一件意外的事情。农历春分深夜,赣州全城戒严,荷枪实弹的军警破门而入,闯进福裕隆染布行,不容分说地把何三苟五花大绑抓了起来。何三苟突然被捕入狱,引起贺怡的高度警觉和忧虑。

是叛徒告密还是敌人捕风捉影?何三苟的身份暴露了没有?何三苟能否受住考验?种种问题在贺怡脑子里走马灯似的打转。她终于冷静而沉着地作出对策:通知与何三苟有联系的人迅速转移,以防万一,尽快了解何三苟被捕的情况。贺怡不顾个人安危,亲自找到何三苟的妻子谢任凤,叫她去探监,花了几块大洋,狱警才让她进去。谢任凤在监狱窗口前故意怨愤地高声对何三苟哭着说:"你到底犯了什么事呀?你要告诉我,我好请人保你出来,没犯什么事,可不能乱哇呀!"

何三苟是个脑子灵活的人,一听老婆这样说,便推断是贺怡叫她来的，便说："天晓得是怎么回事？给人家做伙计犯了什么法？你回去，去告诉爹娘放心吧。"

谢任凤回来把情况告诉贺怡后，贺怡心里一块石头才落下地来。她又通过安插在赣州保安司令部的人员了解到何三苟被捕的原委：原县总工会秘书长李文堂在广东韶关落入敌人虎口，在敌人百般审讯，严刑拷打下，贪生怕死的李文堂终于屈膝叛变，不仅供出了赣州福裕隆染布行何光浇是共产党员，还泄露了毛泽覃的老婆可能隐蔽在赣州。何光浇本是何三苟在苏区时的化名，这个叛徒只知何光浇，不知何三苟。所幸叛徒跟何三苟从未直接联系过，更不知贺怡潜伏的内幕，敌人手上未掌握更多证据。贺怡立即把这个情况秘密告诉了牢中的何三苟。何三苟心中有底了，一口咬定自己叫何三苟，从来不认识什么何光浇，更不是共产党员。除了承认曾经替福裕隆到苏区做过几回生意，其余什么也不知道。何三苟任凭敌人严刑拷打，软硬兼施，死活不认账。

贺怡又派内线去做福裕隆老板的工作，讲明利害关系。店老板想，要是何三苟出了事，自己也难过关。于是找了商会会长和保长，一口咬定何三苟是他的老实伙计，三人一起去保安司令部求情保释何三苟，当然少不了送上几块大洋。保安司令部对何三苟一案没有其他证据，立不了案，就准许保释了。

何三苟虽然出狱，但贺怡感到敌人既然已对他有了怀疑，对他和石人前村肯定会特别注意，她和何三苟以后不得不处处多加提防。果不其然，一天深夜，村子里突然响起嘈杂响亮的狗吠声，接着听到"快，快"的吆喝声和急促的脚步声。

"不好，保安队来了"。睡在楼上的贺怡朦朦胧胧尚未入睡，忙起来从床下拿出一根长麻绳，在李金秀的帮助下，从窗口吊下去。贺怡悄悄地伏在深深的茅草丛里，躲过了敌人一次抓捕。贺怡清楚，敌人已经盯住了石人前村，这里不是久住之地了。

当晚，贺怡与王贤选、何三苟秘密会面。他俩也认为石人前村已不安全，必须迅速转移，王贤选说："我嫂子娘家在赣县陈坑，陈坑是个偏僻山庄，距赣州城有 30 多里，交通闭塞。嫂子娘家的人都是老实的农民，跟我的交情不错。住在那里比较安全。"

贺怡与何三苟都认为可行。兵贵神速，第二天夜晚，贺怡一家三口就秘密搬到了陈坑村。

传来了噩耗

贺怡一家三口来到陈坑村后，住在紧靠石灰山的山坎上的两间平房里，坎下是层层梯田和一条清澈的溪河。

为安全起见，王贤选不便多来陈坑，由嫂子的弟弟黄耀亮负责贺怡与王贤选的联系。嫂子娘家的人对村里人说："这女的是王贤选在外做工时处的'相好'，现在一家有难前来投靠，王贤选家有婆娘，不便安置，只能借住这里。"以掩人耳目，村里人倒也相信。

暮春时节的一天，贺怡伫立窗前，眺望窗外，映入眼帘的是十分秀丽的乡村景色，山坎上下一片翠绿，烂漫的山花点缀山路两旁，小溪边绿树如盖，一阵山风送来了青草和山花的清香，贺怡深深地吸了一口气，一丝愉悦的感觉掠过心头，这倒不全是因为她被眼前如画景色所感染，还有其他的原因。她两个月前就已分娩，顺利生下了个男孩，这是她与毛泽覃爱情的结晶，孩子生得虽瘦小，但还健康，惹人喜爱。这个孩子就是中华人民共和国成立后我国著名的导弹专家贺麓成。更叫贺怡感到高兴的是，地下党组织在石人前村决定要做的几项工作已着手进行，还算顺利，与赣粤游击司令部也已取得了联系。

目前的成绩是令人欢欣鼓舞的，但贺怡清楚，以后的工作会更艰难。这一段日子，萦绕在贺怡心头里的就是下一步秘密活动如何开展的问题。

然而，天有不测风云，正在此时，从山里传来了一个让贺怡担心的消息。一天傍晚，王贤选满头大汗来到贺怡住处，几次欲言又止，贺怡心知他一定有重要事情相告，就说："老王，发生了什么事？只管说。"

王贤选声带悲戚："贺怡同志，下午，陈毅同志派人带来了一个不幸的消息……"

"什么不幸的消息？"贺怡急问，仿佛预感到什么。

这时，王贤选眼里已涌出泪水，声音很低："毛师长在战斗中牺牲了……"

"什么？这是真的？"贺怡简直不相信自己的耳朵。

王贤选默默地点了点头，含泪讲述了毛泽覃牺牲的经过。原来，毛泽覃在会昌的白鹅洲四码头与贺怡分别后，就率红军独立师转战闽赣边界的武夷山区，战斗频繁，生活极苦。1935年4月25日，独立师被敌重兵打散。毛泽覃率领部分游击队边打边退至瑞金县黄鳝口中一个叫黄田坑的小村子，因天已黑，就住在村里。翌日凌晨，刚想离开村时，敌军在叛徒带领下，已将村子包围了。毛泽覃指挥战士奋勇突围，无奈敌众我寡，突围不成，毛泽覃头部中弹，英勇牺牲……

毛泽覃牺牲的噩耗，不啻是个晴天霹雳，差点把贺怡击倒。她泪流满面，抱着襁褓中与毛泽覃未见过面的孩子，深深怀念与自己心心相印、同甘共苦的亲密战友、丈夫。毛泽覃英俊、坚毅、亲切的面容在眼前闪过，毛泽覃和自己在一起生活及工作的情景不断在脑海浮现……她为失去毛泽覃而极端悲痛，心像用刀子割一样疼，同时，胸中翻腾起对敌人仇恨的万丈怒涛！但是，这时的贺怡已经是一个经历多年严酷革命斗争磨炼的共产党员。毛泽覃崇高的共产主义情操和大无畏的革命精神，给她以战胜一切挫折的力量，她很快从个人的痛苦中解脱出来。她记住毛泽覃生前嘱咐，强抑住内心的悲痛，揩干眼泪继续投入到对敌斗争中去！

几个月过去，地下党组织的秘密活动在贺怡和王贤选策划和领导下，进展得很好。王贤选在水西街上开设了一家水酒店，取名"三合顺"，即是生意场上吉祥用语，也暗含着"三贺顺"的意思。这个水酒店是地下党组织进行秘密联络的交通站，开店赚的钱，作地下党的活动经费。还在赣州城内刘兴服装店设立了一个秘密联络站，由地下党干部刘世华负责传递信件和接待来秘密联络的同志。党组织力量也得到壮大，在慎重、可靠的前提下，恢复和发展了30多名党员，先后建立了5个支部，地下党组织也成立了总支。派了地下党员胡志寿（王贤选的舅舅）充当联保主任，钟光吉、谢华禄等四五名地下党员做了保甲长，打进了敌人的基层政权，此外还在敌人的一些重要部门安插了地下工作人员，布下了一张"白皮红心"的组织网，控制了部分基层政权组织，有效地起到了了解敌情，保护自己，防备敌人的作用。

但是，在敌人眼皮下活动，时时都有被捕、被杀的危险，会有很多意想不到的事情发生。在1935年8月间，就突然发生了一件令贺怡和同志们震惊的事——王贤选被捕了。原来王贤选是打铁工人出身，大革命时期就参加过工会。1930年到瑞金参加了苏区革命，1933年当选为中央苏区总工会执行委员。这次随贺怡回赣州后，只说这几年在外打铁谋生，本乡的人也不知他的实际情况。但当地一个叫赖禄财的地主，在1932年1月间红一方面军攻打赣州时，被红军筹过几百大洋的款子。钱就是命，爱财如命的赖禄财对共产党恨得要命，出于反动的本性，反革命嗅觉也特别灵敏，不知他从哪里弄到一张苏区的报纸，上面刊载了一份有中央苏区总工会执委名单的公告，名单中有"王贤选"的名字，赖禄财据此向保安团告发，说水西龙庄村躲藏着共产党的要员。如狼似虎的敌人得到了这一消息，立即包抄了龙庄村，把王贤选抓进了大牢。

贺怡闻讯后，焦灼万分，立即设法了解了情况。贺怡感到事态严重,事关重大,必须果断采取求援措施。她冒险潜入赣州城,当晚,在地下党干部何光富家开了一次紧急党总支会议,会议分析讨论了当前面临的严峻形势,研究了对应措施,贺怡提出:一面马上通过秘密联络,告诉狱中的其他同志否认认识王贤选;一面密告王贤选,要他承认自己是名叫王贤选,但不是苏区报纸上的"王贤选",中国四万万人,同名同姓者何其多也,一定是弄错了。敌人对王贤选施用了酷刑,王贤选被打得遍体鳞伤,死去活来,但他始终一口咬定没到过苏区,更不是共产党。仅凭报纸上一相同的名字就说他是共产党员要犯,真是天大的冤屈,一定是有人陷害自己。在王贤选身上一无所获,敌人不甘心,又提取狱中关押的"共匪"政治犯多名与他对案,其结果当然是竹篮打水一场空。案子一时定不下来,敌人无奈只好把王贤选投入感化院,罚做苦工。

这时,贺怡又布置王贤选的舅舅胡志寿利用联保主任的合法身份和在当地群众中的威望,组织了城乡十大姓60多个保人联名担保王贤选,又多方筹集了一批款子,打通关节。最后,硬是靠大洋铺路,由胡志寿出面代办"自新"手续。到10月,王贤选才得以获释出狱,却仍拖着个"取保候审"的尾巴。

这次事件和何三苟被抓事件一样最终化险为夷,使赣州地下党组织免遭损失,表现出贺怡临危不乱,处变不惊,沉着应敌的胆识以及机智、灵活、巧妙对敌的斗争才干。

俗话说,福无双至,祸不单行。王贤选出狱不久,贺怡和同志们刚缓过一口气来,却又发生了一件令人啼笑皆非的事,使贺怡不得不离开陈坑村。陈坑村有一户小地主,家境殷实,有一儿子30来岁,去年老婆病故,见邻居家来了一位年轻漂亮的小媳妇,一打听是逃难来的,便觉得有机可乘,便托人上门说媒,要娶她做老婆。贺怡一家尽管委婉谢绝,但他就是不死心,多次亲自上门求亲,还表示不在乎她有父母、孩子。遇到这一节外生枝的事情,贺怡也有些担心,怕地主的儿子常来纠缠不休,时间一长,惹出麻烦。于是,与总支几位同志秘密碰头,大家对事情作出分析后,当机立断,决定贺怡一家立即搬离陈坑村,转移到岗边排村。

越烧越旺的地下火焰

岗边排村是离赣州城10多里路的一个大村庄,村里有一座大庙堂叫三宝经堂,平时香火很旺,每逢四、八两月,四乡百姓争相前来进香朝拜,更是热闹非凡。

为了不引起敌人注意,地下党组织决定利用岗边排村浓厚的宗教氛围和信教的合法外衣,安排贺焕文到三宝经堂做斋公。正好何光富与三宝经堂的主持罗长老沾亲带故,便由他出面与罗长老说妥了这个事。从此,贺焕文便化名陈道源,在三宝经堂作了斋公,每日里打坐念经,有时也为庙里抄写些经文。

由岗边排村的地下党员李声洪出面向保长说明温吐秀、贺怡母女是逃难来投靠的远亲。保长一见是一老一少的两妇女,还带着个几个月的小孩,便不生怀疑。李声洪又向人借了一间屋子,把温吐秀、贺怡安置下来。李声洪成了贺怡的联络员。

贺怡一家过着清贫艰苦的生活,她们自己上山砍柴、开荒种菜。村里人表面看到,贺怡白天参加劳动,晚上带小孩,做些针线活,和普通劳动妇女没有两样,却不知道她是最近赣州城里出现的共产党秘密活动的策划者和领导人。

为了使在白色恐怖笼罩下的苏区人民看到革命的希望,相信革命的火种永不会熄灭,让共产主义信念的火焰在苏区人民心头熊熊燃烧,地下党组织策划和组织赣州城内的地下党员进行了一次大的秘密活动。他们以中国工农红军赣粤游击司令部的名义张贴标语,散发传单,阐述中国工农红军实行长征，北上抗日的意义，揭露国民党反动派屠杀苏区人民的残暴罪行；号召人民绝不要被反动派屠杀所吓倒，而要奋起与帝国主义及其走狗国民党反动派进行殊死搏斗！这次活动震惊了整个赣州城，从政治上打击了敌人自中央红军撤出苏区后的日益嚣张的反动气焰，坚定和鼓舞了在敌人残酷统治下的赣南人民的革命信念和斗志。

但是，气急败坏的敌人在地下党这次活动后，对赣州人民的统治更为严酷，控制更为严密。贺怡根据项英、陈毅的指示，确定了赣州地下党组织今后工作的重心，即安全隐蔽，保存力量，慎重发展，支持和配合红军游击队的斗争。

当时，战斗在粤赣边界的游击队已经完全与党中央失去了联系，由于敌人的严密封锁，中央和红军的情况以及外面的形势，他们都难以知道。获取信息的唯一途径是从当时的报纸中去寻找、分析。贺怡布置三合顺水酒店和刘兴服装店分别订了《中央日报》和赣州《民国日报》。有时由李声洪去取回来，有时由母亲去取。夜晚，贺怡在油灯下如饥似渴地翻看那些报纸，认真地从字里行间找那些反映重大形势和共产党、红军动态的消息，一有这样的报道，就剪下或抄下来，通过联络站送到山上去。自1936年以后，游击司令部通过赣州地下党提供的消息，对山外的事情有个大致的了解，比如红军胜利到达陕北、西安事变、七七事变等重大事件，游击司令部都是在事后不久知道的。据老同志回忆，项英曾对身边的人说："没有地下党提供的消息，我们真会像瞎子、聋子一样，什么都不知道。"

食盐和药品是游击队最需要而又最缺乏的，但敌人对食盐和药品控制最严。

一日，地下交通员又送来赣粤边游击司令部密信，要地下党组织想法弄一批药品上山。贺怡看完密信后，心里很是着急，仿佛看见山上游击队伤病员因缺少药品治疗，而受着病痛折磨的样子。当时，敌人对游击区域实行了严密封锁，食盐、西药、洋硝被列为头等禁运物资，出城的都要进行搜身检查。如果搜到了谁携带了上述物品，轻者关押，重则枪毙。地下党的同志们想方设法搞到了一些西药，但怎样把这批药品运出城，却成了伤脑筋的难题。几天来，贺怡辗转难眠，她清楚，要从敌人眼皮底下把药品运出去，是极危险的，去年两个游击队员进城搞药品，被敌人识破逮捕了。既要把药品运出城，又要保证同志们的安全，不容易啊！贺怡轻轻叹了口气。她又是一夜没睡好，脑子里冥思苦想着怎样把药品运出去的法子。天将拂晓，还是没想出一个稳妥的办法。

正在这时，贺怡忽听到窗外一个男人叫隔壁的邻居："春朵大叔，还没起呀？还说赶早到城里收担粪水哩。"真是说者无意，听者有心，贺怡一听这话，"眉头一皱，计上心来"，她想到，这里农村老乡有清早去城里收尿水、担大粪的习惯。早晨城门保安团岗哨松懈，如果我们的人装成去城里担大粪，把粪桶底做成两层，把药品放在夹层里，趁敌人早岗检查不严的机会，不是能把药品运出城了吗？贺怡心里一阵欣喜："对，就这么办！"

贺怡秘密通知几个地下党的干部，商量了具体实施办法。事情很快安排妥当。

早晨，城门内外，早就一片喧闹，担大粪、卖小菜的老乡出出进进，几个地下党员挑着装有西药的粪桶，混在老乡中出城了，保安队员照例搜了他们身上，没搜到什么，骂道："快滚，臭死人了！"经过这样偷运了几次，这批药品终于安全出了城，送上了山。陈毅知道这批药品偷运上山的经过，夸奖贺怡说："贺怡的这个鬼点子还真行！"

贺怡和同志们也想了很多法子为游击队运送食盐，经过几次失败，终于想出了一个运食盐的绝妙办法，先把棉衣放入熬好的浓盐水中浸透,让棉衣吸饱盐分,然后把棉衣烘干或晒干,派地下党员穿上这样的棉衣混出城。这个办法用了很多次,始终没有被敌人识破。

在贺怡领导下,地下党的队伍发展很快,到1936年年底,地下党员已有140多名,成立了5个党的区委。在此形势下,经贺怡提议,并得到中共粤赣边特委批准,成立了中共赣县临时县委,贺怡担任了临时县委书记,领导整个赣南党的地下工作。

1937年7月7日,震惊中外的卢沟桥事变爆发,7月15日,国共两党达成"停止内战,共同抗战"的协议,中共中央公布了《国共合作宣言》。经过三年最黑暗的煎熬、最艰苦卓绝斗争的南方游击队,终于迎来了曙光。

9月,项英、陈毅根据中共中央指示,作为中共粤赣特委和红军游击队的全权代表前往赣州与国民党江西省政府代表熊滨等进行谈判,协商合作抗日的具体事宜。

项英、陈毅下山谈判,在赣州引起强烈反响,成了街谈巷议的热门话题。贺怡、王贤选、何斌等人听到这个消息更是激动得热泪直淌。他们马上到赣州城内中华大旅社去见住在这里的项英、陈毅。

当贺怡一踏进项英、陈毅的住房,项英、陈毅双双上前,一人握住她一只手,久久说不出话来。经过了极端艰难困苦的三年斗争,老战友重逢,贺怡心潮翻滚,百感交集,这位坚强的革命女性,止不住放声痛哭。陈毅抚着贺怡那不停颤抖的双肩,也只觉得鼻子发酸,泪水直在眼眶里打转。他安慰贺怡说:"贺怡同志,这三年你很不容易,毛泽覃同志的牺牲给你的打击很大,但你挺住了。在对敌斗争中,你表现得很坚强,你领导的地下党活动给游击队的斗争以很大支持,同志们都很敬佩你。现在我们又回到党中央的怀抱,我们应该感到高兴才对呀,你说是吗?"

贺怡点点头,揩干眼泪,很快恢复常态。接着向项英、陈毅诉说别后几年在赣州坚持斗争和艰苦生活的情况。项英、陈毅把党中央关于国共合作共同抗日的决定和我党统一战线的方针、政策详细告诉了贺怡他们，贺怡表示拥护中央决定。

贺怡在旅社里还见到杨尚奎及方志敏的夫人缪敏等人。贺怡在中华大旅社住了两天后，因工作的需要，跟着陈毅上了油山，参与南方各游击队改编的有关工作。

10月中旬，粤赣边各游击队奉命到江西大余县池江圩集结整训，贺怡也参加了这次集训，贺怡在这里见到了久别的哥哥贺敏学。

1938年1月，新四军副军长项英、参谋长张云逸等率新四军由武汉迁抵南昌。随后，在吉安、赣州、大余、瑞金、贵溪以及池江等地相继成立了新四军办事处或通讯处。贺怡被任命为新四军驻吉安通讯处统战部部长（后改任民运部长）。贺怡安顿好孩子，拜别了父母，前往吉安。此后不久，中央通知将贺焕文、温吐秀两位老人送往延安。不幸的是，贺焕文已染病身亡，长眠于湖边岗边排村，享年68岁。温吐秀通过党组织安排，辗转来到延安，由毛泽东安顿照应了她生命的最后岁月。中华人民共和国成立后贺焕文、温吐秀均被人民政府追认为革命烈士。

开国将军王恩茂

王恩茂（1913—2001），永新县禾川镇人，先后在永新县立模范国民小学和禾川中学就读。15岁在家乡投身革命，身经百战，征战在祖国的大江南北，屡建奇功，扬名在祖国的边陲新疆，成长为人民军队的高级将领和共和国开国将军，把毕生的精力献给了中国革命和新中国建设。家乡人民永远景仰追忆将军革命的一生、战斗的一生、辉煌的一生、传奇的一生。

少年壮志投身井冈　一颗将星冉冉升起

1913年5月19日，王恩茂出生于永新县禾川镇北门赤石村（又名土里屋）一户贫苦农民家庭中，那天，天气晴和、春风拂绿，王恩茂父亲王美南给他取乳名春伏，寄予"春伏、春伏，不能总是埋伏着，还要伸出头去看看外面的世界"的美好愿望。王美楠、谢凤娥夫妇共生育5个孩子，王恩茂排行老三。

1927年9月29日，毛泽东率秋收起义部队在永新县三湾村，领导了举世闻名的三湾改编，接着上井冈山创立第一个革命根据地。这成就了王恩茂的少年壮志。1928年5月上旬，年仅15岁的王恩茂毅然投笔从戎，他怀揣《向导》和《先驱》杂志，独自从永新县出发，跋山涉水，走了三天三夜成功到达巍巍井冈山，并有幸找到了萧克的部队，当上了小红军。

不久，王恩茂在井冈山当上了红军宣传员，白天，有时随红军官兵到大井、小井、厦坪等地写革命标语，发革命传单，发动群众，打土豪，筹粮食；有时帮助照料伤病员，端水熬药，清理伤口；晚上，他与战士们一道站岗放哨。记得是在他参加红军的第二年，毛泽东、朱德率领红军攻克遂川县城后，他随萧克部队到遂川的双桥、新江等地开展工作。有一次，部队要送一封信给湖南桂东的党组织，首长考虑到王恩茂年少聪明又不引起敌人注意，放心将重要任务交给他，并指示与他年龄相同的小红军曾涤一起伴行，他俩冒着大雨爬山越岭100多里路，成功将信送到目的地。

自古英雄出少年。1928年，红军第三次攻下永新后，王恩茂也随萧克部队来到了永新县城，因其优秀的革命表现，王恩茂成了永新县苏维埃政府的中共永新县委秘书长兼文化部长。后来，湘赣革命根据地的红八军改编为红十七师。那时的王恩茂受红军第六军团和永新县苏维埃政府双重领导，此时的王恩茂已是红六军团政治部秘书长，在萧克带领下，他积极展开了红十七师的禾水行动、沙市伏击战、松山阻击战等战役战斗，给敌军重大杀伤，有力地配合了中央红军的第五次反"围剿"，在保卫湘赣革命根据地的斗争中发挥了巨大作用。

苏区鏖战长征先遣　战功赫赫名垂青史

就在1934年春，湘赣苏区军民开始了第五次反"围剿"斗争，由于敌军主力向湘赣苏区中心——永新县城推进，湘赣省委被迫向距县城70余里的牛田山区转移。部队为隐蔽起见，半夜出发，第二天到达目的地，清点人数时发现少了王恩茂。这到底是怎么回事呢？原来是出发当晚，王恩茂因着凉肚子痛，走到几里路后，王恩茂去解手，解手后王恩茂发现一个人影，这人拄着拐杖一步一移艰难地行走。王恩茂警觉地躲在一棵大树后，等那人走近后，一看原来是省委宣传部干事贺明开。贺明开也认出了王恩茂，他告诉王恩茂：部队安排自己在老乡家养病，可他想跟部队一起转移。于是王恩茂决定帮助贺明开一起赶上部队。王恩茂背着贺干事走了几里后力不从心，大汗淋淋，最可怕的是，在树林里闪出几点绿莹莹的光，光点向他们靠近。"不好，遇到恶狼了。"王恩茂一阵紧张。王恩茂让贺干事背靠一棵大树，自己站在贺干事的前面，手持一根粗壮的木棍，准备与恶狼对峙。所幸，天色渐亮，狼见捕食无望，终于离开了。

天大亮，他们继续赶路，山里天气变化无常，顷刻大雨滂沱，直冷得他们全身颤抖。更难的是山路湿滑，平时一个人走就艰难，现在要背着一个人更困难，上风婆岭时，王恩茂用一只手托住贺干事的臀部，另一只手抓住路边的枝藤，当爬到一半时，因踩到青苔，脚底一滑，两人向山下滚去，所幸被树枝挂住，不然就滚到山下的小溪去了。贺明开已经动弹不得，王恩茂也浑身是伤。休息一阵后，王恩茂硬撑起身继续背着贺干事,当王恩茂爬上风婆岭山顶时,已经精疲力尽,此时却见警卫班的同志。到达目的地后,贺明开向省委同志讲述了事情的经过,贺明开逢人就说,要不是王恩茂无私相救,真不知结果会怎样。任弼时知道后直称王恩茂是个品格高尚、革命坚定的好同志。

将军桑梓情永铭记　自力更生世代传颂

"月是故乡明,人是故乡亲。"王恩茂将军生于永新、长于永新,永新的山山水水,记载着他儿时的点点滴滴,掀开了他光辉一生的首页。功成名就后的王恩茂将军,虽然少小离家,但他内心深处那份家乡情结却异常深厚,日久弥深。无论是在新疆还是在北京,他的心未曾离开过家乡一刻,时刻关心家乡人民的生活冷暖,时刻支持家乡的建设与发展。只要家乡人民找上他,王恩茂将军无论工作多么繁忙,总会抽出时间热情接待,总会千方百计解决家乡的困难。王恩茂曾三次"回家看看",他每次回到家乡,总是轻车简从,唯恐增加家乡父老的负担;每次回到家乡,总会邀请儿时伙伴共聚一堂,谈笑风生,谆谆教导乡亲们要发扬艰苦奋斗的精神,用自己勤劳的双手改变家乡的面貌,深受家乡广大干部群众崇敬和爱戴。

1991年8月,王恩茂将军回到了阔别58年的家乡——禾川镇北门村。在乡亲们的簇拥下,他沿着一条坑坑洼洼的泥泞小道边走边看。当看到一些住房依然残旧不堪章时,他禁不住愁叹起来!刚坐下来,便要求召集家乡的党员开会。会上,他语重心长地说:"再也不能这么穷了!这要靠你们党员发挥带头作用,一不能只等国家拨款,二不能坐等别人扶助,靠的是自力更生、艰苦奋斗的精神!"将军的重托,字字句句镌刻在党员的心里。接着,他走出去向等候在外面的乡亲讲述自己在延安、新疆开荒种粮食、种棉花等的故事,动员广大群众大力发展种养产业,搞活经济,自力更生建设美好家园。将军的话掷地有声,给予了乡亲们深刻的启迪。在开国将军的崇高精神驱动下，北门村乡亲经过两三年的苦干实干，一幢幢规划好的新楼房拔地而起，整齐威严矗立永新县城北面。

王恩茂将军为家乡人民总是不遗余力，千方百计帮助解决。他的赤子之情和拳拳之心至今历历在目，记忆犹新。20世纪50年代中期，王恩茂将军赠送家乡100头新疆细毛良种羊，帮助建立"井冈山羊场"，进行综合种养开发，提高了食品供应量，加快了家乡人民致富步伐。1986年，永新遭遇了一场前所未有的大旱，连续三个月未下一滴雨，全县40余万亩稻田干枯开裂，旱情十分严重，早稻面临全面减产的境地。王恩茂将军得知家乡旱情后，心急如焚，硬是从新疆的"牙缝"里挤出2000吨汽油、柴油，并亲自联系好专列及时送到永新，帮助家乡人民战胜了天灾。1987年，王恩茂将军亲自与交通部联系沟通，协调了资金180万元建设东里大桥，使4个乡镇近10万群众依靠浮桥出行成为"历史"。1990年，王恩茂将军积极与建设部联系，帮助解决禾水河护堤立项和工程建设资金，使永新县城免遭了每年的洪涝灾害。为改变永新落后的通信状况，1993年，王恩茂将军帮助家乡争取了国家邮电部180万元项目资金，建设了永新县邮电大楼。1998年，为了对接深圳特区，发展老区经济，县委、县政府决定在深圳设立一个办事处，在王恩茂将军亲自与深圳市委负责人协调下，当年永新深圳办事处正式落户深圳。从此，在特区深圳，永新老区有了一个展示形象的窗口、招大引强的阵地。

斯人已逝，风范长存。家乡人民不会忘记王将军对家乡的厚爱，尽管他的骨灰安葬在新疆，将星功耀天山，但他魂归永新。在纪念王恩茂100周年诞辰的日子，家乡人民为深切缅怀开国元勋王恩茂将军辉煌的一生，追思他崇高的革命精神和伟大历史功绩，在王恩茂将军故里的永新县禾川镇北门村，王恩茂故居按照"修旧如初"的原则，对王恩茂将军故居进行全面修缮，并举行了王恩茂同志铜像揭幕仪式。

张国华巧取衡阳城

张国华（1914—1972），江西永新人，1929年参加中国工农红军，1931年加入中国共产党，1934年参加了长征。历任西藏军区司令员、西藏工委书记、西藏自治区第一书记、四川省委第一书记、成都军区第一政治委员。1955年被授予中将军衔。中国共产党第八、九届中央委员。

向大西南进军的炮声打响了，时任第二野战军十八军军长的张国华，奉命渡江南下。所率大军一路风卷残云，势如破竹，经武昌，下江西，1949年7月28日，张国华这个从小远离家乡，跟着共产党走南闯北打天下的战士，终于又回到了生他养他的故乡——永新。

故乡啊，这故乡的风土人情，真使他有故土难离之感。怎奈军务繁忙，到家没几天，率部解放湖南衡阳的命令便到，张国华没来得及向故乡的亲人告别，没来得及再看一眼故乡的山，再掬一口故乡的水，又带上部队踏上了解放衡阳的征程。

衡阳三面是水，一面是山，是通向大西南的咽喉要道，历来是兵家所争之地，真有"一夫当关，万夫莫开"之势。国民党白崇禧部闻风而动，调重兵把守，妄图垂死挣扎。张国华率部赶到城下，国民党军早已驻守严密，因而攻城数回，不得所破。急啊！十万火急！后面大部队急需通过，人民处在水深火热中急需解放，衡阳城外的水哟，它能载舟，也能覆舟。张国华站在前沿阵地，久久地盯着这绕城而过的水，顿时眼睛一亮，一个巧取衡阳城的计谋油然而生。他把手一挥，高兴地大叫一声："妙，让鸭子取城！"

鸭子能取城吗？能！

当天，部队根据张国华的指示，在乡间收买了几千只肥大的广鸭（即由专人看管的鸭），到了晚上，战士们在每只鸭子的背上都绑上一支手电，然后把手电全部打开，用机枪将它们赶下河去，这里又开枪开炮，造成强攻的架势。

下河的鸭子一接触到水，飞腾扑跃，在夜色中电光闪闪，如千军万马。这满江的电光，满天的枪炮，把守城的敌军搞得晕头转向，他们满以为解放军是从水路强攻，立即调兵遣将，把西门的守军统统调到东南北三个门。张国华见时机已到，当即命令部队强攻西门，来个乘虚而入，见缝插针。

敌人西门守军兵力空虚，哪挺得住解放军这万钧之势。不消一个时辰，西门就被我军拿下。解放军如下山猛虎，分兵直扑东南北三条门。敌军猝不及防，白崇禧吹嘘"固若金汤"的衡阳城，在张国华的手里只稍小施计谋，便又回到了人民的手里。

难怪当地的人们要编这样一首山歌来赞扬张国华巧取衡阳城哩：

国华本领大，
借鸭当人马，
衡阳城里三万兵，
个个被鸭恰（"恰"为方言，吃的意思）。

一身正气的刘俊秀

刘俊秀（1904—1985），江西永新人，老红军，参加了长征。中华人民共和国成立后，历任中共江西省委组织部部长、副书记、书记等职，曾任中顾委委员。

1935年秋，刘俊秀被中共湘鄂川黔省委任命为湖南永（顺）源（陵）中心县委书记。其时这些地方有三多，一是土匪多，二是要饭的多，三是光棍多。刘俊秀到任后，发动群众打土豪分田地、清匪肃霸，发展生产，"三多"现象明显减少。但由于是新区，群众基础尚不牢固，令人头痛的土匪问题仍然严重存在。这些土匪虽多数被歼，但余匪借助山高林密地形熟悉的优势，或躲或藏，或集聚或分散。即你剿他就藏，你不剿他就流窜作乱，与刘俊秀玩起了"猫捉老鼠"的游戏。更为可恨的是，残匪竟在光天化日之下，对那些依靠共产党参与土地革命的群众反攻倒算，大开杀戒。

那一天，刘俊秀率县委四个同志到金田乡发动群众，当他们正在一幢老式祠堂里召开农民积极分子大会时，突然被聚集的土匪包围。当时，十多个农民积极分子手无寸铁，全仗刘俊秀和县委四个同志五支短枪凭屋抵抗。土匪估摸着有40余人，火力凶猛。但他们对屋内到底有多少人、枪尚不知底细，故也不敢贸然冲进来，只是在屋外边打枪边狂呼"赤匪投降"。

刘俊秀审时度势，认为当前形势非常严峻，打算自己只身一人从大门出去，假装与土匪谈判，以吸引围攻土匪的注意力。其余县委四人率群众借助时机，以迅雷之势从后门突出。主意已定，刘俊秀便将手枪交给另一县委同志，自己整了整衣衫，便从容不迫从大门走出。为更好引诱敌人，他高举双手并高喊："我是中共永源中心县委书记，要与你们的头儿谈判。"匪见刘俊秀同意"投降"，甚为高兴。许多人从不同方向拥向大门，想看看这"赤匪"头子究竟是何方神圣，是否如上头所宣称的那样青面獠牙、头上长角身上长刺。借助土匪较为松懈这千载难逢之机，屋内其余同志即以狭路相逢勇者胜的气概，勇猛冲锋，终于杀出一条血路，胜利突围。但刘俊秀却不幸落入敌手。

土匪见捕获共产党县委书记，连审也不审，即将刘俊秀五花大绑，准备依惯例"就地正法"。恰此时，该地一曾姓土豪向匪首力陈，即"赤匪"不能被杀在村里，更不能杀在大路上，以免日后"赤匪"变成厉鬼伤人，宜押赴一个叫老鸦窝的地方处斩。那土豪并自告奋勇愿意带路。

匪首虽为杀人不眨眼之类，但对称之为衣食父母的土豪也不敢过分得罪，便依言吩咐一拨人将刘俊秀押往老鸦窝问斩，其余大部分人则分头到村子里搜捕"共匪余党"。

刘俊秀并不知道这老鸦窝在什么地方，但他却对为革命而死泰然自若。他沿途高呼"共产党万岁""红军万岁"口号，大义凛然，吸引了不少群众围观。群众认为"共产党里头的人，果真人人都是不怕死的英雄豪杰"，就连土匪中也有人对刘俊秀的硬骨头精神甚为敬佩，并对刘俊秀说："好汉，明年的今日就是你上路后的周年，届时，我将为你烧些纸钱超度你。"

步出村外，押解刘俊秀的队伍开始登山。土匪中，除左右紧拥着像捆粽子似的刘俊秀的两匪外，余皆迤逦上山。这样，队伍便稀稀拉拉，拉开了距离。当行至一左边是悬崖，右边是绝壁的狭窄山路时，左右拥着刘俊秀的两匪因地形限制，也只能变换方位，一前一后将刘俊秀夹在中间，推推搡搡，谨慎前行。

刘俊秀明白，此时不逃，就再没有机会了。况且，不逃是死，逃则或死或生，总还存一丝渺茫的希望吧。于是，他瞅准机会，迅速飞起右腿，将身后紧推他的土匪踢落悬崖下。等前面那土匪还未缓过神的刹那，刘俊秀又如法炮制，将那土匪踢下悬崖。随即，自己也不顾一切，纵身跳向悬崖下⋯

余匪虽属乌合之众，倒并没有什么慌张，一拨人站在山路上不断朝悬崖下开枪，另一拨人从绝壁处搬来好些大石块，向悬崖下砸，如此忙乎了许久，估计"赤匪"十之八九难逃一劫，加之天色已晚，方才离去。

刘俊秀从悬崖上跳下后昏死了过去，半夜下大雨把他浇醒了。他在峭石上将捆绑自己的绳子磨断，又撕破自己的衣服，给自己包扎了伤口。摸摸不远处被自己踢下的两匪，早已一命呜呼。便摘那两匪的枪支背上，趁着夜色，一步一顿，蹒跚地朝山外走去……这正是：革命征程多艰险，死里逃生犹向前。

"一只摧不垮的老虎"
——周恩来的警卫副官龙飞虎将军的故事

龙飞虎（1915—1999），出生于江西省永新县在中乡一户贫苦农民家庭。13岁参加红军，在血与火，生与死的战斗中成长起来。1936年12月起担任周恩来的警卫副官，前后约11年，1946年11月又担负起直接保卫毛泽东主席的重任，他以无私的忠诚和超人的胆识完成了党交给的特殊使命。

周公馆的"护卫神"

1938年12月间，龙飞虎跟随周恩来来到当时国民党政府的所在地——重庆。其时周恩来的公开身份是国民政府军事委员会政治部副主任，党内职务是中共中央副主席兼中共南方局书记。龙飞虎对外身份是周恩来的少校警卫副官、十八集团军重庆办事处的行政处长，直接负责保卫周恩来的安全。

周恩来来到重庆后，住在曾家岩一座小楼里，当时被称为"周公馆"。周公馆里外都有国民党的特务，周恩来的衣食住行，都有特务的严密监视，周公馆中一般工作人员的一举一动，都有特务盯着。

在当时如此险恶的环境里，要做好周恩来的安全保卫工作，是极其艰难的。龙飞虎为了保卫周恩来的安全，审慎地观察、分析了周公馆所处的环境，与有关人员一起讨论制定了一个详细、周密的警卫工作方案，这个方案经周恩来亲自审定，付诸实施。龙飞虎每天都要细致、缜密地布置好当日保卫事宜。他本人腰挎驳壳枪，形影不离地跟随在周恩来的身边。周恩来在办公室工作时，龙飞虎就在门外警戒，一站就是几个钟头。周恩来每晚都工作到很晚，龙飞虎直等到周恩来休息了，才在周恩来卧室外间的小床上躺下。即使在睡眠中，也异常警觉，哪怕一丝丝响动，他都会警醒而起，每天晚上，总要起来几次，里外检查一遍，心里才踏实。

周恩来在重庆工作期间，到周公馆拜访的各方人士络绎不绝，其中也有乔装的汉奸、特务，龙飞虎凭着高度的警觉和敏锐的眼力，沉着冷静，机智应对。

一天傍晚，夜幕降临，只有路灯发出微弱的光。周恩来外出开会回来，当他刚下车，龙飞虎突然从朦胧的暮色中瞥见七八十米远处的屋脊上一个黑影一闪。说时迟，那时快，龙飞虎右手一挥，随着一声枪响，什么东西从房上"啪"地跌下来了，楼下警卫人员忙打手电走前一瞧，原来地上躺着一只脑壳被打烂的硕大野猫，龙飞虎等警卫人员才吁了一口气。枪声惊动了周公馆四周的特务，他们看着地上的野猫，心却被龙飞虎的枪法震住了，知道周恩来的警卫都身怀绝技。国民党特务私下惊叹："周恩来手下的警卫副官好厉害呀。"

周恩来因工作需要经常出外，外出时面临的情况更复杂，安全更容易受到威胁。周恩来每次外出前,龙飞虎都要和其他几个警卫人员拟出几个方案,设想可能出现的情况,事先定好应对的措施。龙飞虎特别注意沿途的保卫工作,有时要自己先走一趟,记住最易出事、不安全的地段和路口,做到心中有数。

1941年1月,发生震惊中外的皖南事变,重庆的形势变得分外严峻。周公馆里里外外笼罩在一种紧张的气氛中。在那些日子里,周恩来整天东奔西走,忙得不可开交。龙飞虎也处在极度的紧张和警惕之中,除布置加强周公馆保卫工作外,他则时刻不离周恩来左右,尤其在公共场合,龙飞虎总是站立在周恩来身后,他魁伟的身躯,灼灼如电的眼神,给人一种凛然不可侵犯的感觉。

周恩来每天晚上都工作到很晚,周恩来不休息,龙飞虎就不能打一个盹。在"皖南事变"消息传到重庆那一两天里,龙飞虎两天两夜没合过眼。周恩来曾动情地说:"龙飞虎真是一只摧不垮的老虎。"从此,龙飞虎"老虎"的外号,就在领导和同志们之间叫开了,直到中华人民共和国成立后,周恩来、杨尚昆、王震、皮定均、叶飞等一些首长和战友还是叫龙飞虎为"老虎"。

龙飞虎在重庆的两千多个日日夜夜,不知疲倦,高度警惕地做好周公馆的警卫工作,得到了周恩来等领导同志的赞许。

跟随毛主席转战陕北

经过重庆谈判40多天的日子,毛泽东对龙飞虎逐渐了解,龙飞虎的忠诚、机警、胆识与才干给他留下了深刻的印象。

1946年11月9日,龙飞虎跟随周恩来从南京回到延安。龙飞虎即被毛泽东指名,由中央社会部任命为毛泽东的行政秘书,负责毛泽东的安全保卫和生活起居。1947年3月以后,龙飞虎又兼任中央纵队(也叫昆仑纵队)一大队大队长,指挥400余人的警卫部队负责毛泽东安全、警卫工作。

龙飞虎性格坦诚正直，活泼爽朗，很对毛泽东的脾气。他来毛泽东身边不久，毛泽东就和同志们一样叫他"老虎"。毛泽东向来对身边工作人员态度亲切、随和，有时还会开个玩笑、说句笑话。他们之间的交往是很有趣的。一次，毛泽东正在屋外吃面条，龙飞虎在边上安排警卫工作。陕北高原雨量少，地上黄尘又厚又细，警卫人员来回走动，扬起了尘土。毛泽东笑着说："老虎啊，是不是要给我的面条撒胡椒粉呀！"毛泽东的话引起了大家一片笑声。

在龙飞虎心中，毛泽东是党的伟大领袖和自己的导师，自己无比尊重，可有一次，他却不客气地向毛泽东提了"意见"。那是在1947年3月，胡宗南大举进攻延安，党中央决定撤出延安时。13日，延安城里枪炮声山摇地动，敌机轰鸣，但毛泽东依然神色泰然地在地图上画着调兵行军路线。卫士们请毛泽东赶快离开，毛泽东若无其事地笑着说："不要紧，没有什么了不起，无非投下一点钢铁，正好打两把锄头开荒。我要最后一个撤离延安！"又在屋里待了好一阵才撤离。后来，在外围安排保卫工作的龙飞虎知道了，就直言不讳地向毛泽东提意见说："主席，炮弹没长眼睛，您不顾个人安危，我们要顾，要对您的安全负责。在危险、关键时候，您要听警卫人员的。"

毛泽东一见龙飞虎那着急、认真的样子，呵呵笑了："好！好！听你们的，听你们的。"后来，龙飞虎还特别严肃地向毛泽东随身警卫李银桥、阎长林交代："关键时刻，必须不顾主席脾气，强行采取保护措施，抬也要把他抬走！"

在跟随毛泽东转战陕北的一年多的日子里，龙飞虎精心护卫着毛泽东的安全，忠心耿耿地工作，为解放战争的胜利立下了功勋。

1948年5月，解放战争即将进行战略反攻的时刻，龙飞虎响应党中央号召，奔赴前线。临行前，毛泽东与他进行了一个多小时的谈话。毛泽东说:"老虎,你要求去前线,好啊!全国即将解放,我们需要大批干部,前线部队正是用人之际,我同意。""你人很聪明,为人忠勇正直,胆大心细,到部队后要戒骄戒躁,要和部队的同志打成一片。"

龙飞虎听着毛泽东语重心长的话语,默默点头。他想到就要离开主席了,内心充满了依依不舍的情感。

在离开主席后的几十年战斗、工作中,龙飞虎始终牢记着主席的教诲,戒骄戒躁,勤奋工作,为新中国的建立、人民军队的现代化建设和国家的安宁做出了杰出的贡献。

硝烟"三八"线

> 雄赳赳,气昂昂,
> 跨过鸭绿江。
> 保和平,卫祖国,
> 就是保家乡。
> 中华好儿女,
> 齐心团结紧。
> 抗美援朝,
> 打败美帝野心狼!

朝鲜战争爆发后不久,党中央为保家卫国,派出大批志愿军赴朝鲜作战。在这支英勇的队伍中,我们永新就有众多参战者,其中永新籍的师长至军长以上干部十多人。他们指挥所部将侵略军打得屡屡惨败、闻风丧胆,他们的丰功伟绩永远铭刻在中朝两国人民心里,更镌刻在他们土生土长的故土中。

血洒疆场两将军

在朝鲜平壤牡丹峰友谊塔内的纪念室里，陈列着中国人民志愿军牺牲的团以上干部烈士名册，名册第一页赫然印着军长李湘、副军长蔡正国的名字，他们是志愿军在朝鲜战场上牺牲的两位最高级别的将领。

李湘1914年出生于永新县泮中乡泮中村（今属龙源口镇）一个贫苦农民家庭，幼年丧父，靠替人家放牛谋生。1930年8月参加工农红军，翌年加入中国共产党。参加了中央苏区一至五次反"围剿"斗争，作战勇敢，不怕牺牲，两次立功受奖，先后被任命为排长、连指导员。长征中，在湖南作战时腿负重伤，不能行走，上级让他留下，但他用发给的安置费和治疗费雇请民工抬担架，赶上部队。伤未痊愈，又投入战斗。在赤水战斗中，李湘又负重伤，但他以惊人的毅力，忍受伤痛的折磨，在战友的帮助下，克服难以想象的困难，随军前进，胜利到达陕北。1938年春，李湘任营长，在沙峪与日军的遭遇战中，他身先士卒，率部全歼日军一个中队。1941年任团长的他率部参加了著名的"百团大战"。李湘屡建战功，被誉为"坚定顽强、机智灵活的优秀指挥员"。解放战争时期，李湘先后任旅长、师长、副军长等职，率部参加了石家庄、平津和渡江等重大战役。

李湘历经20年的战斗考验，从一个放牛娃成长为我军一名高级指挥员。他戎马倥偬，身经百战，为中国人民的解放事业立下了不朽功勋。

1950年8月，他先后担任中国人民解放军第六十七军副军长兼参谋长、六十七军军长兼唐（山）秦（皇岛）警备区司令员。1951年初，李湘奉命率志愿军第六十七军赴朝作战。为了严守机密，他在起程前3个小时才将党中央、军委派他赴朝作战的决定告诉妻子安淑静，然后便匆匆赶赴朝鲜战场。李湘入朝后立即同政委、永新籍战友旷伏兆到志愿军司令部请示工作，接受任务。随即不辞劳苦地赶到兄弟部队调查了解情况，缜密详细地分析敌情，根据志愿军司令部下达的任务，制定行之有效的作战计划。是年10月底美国侵略军和南朝鲜李承晚傀儡军发动了"秋季攻势"，敌军以4个师的兵力向李湘、旷伏兆指挥防守的金城南25公里正面阵地大举进攻。敌人用飞机炸、大炮轰、坦克协同步兵轮番攻坚10天，李湘夜以继日地坚守在作战指挥室里，沉着指挥。为了更深入确切了解掌握敌情，便于指挥，他把电话一直通到一线营指挥所。他以固有的坚毅沉着和高超的军事素养展示其指挥才能。六十七军全体官兵在他的正确指挥下，奋不顾身，英勇顽强，勇猛杀敌，彻底粉碎了敌军的"秋季攻势"，创造了3天歼灭敌军1.7万余人的最高纪录。此次战役刚刚结束，他顾不上休整，立即认真总结作战经验，一面通过会议，以汇报或谈话的形式广泛搜集材料，一面努力学习苏联和我军的军事理论，在军事参谋人员的协助下，写出了《粉碎美军"秋季攻势"军事总结报告》，得到兵团司令部和志愿军总部充分肯定，并印发给志愿军团职以上干部学习，在全军引起强烈反响。

1952年春，志愿军总部命令六十七军用20天时间完成在某地前沿阵地构筑工事，准备迎击"联合国军"发动的新攻势——"春季攻势"。李湘受命后，带领作战参谋和军领导机关干部多次深入前沿侦察地形，拟定工程计划。由于他工作深入，作战经验丰富，阵地构筑完全符合作战要求。在敌军发动"春季攻势"前夕，李湘积劳成疾，但他仍坚持在剑布里前线指挥战斗。7月初，李湘面部患疖化脓。这时美帝侵略者悍然采用细菌战，向志愿军阵地施放了大量病菌。李湘患处受细菌感染，转为败血症，抢救无效，于7月8日病逝在剑布里前线指挥部内，全军上下无不为之悲痛。同年12月，李湘之灵柩由朝鲜前线运回祖国，11日在石家庄市举行公祭仪式。中共中央华北局的挽词写道："李湘同志是我党的优秀党员，是中国人民的忠诚战士，为了弥补因他的牺牲而造成的损失，我们号召华北全党同志为争取抗美援朝的胜利而坚持不懈地斗争。"中央军委代总参谋长聂荣臻含泪题词："我深以丧失了二十年的老战友、优秀的青年将领李湘同志而哀悼！"

蔡正国，1909年出生于永新县文竹镇车田村一个农民家庭，少时家境贫寒。1929年参加革命，1932年参加中国工农红军，第二年加入中国共产党。长征中，任排长的蔡正国在土城战斗中负伤多处，但他没有倒下，而是咬紧牙关，强忍剧痛，拄着拐杖顽强地跟着部队前进。由于他作战英勇，屡建战功，先后担任营长、团长和旅参谋长等职。1946年6月，蔡正国任东北民主联军第四纵队第十一师师长，奉命在敌后独立作战，他指挥果断，勇敢坚定，不仅摆脱了被敌追击、堵截、包围的困境，而且取得了多次歼敌整营的胜利，对配合正面部队四保临江起了重大作用，蔡正国获辽东军区通令表扬。

1948年在塔山保卫战中，蔡正国所部为守卫部队主力师，率全师奋勇抗击敌军，经数日浴血鏖战，守住了阵地，拖住了敌人，保障了我军围攻锦州战役的胜利，切断了敌人由山海关内逃的道路。辽沈战役结束后，蔡正国又率部随第四野战军入关，参加了平津战役。1949年4月，蔡正国率部渡江后，不久调任中国人民解放军第四十军副军长，他与其他领导一起，指挥南下，势如破竹，取得了衡宝战役的胜利。1950年4月，他率部强渡琼州海峡，解放了海南岛。

1950年10月，蔡正国奉命率部入朝作战，12月调任中国人民志愿军第五十军代军长主持全军工作。在第三、四次战役中，蔡正国指挥部队英勇作战，取得了全歼英国皇家坦克营和痛歼英军第二十七旅的辉煌战绩。1951年春夏之交，蔡正国指挥第五十军在汉江南岸依靠江防大堤阻击武器装备精良的敌军进攻达50昼夜，使敌军未能前进一步，为稳定战争态势做出了卓越贡献。朝鲜政府曾授予他"独立自由二级勋章"和"国旗二级勋章"各一枚。

1953年4月12日22时,蔡正国在独将山军部办公室主持会议,突然遭到敌机袭击,军部办公室房屋被炸塌,蔡正国头部、胸部被炸伤,血流如注,当即昏迷不醒。由于伤势过重,最终抢救无效,光荣牺牲。1955年蔡正国的遗骸迁葬于沈阳抗美援朝烈士陵墓。志愿军政治部主任杜平将军亲自为蔡正国墓碑撰写碑文,对蔡正国为党和人民立下的丰功伟绩及其国际主义精神作了高度评价。

李湘和蔡正国两位将军为中国人民的解放事业,几十年艰苦奋战,负伤流血,战功卓著;中华人民共和国刚成立,征尘未洗,又赴朝鲜作战,为保家卫国、抗美援朝献出了宝贵生命。他们的英名与朝鲜山河共长存,他们的业绩与鸭绿江同千古!

永新是首歌

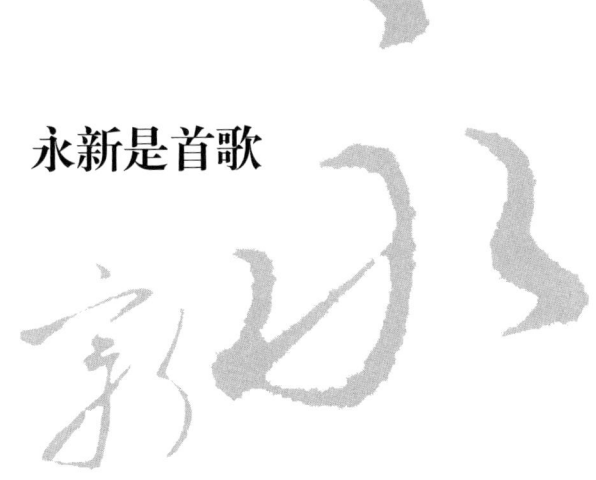

永新是首歌,从东汉建安九年(204)唱起,一直唱到今天。

她用全国独一无二的曲种永新小鼓,也用耳熟能详的永新三角班,还用庄堂奇特民俗……组成甜美圆润、粗犷高亢的独唱、对唱、二重唱乃至混声大合唱——

唱,走进上海世博会,引世界各地游人现场观看并大加赞赏的盾牌舞;唱,从中国走向世界的书法艺术;唱,颜真卿、徐霞客涉足的禾山、碧波崖、梅田洞等名山胜水;唱,永新瑰丽多姿、美不胜收的秀山丽水……

永新是首歌,一首荡气回肠、韵味绵长的人文历史之歌!

永新盾牌舞与盾牌魂

> 桩马落地稳如山,手臂舞动柔且刚。
> 叉来盾挡套路明,刀光闪闪声威壮。
> 八个阵式变幻多,或攻或守章法强。
> 拼杀一阵复一阵,人吼马嘶气势狂。

这首诗形象生动地概括了永新盾牌舞的风格特征。盾牌舞,又称藤牌舞或滚挡牌,是一种集武术、杂技、舞蹈、音乐于一体的民俗文化表演形式。它主要流传在永新南乡的龙源口、烟阁等乡镇。龙源口镇的南塘村,素有"不练盾牌舞,不是男子汉"之说。2006年6月,永新盾牌舞入选第一批国家级非物质文化遗产保护名录。那么,盾牌舞这朵民间艺术奇葩是怎样在永新诞生流传下来的呢?

自东汉末永新建县以来,南乡,特别是上南乡(今龙源口、三湾、在中三个乡镇)不断迁入了从黄河流域过来的百姓。他们入乡随俗,一到这里很快就与为数极少的本地人融为一体,过着日出而作、日落而息的生活。随着时间的推移,这些南迁的百姓也逐渐成了永新的本地人了。

太平天国运动失败后,许多流亡将士无家可归,为逃避官兵的追捕,他们只得专挑偏远的山区藏身保命。

上南乡山高林茂,是个适宜隐藏和生存的地方。这里的人靠山吃山,靠水吃水,长年的生活和生产积累,使得上南乡人几乎家家户户都会一两种养家糊口的本领。其中织斗笠、烧炭几乎是人人都会的手艺。

龙源口南塘村有一个专靠烧炭为生的老人叫春开,70来岁,身体健壮,可以很轻松地将百把斤的炭从陡峭的山头炭窑中挑下来。这天,他卖完炭回到家中与孩子们交代一番后，便带上一竹筒永新冬酒匆匆返回深山炭场去了。因为山上的炭窑在等着他去封火，一旦过了时辰，窑中的炭就会化为灰烬。

他刚走到烧炭的山口，猛然听见山腰间人声嘈杂，连忙停住脚步一看。不得了啦！只见一群如狼似虎的官兵在山上搜捕溃逃进山的太平军战士。老汉一看，心想，太平军战士是好人啊！那年村里进来太平军战士，他们纪律严明，十分爱护老百姓，还为老百姓做了许多好事，我一定要去救他们。

老人凭着在这座山中生活了几十年的经验，很快就避开官兵，从一条小道奔上山去。

山上树高林密、杂草丛生，太平军战士藏在哪里呢？老人不敢呼叫，只能凭着他对山上环境的熟悉，一步一步艰难地寻找着。

就在快要接近炭棚的地方，他突然听见不远处的草丛中有一阵微弱的呻吟声。老人三步并作两步奔向草丛，只见躺着一个三十多岁的太平军战士，旁边还跪着一个焦急无助的十二三岁的孩子。这个战士满身是血，显然是在与官兵的搏斗中受了伤。老人二话没说，背起战士，带着那个孩子，迅速往他的炭棚走去。

一到炭棚，老人赶紧用盐水给战士擦洗伤口，给他换上自己穿的衣服，之后又背着他进了一个十分隐蔽的山洞。

官兵像无头苍蝇一般搜了大半座山，连个人影都没见着。这时，天又黑了下来，他们只得下山复命去了。

老人在洞里看护太平军战士。三天后，战士身上的伤口严重溃烂，如果再不医治，很可能有生命危险。老人下定决心要救这位太平军战士，可怎么救呢？他马上想到了村里医术高明的老草药师，要救治战士只有求助于他。老人在夜深人静时分，顺利地把这位太平军战士和他的孩子一道带回了南塘村。村民们一见是太平军战士，送吃送穿，都把这父子俩当成自己的亲人，草药师也风风火火地采来草药医治太平军战士。

过了几天，战士的伤口却一点也不见好转，草药师立即到十里外请来了一位当地有名的郎中。郎中一看，叹着气摇着头说："他中的是官兵的毒箭，晚了，没办法救了。"

太平军战士其实也知道自己的伤势无救了，在临终的那天深夜，他吃力地从身后取出那块已是千疮百孔的盾牌，并把老人和他的三个儿子叫到面前，郑重地把盾牌交到老人大儿子手中，断断续续地说："这是穷人防身的宝贝啊……"接着他又将自己的儿子拉到老人面前说："我儿子会盾牌，就让他传给你们吧……"话还没说完就断气了。

此后，太平军战士的儿子就生活在老人家中，成了老人的小儿子，他遵照父亲的遗嘱，刻苦教老人的三个儿子操演盾牌。

不到两年，老人的三个儿子都练出了一手十分了得的盾牌操。

从此，盾牌操开始活跃在永新这块沃土上。随着时间的推移，盾牌操逐渐融入了杂技、舞蹈、音乐等元素，形成了一种永新独有的民间艺术表演形式，也拥有了一个新的名称——永新盾牌舞。

全国书法之乡

这是一方风光旖旎、气候宜人的红土地——

望碧波飞瀑，岩泻千丈练，谷雾相持琴弦韵。览南华天秀，水击万声雷，壑风共振珠玉音。波光潋滟兮，三湾湖上鹭梳妆。猴麂群嬉兮，绥源深山听松涛。巍峨七溪岭，云海茫茫浮青霭。绵延万年山，竹浪滚滚映碧霞。沉醉梅田洞，曲径通幽，日光云影一线天。流连阿育塔，绝壁千仞，惊叹盘古舞神笔。其四季也，幻变多姿。春来翠涝峰峦，百里金花绽笑靥；夏至山泉叮咚，兰草摇曳尽婀娜；秋日枫林如焰，澄澈穹宇纸鸢闹；冬时叩霜踏雪，民宅犹见葩满院。

这又是一方文风鼎盛、钟灵毓秀的红土地——

当你徜徉于这块红土地，披着和煦山风，沐着妩媚朝霞，踏着晶莹露珠，谛听鸡鸣牛呼鸟啾的交响乡音，徜徉于绿树繁花掩映下红砖青瓦的民居间，你将深刻体味到这一点。因为你会惊喜地观赏到家家户户门前的"对联秀"：

有描摹景物的，如"万朵祥云迎晓日，千条绿柳舞春晖""晨鸡报晓日光亮，芳草欣逢春意浓""环视山川聚秀，秀丽门庭，门庭溢彩千祥集；展观日月交辉，辉盈栋宇，栋宇增光百福臻"。

有歌咏婚嫁的，像"鸾凤和鸣寻知己，百年偕老觅同心""渺无俗气恭于竹，多有清香伴在兰""长吟琴瑟琵琶韵，新唱婵娟窈窕诗"。

有表明心志的，如"檐低不碍青云路，室小常存天地心""窗临水曲琴书润，人读花间字句香""炎凉看透赏心逸，淡泊能安趣自佳"。

偶尔，撞见一幢古色古香的祠堂，上书："前迎笔架山，山中灵泉潺潺，润我文武门第；后倚花轿顶，顶上祥云霭霭，光此耕读人家。"

抑或，幸运地欣赏到一副戏台联："歌大雅，想遗音，甚矣，季礼来观，飒飒乎古音，渊渊乎小雅；观崦山，玩宿水，美哉，钟期既遇，洋洋乎流水，巍巍乎高山。"

纸质的、木雕的、石刻的对联，其格式之讲究、语调之抑扬，意境之邃远、内容之广博、情感之丰盈，必让你目不暇接，心旷神怡，更让你叹服陶醉的是对联所折射出的书法艺术光芒。有的像莺歌燕舞，小桥流水；有的像龙腾虎跃，贵妃醉酒；有的像大漠孤烟，有的像枯藤老树，有的像雷鸣电闪，有的像秋菊怒放……此刻，你的心灵原野，放牧着诗韵墨香，更放牧着自由与快乐。

倘若有兴致在这里小住几日，你还可能邂逅一位荷锄归来，其貌不扬的农民。当他洗净双手踱进窗明几净的书斋，随意从书架上取出一本

《唐诗宋词译注》，然后磨墨，开始在宣纸上书写："钓罢归来不系船，江村月落正堪眠；纵然一夜风吹去，只在芦花浅水边。"

笔墨浸润了泥土的气息、阳光的芳香，呈现出质朴空灵的韵味。其用笔之圆熟老到，令人瞠目结舌。

漫步江边沙滩，你也许会看见三五成群的孩童，以枝条为笔，在湿软的沙滩上点丿"春眠不觉晓，处处闻啼鸟""墙角数枝梅，凌寒独自开""床前明月光，疑是地上霜"等诗句。渐渐地，你体悟出天然去雕饰的书法作品所渗透出稚嫩、简单、纯净的美感。

当你穿行在部分客家特色的民居间，你会发现写有"飞鸿舞鹤""青莲遗风""江夏渊源""金鉴流芳""松阳世第"等字眼的门榜，以及偶尔闪现窗棂、墙壁、床头的木雕书法，呼吸着文化的馨香，感受着历史的厚重灵魂正一点点飞升……

这里，就是被文化和旅游部授予"中国民间文化艺术之乡（书法）"的永新县。

永新现有全国书协会员12名，省书协会员68名；3人被收录《中国书法一百家》，6人被收录《中国书法名家辞典》；境内分布书画室100余家，名家书法匾额或碑刻89处。

"全国书法之乡"品牌扎根永新，有其特殊的渊源背景：

——历史人文的熏染。自东汉末年建县1800多年来，永新人文蔚起，灿若星汉，青史留芳。这里，自唐兴乡贡制举至清代，有史记载者，进士197人，举人603人。这里，还绽放着盾牌舞、永新小鼓、庄堂习武、北乡吃新、渔鼓、三节龙灯、罗汉灯、客家山歌、永新三角班等民间艺术奇葩。这些，均成为滋润"全国书法之乡"营养丰富的土壤。

——名山胜水的浸润。素有"七山一水分半田"之称的永新，森林覆盖率近70%，拥有中国绿色名县、全国生态农业建设县、国家绿色农业示范区、全国东桑西移项目重点县、全国绿色水稻标准化生产地等

7项国家级绿色生态金字招牌,以及三湾国家森林公园、七溪岭省级自然保护区、全省面积最大的绥源山穗花杉群等三张别致的"绿色名片"。

　　优美的生态环境孕育出名山胜水,吸引着历代文人墨客的涉足。先说禾山,雄踞罗霄山脉中段。七十一峰,奇峰垒垒,连绵起伏,莽莽苍苍。其主峰为秋山,海拔1389.3米。山腰间,一帘飞瀑冲天而下,后人称此水为"龙溪"。一代书宗颜真卿曾游览此地,留下墨宝"龙溪"镌刻于南边石壁。禾山至今保存甘露寺遗迹,并有三相读书堂等景。相传唐朝名相姚崇、牛僧孺和宋代名相刘沆在甘露寺读过书,寺僧为纪念这段佳话遂于寺右建了读书堂。再说高士山,原名鸣谷山,乃山鸣谷应之意。宋朝时,山上建有鸣谷坛庵、安仁读书处和三道天门。第一道天门石坊额匾为"宋尹高士遗址",楹联为"山因高而秀,名以士乃传",系北宋诗人黄庭坚所书,鸣谷山遂改名为高士山。黄庭坚任泰和县令时,访高士山,结识儒士尹安仁,并为"安仁读书处"写一楹联:"书读秦汉三代之上,人在廉让二水之间。"最后,要说说碧波崖与梅田洞,明朝地理学家徐霞客曾到此游历,梅田洞岩壁上至今依稀可辨徐霞客留下的诗文。

　　此外,永新还有不少名山胜水,如阿育塔、南华山、九陇山、武功坛等等,皆或多或少留下了文人墨客的诗文墨迹。这些地方是永新学者陶冶性情的天然氧吧,是汲取灵感的精神宝库,更是心目中永恒的圣洁图腾。

　　——品格性情的映照。中国的书法是一门特殊艺术。它是具体的造型艺术,通过点画的组合而构成千变万化的图像,表现出人们对平衡与欹侧、协调与矛盾、统一与变化、整齐与错落、疏散与紧密等种种形态美学的认识;它又是抽象的表意艺术,凭着线条的流动展现作者的情感心绪与品格修养。它是实用的,每个文明社会的成员都依靠它交流思想、传递感情;它又是超实用的,历来论书者往往强调书家淡泊无为的心态和超乎名利的品格。进一步而言，书法的象形意义不再是模仿和再现文字意义所代表的物象，而是指书法创作中表现了自然之物所具有的美感，正如人们从飞鸟出林、惊蛇入草之中悟通了书法；相反，人们在书法作品中也看到了各种自然形态的美。因而书法的魅力不在表现真实的物象，而在图像所造成的美感以及由此而体现的韵味意趣，更能直接展现作者的心灵气质与审美取向。永新人特有的品格性情决定着与各地可能不一样的心灵气质与审美取向，那就是"忠勇信义"、重教崇文的精神品格与率真性情。恰恰这种特有的品格性情，最适宜习练书法，也最易出成绩。

"率真"二字是对老子《道德经》所讲的"道法自然""绵绵若存"和《中庸》所讲的"率性谓之道"，及佛言"如来无众生相"境界的一种既直白又抽象的说示。率真，是天趣自成的，是秉性灵慧中依凭深厚的学识修养来体现的。率真，是人性的本能发挥，是孩童般的天真。永新人骨子里敢作敢为、敢爱敢恨、敢说敢笑、敢于尝试、敢于挑战自我的基因，诠释着"率真"的性情，也诠释着书法艺术"取法自然，像法天地万物，成乎人文"的审美精髓，乃县域习书者众多，且保持不落俗套、个性飞扬之秉性的缘由。于是在学校开设的书法课上，习字孩童决不迷信于名碑名帖，往往创出自己的风格；而在乡村，不少无师自通的农民习书者，作品往往透露不出哪种书体，更多的是返璞归真的趣味。

永新自古重教崇文，且不说"团箕晒谷，教子读书"这句在全县广为流传的民谚，单是境内不少留存的私塾，定让你讶异。保存较完好的泮中讲堂，座落于龙源口泮中村。前院门庭有清晰的红底黑漆正楷对联，文为"泮中学宫养萌基础，中涵教泽人德门墙"。后为讲堂，后院天井旁为老师住地；门前有对联"泮水宫墙模范家塾，中流砥柱高尚国民"，横批为"先正典型"。这座由当地百姓捐资于1912年建成的私塾，办至高小（六年级），学生上百人，1978年才停办。积极参与建私塾，再穷也要送子女念私塾,并希望子女能写手龙飞凤舞的好字,是永新广大父母最真实最朴素最原始的期待。透过泮中讲堂气势恢宏的建筑,以及天井旁墙面上学生遗留下来表励志的漂亮书法,任何参观者均能感受到永新崇文重教之风在这里得到浓缩、升华。

特殊的渊源背景,使永新精于翰墨者代不乏人。宋有刘涧(宋宰相刘沆之孙),善书,学者宗之、萧涛夫,工诗与字。元有冯寅宾,工书法,劲逼钟繇。明有龙鳞(介甫),善楷、草;吴勤善行楷,有晋人风格。明末清初有贺桂(女),精隶、治印,其子龙科室,能诗善画,书法更是造诣颇深。清代汤第书法遒劲;刘森精怀素草书;尹光榜工书画;谭士玉、曾希泮精楷书;刘煜林精王体,别具一格。清翰林段友兰善蝇头小楷,颇圆浑。清举人周肇基精王体,萧绵辉精行楷。

民国时期,书法大家刘郁文,有"江西三支半笔之一支"美誉。他幼年习楷是从临欧体为发端,稍长摹写魏碑,以后溯源篆隶章草等诸体。自中年始,碑帖并举,兼容并蓄。楷书中取颜体之精华,行草书上道二王,下达宋、明、清诸家。晚年又对章草偏爱。更值得称颂的是其小楷。他曾潜心用蝇头小楷抄录不易借到的孤本古籍,为后人留下珍贵小楷手迹。至今,永新县城留有其榜书遗墨数处,"永新革命烈士纪念馆"即为其一。刘郁文的作品真正克服了"俗气""匠气"与"火气",具有能给人以灵魂启悟与洗涤的大神采与大风骨,即抵达洪荒、超迈时世的宇宙情怀。20世纪50年代,北京举办全国性的书法展览,刘郁文多幅作品参展,此后被选送至日本展出,并被收入《中国书法一百家》。

中华人民共和国成立后,永新书法人才层出不穷。这里只简单介绍三位,一位是尹承志,中国书法家协会会员,江西省书法家协会顾问。他的《早发白帝》等作品,先后三次被选送参加日本举办的中日书法展,且有10余件作品参加了在美国、澳大利亚、马来西亚、新加坡等国举办的"中国书法展"。曾为朱德故居陈列室、周恩来纪念馆、欧阳修纪念馆、南昌八一起义纪念碑、三湾改编纪念碑、黄河碑林、井冈山碑林书写碑文，为南昌滕王阁书写楹联。1997年2月，江西电视台为尹承志录制了专题片《丹青翰墨寄豪情》，中央电视台也用汉语、英语在国内外播放。尹承志的书法枯润相宜，疏密有致，笔法变幻多端，不拘一格，其体势融入了大自然各种生动的形态（这与尹承志在山村教书多年并经常深入民间采风不无关系），使人下意识地想起孙过庭在《书谱》中对名家书法的评价："观夫悬针垂露之异，奔雷坠石之奇，鸿飞兽骇之资，鸾舞蛇惊之态，绝岸颓峰之势，临危据槁之形；或重若崩云，或轻如蝉翼；导之则泉注、顿之则山安；纤纤乎似初月之出天崖，落落乎犹众星之列河汉……"

另二位是将军书法家左齐和李真。开国将军左齐，1938年12月，在一次激烈的战斗中负了重伤，白求恩为他做了截肢手术。从截肢那天起，左齐就下定决心要做到生活自理，并抽空习练书法，终于成为一名左笔书法家。左齐的书法，凝重有力，充分体现了独臂将军的坚毅性格。1989年，左齐的名字被写入《中国书画篆刻名人录》。李真自幼酷爱书法，学习十分刻苦，朱德非常赏识其钻劲，曾为他题写了"李真同志，努力学习"八个大字。1985年李真退居二线后，开始全身心投入历代著名碑帖的临习之中。李真认为："书法是无言的诗，无言的舞，无言的音乐，天天习书是一种美的享受。"他擅长行书和草书，笔势苍劲，潇洒自然，形成了以军人气度为特点的豪放跌宕的艺术风格。从1983年起，李真有1万多幅书法作品问世，参加过海内外200多次书法展，有的作品还被当作珍贵礼物赠给外国领导人和友好人士。1995年11月，李真毅然拍卖自己收藏的国画珍品，将所得56万元全部捐赠给永新县禾川中学建教学大楼。他挥毫创作了平生最宏伟瑰丽的人格书法。

书画同缘，艺术相通，永新丹青妙手亦不少。就像每个画家都有自己的擅长强项，齐白石擅虾，李苦禅擅鹰，李可染擅牛，而徐悲鸿关门弟子刘勃舒——钟情于马。人问其由，他说："马的体态雄健，有一种奋发向上的精神；马的气度非凡，象征着整个民族的奋发亢进，具有时代特点。"刘勃舒画马以"群马"居多，"目的是反映群体力量与民族精神"。他摹写了历代画马名作，从韩干、曹霸、李公麟、徐悲鸿等人的作品到昭陵六骏、马踏匈奴等雕塑，体察领悟其内在情愫和造型特点。刘勃舒曾获法国"艺术敬业成就"勋章，并担任过中国美术家协会副主席、原中国画研究院（中国画家画院前身）院长等职，有不少作品被作为国家礼品送往英国白金汉宫等地。作为农民画家的吴光源，初中毕业后便开始创作壁画，即在新居的屋檐下和墙壁上，用国画颜料创作一幅幅写实的山水花鸟画。壁画多取材于现实生活，融合现代造型理念及审美情趣，色彩艳丽。所画的山水，层层叠叠，气势磅礴。而花鸟画则清新淡雅，线条流畅。尤其是墙上的壁画，周边涂上浓重色调的框框，真像装裱过的画作。用手轻轻抚摸，方知不是纸画，而是画在墙上，立体感之强令人叹为观止。如今，永新县有数百栋新居留下了吴光源的画作。他的一幅国画作品还参加了全国首届农民画展，并被作为国家礼品赠送给国际奥林匹克委员会收藏。此外，还有启功先生的弟子汪锡桂，书画辉映；以山水人物花鸟画著称的汪为新，曾在中国美术馆举办个人画展；中国美术学院教授刘建国，专攻陶瓷国画艺术，造诣颇深；任中退休教师何殿凡，其紫藤国画在省内外颇有名气。

经过风雨淘洗，永新"全国书法之乡"的品牌打磨得无比光亮，书法艺术事业的发展正呈现出明晰特点：

——名家引路，新人辈出。为抓好书法艺术的普及与提高，县内许多学校确定每天晨练书法15分钟，以尹承志等名家为典范，从规范学生语数作业入手，强化书法尖子培育，构建墨香校园。县书法家协会经常组织县内书法家深入农村、厂矿、学校讲授书法，邀请省内外书法名家来永新开展"少儿书法教学初探""老年书法活动现象""书法艺术的笔画美、结构美、神态美"等专题讲座。通过名家引路，全县一大批书法人才脱颖而出。

受尹承志的影响，在南昌工作的龙友，20岁出头就获得中国书法家协会举办的第六届楹联书法展二等奖，入展第三届兰亭奖，参加了中国书法家协会举办的第二届草书艺术大展及青年书法篆刻艺术展、第九届全国书法篆刻展，成为江西省目前最年轻的中国书法家协会会员。在北京发展的贺炜炜，也有作品参加过由中国书法家协会举办的第二届青年书法篆刻艺术展。

"农忙时荷锄劳作，农闲时挥毫创作"。石桥镇夏阳村农民汤忠勇，通过吴光源的带动，其国画作品《库区移民》参加了全国第二届农民画展，成为江西省唯一入选的农民画家。

——阵地稳固，活动频繁。"笔墨当随时代"，县委、县政府非常重视书法阵地的构筑，在县城投资建设"文化艺术长廊""书画艺术之窗"等工程，利用乡村祠堂、废弃教室等场所，打造"农家书法展厅"，并筹建中日书法研究院与"书画艺术一条街"，形成书法产业。还开展了丰富多彩的展赛活动。举办了一次次规模空前的"千人书写春联大赛"，选手既有耄耋之年的老者，又有天真活泼的幼童，还有身残志坚的残疾人也兴致勃勃地赶来参赛，使大赛地点——县体育馆成为欢乐的海洋、艺术的海洋。

——氛围浓厚，效益凸显。为提升"全国书法之乡"的品牌效益，县委宣传部等部门十分注重宣传，每年都要多次邀请国家级、省级的媒体记者来县内采写书法新闻，除了宣传尹承志、吴光源等名家，还宣传"小荷才露尖尖角"的小书法家。还开办了"永新县书画艺术网站"，制作了书画挂历和精美的书法礼品，开展了赴北京、上海以及东京等地的永新书法名家展览、"千幅书法作品进宾招"等活动。目前，全县有越来越多的书法人才走向全国，甚至国际舞台，通过网上拍卖、书法展出交流等渠道,既产生了社会效益,又创造了一定的经济效益。

是啊,永新的书法已经融入这个文化古县的筋脉骨髓与血液之中,正在抽枝发芽,迸发出无穷的生机与活力!

永新三角班

据《永新县志·万历志》载,元至正年间,分永新州割胜业乡,八堡有奇,改邑,升乡寨巡检司,建永宁县(后改称宁冈)。正因如此,永新、宁冈以及莲花三县在政治、经济、文化的关系上,一向甚为密切。特别是在语言、民俗、民间表演等领域十分相似,在戏剧剧目、声腔上更为接近。经考证,在戏曲音乐方面三县为一体,统称赣西采茶戏,但其发源地仍为永新,最早的表演形式即"三角班"。

永新三角班只有小旦、小生、小丑三种角色,故称"三角班",行当独特,深受群众喜爱。表演可长可短,能很快融入当地的民俗、民谣、俚语中,角色鲜明,唱腔独特,渗透了湘剧的高腔、赣剧的声腔,糅合于京剧、湘剧等唱腔之中,是独一无二的地方小剧种。

三角班产生于民间,为劳动人民所创造。由于三角班表演时永新方言特别浓,地方小调传唱上口,加上表演者在台上多是唱着采茶调、踩着矮子步,故当地老表叫"踩彩",又叫采茶。

永新三角班不但历史悠久,发展较早,而且流传迅速,很快就传入湖南的茶陵、衡阳、攸县、鄱县等地。湖南省戏剧研究所证实《戒洋烟》等许多剧目都是从永新传过来的。那时湖南戏班子在演出时,小丑常在表演中说:"手拿三弦板,口说四乡话。衡州牛家拐,长沙讲官话,醴陵咯是咯,江西哇咕啦。""咕啦"就是永新县的一句独特方言,意思是"什么"或"怎么"。这充分说明江西传到湖南的戏和曲调,实质上是单指永新而言。永新是湘赣边界的中心，湘赣革命时期曾是中共湘赣省委驻地。换言之，这些曲调也就是指永新三角班了。在永新邻近的湖南各县，至今还流传着当地群众喜爱永新三角班的一首歌谣："咕啦三角班，行头自己担，只要挑得来，至少唱一晚。"

三角班的曲调不但运用山歌、说唱、民间小调进行再创造，就连本地的口头禅，也融化成曲调。如《戒洋烟》中"戒洋烟"调，就含有在永新乡村广为流传的口头禅"死绝逃亡，埋人扛丧"。念时在哀伤的情绪下，尾音一拖长，便浸透一种特有的乡土韵味。

1840年，老艺人戴桂莲的曾祖父刘先庆，带来一个半班（湘剧）到永新演出，后在永新高市上门入赘，搭起"庆喜班"，长期在赣西演出。在此期间，他把赣剧、湘剧甚至京剧表演浸透到三角班之中，从而为三角班增加了行当，由"三角"表演变成了"多角"表演，同时开始上演大戏，如《梁祝》《孟姜女》等20多出。从此，永新三角班开始与采茶戏"联姻"。

三角班主要是当地小调，最大的特点是拖腔，每唱一句几乎都有"咿呀哟——"的长腔托调。如当地的《妹子调》《摘茶籽》等曲，都是本县流传甚广的曲目。三角班的服装也十分简单：小生只一件长袖袍子；小丑只在腰间围块白布，鼻子上涂一片白粉；小旦在三"小"中比较讲究，她无论如何也要制作一件长袖带花的套裙。

以《苦调》为例，就是植根于当时身处底层的农户在封建社会重重压迫下，生活窘困、饱受煎熬，发出的阵阵呻吟。三角班采撷这些口头呻吟，整理改编成一种调子。因集中表现"苦"，故取名为《苦调》。

另有《骂调》，乃完全取材于阡陌田间的农民怨愤难出、无奈骂天时的拖腔演变而成。

永新三角班于2008年入选江西传统戏剧类非物质文化遗产保护项目，被称作全国独一无二之唱腔。

永新"子和调"与山歌之乡

永新山歌源远流长。据《永新县志》载:"东汉建安九年(204)前,永新本土子民不下三万,善歌。"由此可见永新山歌的形成应该是在公元204年(永新建县)前。此前大批北方人南迁至永新各个乡村定居,不足一年工夫,人口激增,于是在东汉建安九年孙权下令立县。

永新山清水秀,建县前由于外籍人的大量涌入,给本来善歌的永新人增添了新的山歌内容,使山歌得到充实和发展。到唐玄宗时期,由于有永新本土这种纯朴的音乐熏陶,永新女孩许和子的歌喉变得无比曼妙。她被选入宫后,成了唐代著名的音乐家。据《永新志》载:"永新籍许和子在宫廷宜春院是一曲能止万人喧的歌妃。"而她唱得最多的就是永新民间的歌谣,如"妹子调"等。特别是她深锁皇宫时,为表达对家乡亲人的思念,所唱出的几乎都是家乡流传的曲调。这些山歌式的调子经她唱出后特别温婉缠绵,深情动听,故惊动了唐玄宗,才有了"此女歌值千金"与"一曲动天下"的美誉。

许和子未入宫前就是本土一位著名的年轻歌手,而她也乐意传教于民间青年男女,许多青年男女慕名拜她为师。后许和子为避安史之乱,改名许子和,人们为纪念她,便把她所教的永新山歌称为"子和调"。"子和调"其实不是调名,而是指嗓子清爽、调门悦耳的唱腔,俗称好听的调子。而"子和调"的音腔便是来自永新乡村间的"妹子调"。

"妹子调"是永新山歌的母调,乃永新农民即兴表达心声的一种口头艺术,源自劳动。劳动者在野外劳作,在村巷、晒谷场休息时,都会即兴编唱出抒发内心情感及心愿的歌谣。他们随口哼唱,只要觉得好听就广为流传。这其中包括人们根据自己的感慨与思绪,用轻松诙谐的声调在田头山间的对歌,是一种集体演唱活动。这种活动不管双方认识与否,只要对方有人起头,另一方就会毫不犹豫地接下去。永新山歌中的一个重要组成部分,就是用山歌来表达劳动人民的勤劳品质与对美好生活的憧憬,如:

> 女唱:不下酒药冇酒糊,
> 　　　不下石膏冇豆腐,
> 　　　不下种谷冇禾熟,
> 　　　不下苦力冇珍补。
> 男唱:细做酒药有酒糊,
> 　　　火煨石膏有豆腐,
> 　　　种谷下水有禾熟,
> 　　　勤下苦力有珍补。

永新山歌,更多地集中表现人类一个永恒的主题——爱情,突出反映男女之间对爱情的热烈追求和坚贞不渝,而且这类主题多以对歌形式出现:

> 三月里来三月三,
> 哇你妹子心要宽,
> 我有银子三钱三,
> 给你妹子打耳环。

这是勇敢而热情的小伙子向妹子发出的求爱歌,如果妹子对小伙子有好感,会立即回应:

> 阿哥赚钱好艰难，
> 不要给我打耳环，
> 只要阿哥有真心，
> 清水梳头心也宽。

要是妹子看不上这小伙子，也会接上歌，用一种婉转的基调来拒绝小伙子的求爱：

> 屋檐滴水滴得快，
> 蜘蛛网子筛子大，
> 我是农家耕田女，
> 金子贴身爱不来。

还有男女混唱的山歌，如：

> 山里蜜桃水汪汪，山里妹子嫁新郎。
> 山里韭菜山里香，山里汉子讨新娘。
> 进山看见藤缠树，出山看见树缠藤。
> 树死藤生缠到死，藤死树生死要缠。

一些男女对唱十分诙谐，令人拍案叫绝，如：

> 女：妹是桂花香千里，哥是蜜蜂万里来。
> 　　蜜蜂见花团团转，花见蜜蜂朵朵开。
> 男：鸭嘴不比鸡嘴尖，哥嘴不比妹嘴甜。
> 　　若是讨得甜嘴妹，炒菜不用放油盐。

永新山歌里，不仅有爱，也有恨，那就是对剥削阶级的刻骨之恨。有恨也要以歌唱的方式释怀，这些深沉、悲愤、激昂的山歌常常出现在农民田间耕作、上山伐薪之时：

> 长工做到十月半，
> 烂衣烂裤空裤裆，
> 一年血汗流几桶，
> 手扶门框空荡荡。

山歌中，用大胆直露的方式来表达劳动人民的深重苦难，只是其中一种表达方式，而诙谐、俏皮、讽喻的民歌，则是永新人民聪慧、机警的表现。在暗无天日的封建社会，面对剥削阶级的重重压迫，农民敢怒不敢言，只得变换表现手法，用巧妙的、借物喻人的歌词来发泄心中的愤恨，抒发满腹的不满。比如，有一个十分凶残的秃子财主，他有权有势，横行乡里，所有乡邻不敢正面惹他，但农民通过山歌，把这个秃子骂得淋漓舒畅，痛快至极——

> 笼子蒸肉十八块（永新方言称秃子为十八块），
> 放在墙上晒一晒，
> 对面飞来只大麻雀，
> 叼得晒肉冇一块。

敢爱敢恨，爱憎分明；爱就爱得似细水长流，恨就恨得如飞瀑奔泻，这就是永新山歌的突出特点，也充分表现了永新人的典型性格。在革命时期，永新人民看到了前途和希望，便用山歌的形式，激情满怀地讴歌共产党，颂扬红军：

>杉皮屋顶怕大风,
>烂衣就怕烂火笼,
>白匪最怕俺红军,
>劣绅最怕俺工农。

井冈山斗争时期,是永新人民反抗剥削压迫,取得巨大胜利的时期,也是永新山歌走向新高潮的全盛时期。烽火当年,母送子、妻送郎,唱着山歌,拥军支前,场面感人。更有一些山歌团队冒着敌人的枪林弹雨,在战地激励战士冲锋陷阵。就连当时谈情说爱的山歌也随着革命形势发展需要,而被赋予了新的内容:

>好刀不用磨刀石,
>好女不怕娘逼嫁,
>我爱阿哥当红军,
>钢刀架颈也不怕。

在扩大根据地、扩充红军时期,永新出现的山歌《送郎当红军》传唱至今,充分体现了永新人民对革命事业的无限忠诚和坚定信念:

>送郎当红军,
>勇敢杀敌人,
>家中有阿妹,
>我郎放宽心……

另有对唱:

女：妹送新郎红丝带，消灭白狗子反动派。

男：待到红军胜利归，妹点红烛迎我来。

女：送郎当红军，勇敢向前进。

　　杀土豪，斩劣绅，一个不留情。

　　哎呀我的哥，我的哥。

男：我去当红军，小妹妹在家中。

　　求解放，谋幸福，带头向前冲。

　　哎呀我的妹，我的妹。

永新人民还自编《冲锋歌》，以激昂铿锵的歌词鼓舞战士们浴血奋战，勇敢杀敌：

冲，冲，冲，

跟着朱德毛泽东，

杀它白匪狗吃屎，

天下就属我工农，

杀，杀，杀！

冲，冲，冲！

永新山歌在革命战争年代，成为一种武器，一种与敌人英勇斗争的武器；成为一种力量，一种召唤广大工农团结奋斗打天下的力量。中华人民共和国成立后，特别是进入新时代，农村发生了翻天覆地的变化，广大农民的生活水平如芝麻开花节节高，永新的劳动人民满怀着对党的无比热爱和衷心感激之情，用山歌引吭高唱，赞颂党，赞颂伟大的祖国：

> 我绣荷包二点兰，
> 兰花面上绣牡丹，
> 党是花朵我是叶，
> 叶茂花秀甜人间
> …………

永新人还会把发自内心的山歌运用到各种场合。如办白事有《哭丧调》，婚嫁有《哭叫包礼》，上山下河有《放排号子》，建房有《礼赞调》，喝酒有《酒歌》《划拳调》，等等。

永新山歌生于民间，日积月累，名目繁多。《庐陵洲志》载："永新乃山歌之乡。"

永新血性——庄堂习武

在永新这方美丽的红土地，孕育了一些奇特民俗，让外地客人大饱眼福，切实感受到这里积淀的深厚人文，领略到历史深处醇香的记忆……

先说说庄堂习武。走马永新乡村，经常可见习武之人。在祠堂、草坪甚至村庄的打谷场，此起彼伏的"嗨啊""呀呀"声不绝于耳，一拨接着一拨的后生耍剑舞棍。场面更为热闹的是，四周簇拥着一些男童，也煞有介事，一招一式练习起来。

永新人自古以来爱习武，练武健身已成为当地一种别具特色的民俗。

相传很久以前，永新南乡有一个霸主，为非作歹，横行乡里，独占万年山流下来的三江水，害得江水下游几十个村庄年年干旱，颗粒无收。老百姓忍无可忍，揭竿而起，组织一支队伍，计划长驱直入，捣毁霸主庄园。不料霸主对农民的行动早有防范，他事先豢养了一批精干的打手，组建了庄园的贴身护卫队，这支护卫队的每一个人都经过了严格挑选，他们个个身怀绝技，拳、剑、枪、棍样样在行，十八般武艺门门精通。老百姓刚到庄园外围，这批打手便施展拳脚，舞枪弄棍，把老百姓一一打退。南乡农民不但没能捣垮霸主庄园，反而遭到重创，吃了大亏，方才明白：没有一身真功夫，哪能打倒恶霸主？于是，南乡农民发誓不惜血本，请师传功，练武雪恨。他们纷纷请来武师，兴建庄堂，日日习武，以期今后报仇雪恨。

南乡人的苦难与遭遇，也是所有穷人的苦难与遭遇。南乡穷人建庄堂的消息一传十、十传百，各地穷人纷纷响应。不久，建庄堂、习武艺的这股风气在永新不少乡村蓬勃兴起。

庄堂习武，项目繁多：雷公庄、洪庄、托庄、午庄、滚庄等大小庄法七项。雷公庄要求练就双脚生根，雷打不动；洪庄是指双手的臂力；托庄是指舞棍弄枪；牛庄是指练气功；滚庄是练灵敏机智和随机应变。庄堂的男儿们吃苦耐劳，斗志昂扬，冬练三九，夏练三伏，数年如一日，坚持练不停。不到一两年光景，小伙子人人练得虎彪彪，精悍悍。这期间的鲜明变化，吸引了更多村庄的年轻男儿建起庄堂，苦练武艺。于是，永新各地的庄堂如雨后春笋，层出不穷。

太平天国运动失败后，一部分失散的太平军将士流落到永新的边远山区，成了当地的客家人。这些人雄心未泯，壮志犹存，一见到永新人开庄堂习武的情景，立即抓住时机，进入各乡村的庄堂，一面传授高超武艺，一面宣扬天国主张，聚集团结了大批贫苦农民，为当时惩治地方恶势力起到了积极作用，这也是永新开庄练武的全盛时期。

盾牌舞，就是在那时得到发展的。这种饱含武术成分的舞蹈，一可健身，二可防身，更重要的是以优美的音乐、舞姿为掩饰，暗地里强身健体，推崇武功，使隐姓埋名、流落民间的太平军将士得以保存性命，并繁衍生息。一种打上时代烙印的障眼技艺,经过年复一年的打磨,竟成为井冈山麓的民俗文化奇葩,并从容登上大都市的艺术圣殿,这不能不说是一个奇迹。

庄堂习武,大大增强了人的身体素质,又磨砺了人的精神意志,在永新,父传子,子传孙,一代传一代,绵延不绝。土地革命时期,众多穷苦百姓毅然走出庄堂,积极投身革命的洪流,当时的永新暴动队就是以庄堂习武的农民为骨干组成的。在党的英明领导下,永新暴动队先后参加了三打永新、保卫黄洋界等多次战斗。在每次战斗中,他们充分发挥其高超的武艺,打得白匪和保安队节节败退。只要一听到永新暴动队这个名字,敌人便闻风丧胆,仓皇而逃。

中华人民共和国成立后,永新庄堂逐步摒弃了封建陋习和家族帮派等陈旧观念,融入时代大潮中,步入健康、文明、快速的发展轨道。参与庄堂习武的年轻后生,在历次修路建桥、建设水库、垦山造林等生产活动中,成了突击队队员,为社会主义建设贡献出自己的青春和力量。

梅田洞的传说

梅田洞,位于永新县石桥镇义山脚下,距县城10公里,高约二百米,长约千米,南北走向,形状像一条青色的鲤鱼。梅田洞所在的梅田山,是一座由石灰岩构成的断块山,它亭亭玉立于褶皱山形的丘陵中。梅田洞名曰"宝仙圣洞",它有两个洞口:阳为玉虚洞,阴为合壁洞。合壁洞为双开成合扇,洞旁有石罗汉、石观音等异景。玉虚洞十分宽敞,像大厅,可容千人,洞有天窗直指蓝天,洞内有石马、石狮、双童读书石等,洞中还有一清水潭。

很久很久以前，梅田这地方满目梅树，每年梅花盛开时节，一片繁花似锦的景象。有一天，一位仙人从南海来，赶着三头黑猪，要到瑶池去为西王母娘娘送礼祝寿。他一路赶来，十分疲劳，在梅田这地方，一眼看见这满坡满畈的梅花，心旷神怡，一阵困意袭来，倒头便睡了过去。

这一觉，一睡便睡到第二天天亮。这天，村里正好有一位勤快的孩童出村去抬早粪，当他路过梅林时，发现了梅树下那位睡得正香的老人。老人身边还放着一条金光闪闪的鞭子。孩童觉得好玩，便悄悄地从老人身边拿过来一看，谁料，一到他手上，那闪光的鞭子一下变成了一根柳枝。当他放回老人身边后，孩童手中的柳枝又变回原先金光闪闪的鞭子。孩童感到十分稀奇，便打主意想偷偷拿走老人的鞭子，但又怕被发现，于是他决定先将鞭子藏起来，等老人走后再取出来玩。岂料，老人这条赶猪鞭其实是魔鞭，三头黑猪离开它就会变成石头。顽童把魔鞭藏起来后，那三头黑猪突然变成了三座石山，这三座石山就坐落在顽童埋鞭的梅林之中。一晃眼，梅林不见了，随即而来的是三座高低不平、形似鲤鱼的石山。因为这三座山是落在梅田，故被称为梅田山。

这三座石山都是石灰石组成的山，后人便在山上打石烧灰。流传至今的那句"梅田山似鲤鱼形，千年难打一片鳞"，正好印证了这个古老传说的真实性。

再说那仙人一觉醒来，正欲赶三头黑猪上路，一摸不见身边的魔鞭，再一看，那三头黑猪变成了三座青溜溜的石山，十分气恼，便对石山狠狠地踢了两脚。这两脚便把石山踢出了两个洞，这就是梅田洞中的玉虚洞和合璧洞。

至于那条魔鞭，后来谁也找不到，有人说，魔鞭被压在梅田山下，想得到它，必须把三座石山挖开。但是，这里的人们谁都不愿意去挖，因为一旦挖出了魔鞭，那三座石山就会消失，人们就会失去他们赖以生存的石灰。

碧波崖的传说

碧波崖，距永新县城 15 公里，位于石桥镇北岭村西南约 2 公里处。明万历《永新县志》载："崖近巽峰，中有瀑布，泉自石峡飞洒而下，注为深渊，甚奇秀。"《吉安府志》载："其他除瀑布外，又有化鱼潭、洗心桥、一杯泉、石门诸景，岩上镌有'空中挺秀'四字，相传为吕纯阳所书，明、清诸代都有诗人留诗著文。"

碧波崖原先坐落在深山老林中，根本无人知晓。据说在远古时代，有位仙人云游至此时正值天亮，按仙界的规矩，凡仙人必在天亮前返回天庭。也许是这位仙人玩性太重，抑或是凡间的景象令他流连忘返，误了时辰。无奈之中，他只得借这块宝地栖身。但放眼望去，这里除了山高林茂，根本没有一点仙气。于是，他请来南海龙王为他布雨。谁料龙王一时兴起，把碧波崖掀得乱石迸裂，树摇竹倒。仙人见此情景，赶紧唤来九块巨石挡水。由于水势之大，风声之大，震得满山的竹丛随风起舞，碧波万顷，竹波与瀑布连在一片，唯见那块巨石巍然挺立，故取名"碧波崖"。

仙人造就碧波崖后，在这个世外桃源中不知生活了多少年，又觉无聊乏味，长期独居深山老林，实是孤寂。他突发奇想，设法招来一些文人墨客与他做伴。于是，他使法吹出了几口仙气，山丛中便出现了一条山径小道顺山而下，直通人间村落。在山洞与山洞之间，又招来众多古藤相互牵动，形成了一条山与山互通的天然通道。仙人把碧波崖这样装扮一番后，果然吸引了不少凡人上山探景。

凡人们一进入碧波崖，都为这里的景象所倾倒。那满山随风荡漾的翠竹，简直是一片绿色的"汪洋大海"。从山头飞流直下的瀑布在巨石上来回撞击出的水珠，成了满山的水雾，在阳光的映照下，形成了七彩飞虹。于是，远方的僧人、道人纷纷慕名而来，碧波崖成了游人的世界，隐士的宝地，文人墨客的聚集地。不久，经馆、寺庙纷纷建起。这时的碧波崖有学子上百，僧人几十，热闹非凡。

仙人见到这种情景，煞是喜悦。但是，他又发现，这里人多，粮可开荒种地，油却十分稀少。为留住这些人，仙人眉头一皱，便在寺庙前吹了一口仙气，变出一口井。从井里渗出的水，在仙人再次吹出的一口仙气中一下又变成了油。此后，小井每天都会渗出刚好供山上人食用的清油。这口小井就在寺庙石崖下的左边，直径为碗口大，里面渗满了清清的液体，取之又满，无穷尽，无休止。

小油井的出现，更增添了碧波崖的神秘色彩。一时间，上香的、读书的、学道的蜂拥而至，把整个碧波崖直闹得碧波荡漾、热气腾腾……

高士山

高士山位于永新县坳南乡牛田村，海拔1000多米，巍峨挺拔，谷峡壑深，流湍瀑鸣，山苍林茂，故又名"鸣谷山"。自唐懿宗年间一位高僧来此山开幕诵经，传播佛学后，此山常年香火不断。北宋中期，江西修水人氏、文学家、江西诗派创始人之一黄庭坚就任泰和县令时，常和好友牛田村名士尹安仁在鸣谷山谈论诗文，两人便将"鸣谷山"改为高士山。

高僧入山

相传唐代中期,有位高官辞去官职,来到江西九龙山削发出家。十几年后,他成为一位名声在外的高僧。而在这十几年中,他发现出家人中也不乏有欺世盗名之徒。原先他认为出家人万事皆空,寺庙应是一方远离红尘的净土。而现实中,出家人也要置身于不干不净的环境里。正当他苦思冥想着自己怎样才能过上清清爽爽的日子,做个干干净净一尘不染的人时,有天深夜他突然做了一个梦。在梦中,他看见两个漂亮异常的女子正朝他走来。他大吃一惊,赶紧想将这二位女子赶出庙门,并说:"我是出家之人,不近女色,请女施主自重。"两个女子咯咯大笑,告诉他说:"你误会了我俩的来意,我们是特地来为你指路的。"高僧一听,大喜,忙作揖打躬。两个女子笑着告诉他说:"你已是高僧了,有自己的能力和号召力,不如自己去另寻一块净土传经布道,那才是你一生所追求的仙境啊。"高僧一听,正中下怀,忙请两位女子引路。女子点头应诺说:"你随南直下,每走一里有棵苦竹,一直走到尽头,没有了苦竹的地方就是你修身诵经之地。"说罢,两女子随一阵风飘去,不见了踪影。

第二天一觉醒来,高僧把这个梦深深地刻在脑子里,他当真按照两个女子的话,打点行装下山,一路走来,果然走上约一里之地便出现一株长得高大的苦竹。这就更加证实了昨夜之梦是仙女在为他指路的推断。于是,更坚定了他南下的决心。就这样走了七七四十九天,他来到了鸣谷山。一到这座没有苦竹的山岭,放眼一看,这真是人间仙境。凉爽的山风,扑鼻的香气,沁人心脾的山泉,一下就洗刷掉了他多日劳顿的疲惫。他忙放下行装,在鸣谷山上下左右环游了一遍,这一看不打紧,他眼前出现了两块似女人的怪石,正对他微笑。高僧大惊,心想:梦中的仙女莫非就是此物?他不敢怠慢,当即点燃香火朝这两块怪石顶礼膜拜。为此，也更坚定了他在鸣谷山开幕传经的决心。不到一年工夫，鸣谷山便成了邻县成千上万香客进香的热土，而上山为僧的也不下百人。高僧对弟子有两条十分严格的规定——生不扬名，死不留名，以此来实现他自己一生苦苦追求的淡泊人生。

他的风骨很快传遍了鸣谷山方圆百里。正在泰和县任县令的黄庭坚也十分厌恶政界的腐败，他经常上山向高僧求教。后来他的好友尹安仁干脆在鸣谷山盖了一座读书楼，也大肆宣扬高僧的那种处世思想，并以"山因高为秀，名以士乃传"的指导思想将"鸣谷山"改为"高士山"。

果然，高僧死前也一再嘱咐弟子在他死后不刻碑文，不树牌坊。直到如今，在高士山上圆寂的僧人不下百名，而留下姓名的却不见一个，在这些圆寂后的僧人坟前，我们能见到的仅仅是生卒年月和徽章一枚，就连那年为掩护乡亲而壮烈牺牲的红军战士也是按照高士山僧人的规矩，只留下一抔黄土而未留姓名。而从黄庭坚、尹安仁那座读书楼里走出来的学子，至今都未见一个留下了自己的名字。恰恰相反的是，高士山的香火、读书楼上的朝拜却沿袭千年，至今仍香火鼎盛，书声琅琅。

应该说，这就是高士山那种风骨的延续，那种正气、义气、磊落之气的延续。

和子泉

许和子，系永新籍一乐师的女儿。她生于唐玄宗开元十二年（724），唐开元二十九年（741）被选入宫。由于许和子既妙于时行歌曲，又能变新声入古调，深得唐玄宗赏识，他曾对左右说："此女歌值千金。"人称中国的莎士比亚、明代戏曲作家汤显祖也曾赋诗赞美许和子："莫问南山歌一曲，千金原是永新人。"

许和子缘何有这么美妙动听的歌喉？相传，许和子年少时与村里的男孩尹梦荷青梅竹马，经常一起上山打柴、采野果。高士山是许和子与尹梦荷常去的地方，因为那里干柴野果特别多，而且山脚下还有一泓甘甜的清泉。许和子最喜欢喝纯天然的山泉水。山泉水不仅滋润了许和子娇嫩的肌肤，使她越长越楚楚动人，而且润泽了许和子的歌喉，使她的歌声甜美高亢。后来，许和子的名声越传越远，嗜好音乐的唐玄宗也知道了江西永新的大山深处有位才貌双全的"山歌之王"许和子，于是派人盛邀许和子进宫。许和子不敢不从。于是，在与初恋情人尹梦荷分别的前一天晚上，许和子牵着尹梦荷的手来到高士山脚下的清泉旁。许和子流着泪唱起一支支山歌，珍珠般的眼泪落入泉中，让草木也动容。许和子走了，带着父母乡亲的牵挂和恋人的思念走了。说来也怪，以前经常干枯的泉眼开始源源不断地冒出清泉，就算是盛夏干旱季节，清泉也一样汩汩冒出。高士山一带的人都说，这泓清泉留下了许和子的泪水、歌声与才气，所以才不会干枯，遂给清泉取名"和子泉"。

镇妖石

鸣谷山下有几十个村庄，但是都荒无人烟，原因就是在鸣谷山底有个水怪，每年端午节前后都要兴风作浪，使得鸣谷山槽中暴发一次山洪，山洪来势十分凶猛，山上的朽木滚石伴和着汹涌的山洪飞流直泻，把下游的几十个村子荡涤得一无所有。高僧来到鸣谷山的头一年就遇上这么一次大山洪，他眼看着山下几十个村子的村民流离失所，痛心不已，但他又没有制服水怪的本领。无奈之中，他便来到仙女洞，焚香膜拜后，详细地把山下村民的苦难说了一遍，恳请仙女赶快想办法救救山下几千村民。

仙女在听完高僧的恳求后，立即奔上天庭，将鸣谷山底水怪残害百姓的罪行向玉皇大帝作了汇报，玉皇大帝一听，火冒万丈，当即命天神、地神下到鸣谷山镇压水怪。

这天，天色突然暗了下来，一时间飞沙走石，雷电交加，随着声声炸雷，一块上千斤的巨石从云中飞落在鸣谷山下的上山处，直直地挺立在山槽的下水槽中。从此，鸣谷山再也没发生过山洪了。

后来，仙女托梦给高僧，说是山底的水怪被天、地两神镇在水槽下永远不能翻身了。第二天，高僧在这块巨石上写下了三个大字——镇妖石。

搬出书房的案几

一张案几，放在山腰的坪地。山上草木葱茏，鸟语花香；山顶烟雾缭绕，钟磬远震；山脚屋树掩映，鸡犬相闻。

一张案几，置在古木之下，端来棋枰，山上山下，人约黄昏后；捧来琴瑟，高山流水，月下话知音；摆上四宝，丘壑阵云，阴阳出胸中。

这是一张古色古香的案几。双脚八叉，两头如水牛角翻卷翘起，简单古朴。笔筒里备有各种毛笔。砚台已经打开，砚中泛着墨光，墨香扑鼻。一支毛笔搁在笔架上，仿若一幅画已作好，一张字已写完，一篇诗文已写出，而主人却拿着这得意之作隐入山林；抑或在等待着，等着谁来泼洒、书写。这是一个隽永的结尾，一个故事的伏笔，一个时间的悬念，一个观念的隐喻。

这是一张搬出书房的案几。周围的草木荣了又枯，路过的香客游人来了又走，而它却在岁月的风雨中挺立，站立成一个信念，衍化成一种传承。可是其上承载的故事，却斑驳如苍苔，迷离如烟雾。有人说，大禹治水后，水妖遁于山涧作祟，姜太公用它设坛祭天，搬石镇妖，山民为感其恩，留作纪念。据说，这案可消灾避祸。有人说，唐代美女许和子未入宫时上山烧香，在此喝水歇息，与在树下读书的尹梦荷一见钟情。据说，天下有情人在此交换定情物可终成眷属。也有人说，这是当年山长尹安仁让人摆在此的，专供北宋泰和县令黄庭坚记游而用，可惜很多诗文已经散失，只留"山因高而秀，名以士乃传"镌刻在山门上。

据说，在此习文作诗词可纳清新之气。也有人说，这只不过是山长尹安仁的读书癖好。据说，在此读书可深得其中三昧。还有人说，这是山长尹安仁故意把讲台设在山腰，好让劳作的农家子弟在间歇中温习功课，这样既省时又便于监督，而又不失师道尊严。自此，山脚下的村庄家家读书，人人识字，淡泊名利，酿成了"耕读传家，学而不仕"的淳朴民风。据说，后来刻苦攻读的莘莘学子，只要上山拜过孔子，祭过尹安仁，摸过案几上的四宝，便可在考试中左右逢源。这似乎可以找到些佐证：比如恢复高考后，这里每年都有考取大学的，到如今，几乎家家都有大学生，一个不出20户的村子共出大学生19人；每到高考前后，到高士山来祭拜还愿的学生和家长非常多。

其实，这只是一张用砖头混凝土仿制的案几。当年的那张早已腐烂入土。不论这赝品是否逼真，但就仿造本身而言就是一种向往，一种追求，一种膜拜，可映衬其真品的弥足珍贵，精神魅力的无与伦比。它，掩映在半山腰的树丛中，不亢不卑，既高于世俗，又亲近凡夫俗子，总在虔诚者来往的途中等候……

禾 山

禾山，距县城22公里，位于龙门镇禾山村。最高峰秋山海拔1389.3米，其岭平衰，昔产嘉禾而得其名。禾山七十一峰，赤面、凌霄、白云、五老、六字、翠微诸峰为最胜，山顶有倚天湖、玉亭、双童石、罗汉祠诸胜迹，而姚相台则传唐姚崇寄寓于此，唐颜真卿手书"龙溪"二巨字镌于石壁，甘露寺内藏唐太宗赐物及摩羯提国所进释迦如来舍利……宋年间，禾山与匡庐、青原鼎立江右，由于这一点，历代名士、文人游禾山者居多，并留下诗文墨宝颇多。

百字碑

唐朝大历元年（766），平原太守颜鲁公真卿谪守吉州，景慕禾山之名，亲往游历。乘兴在龙溪两丝潭边的一块大石壁上用铁笔写下了"龙溪"两个大字。每字有丈余见方，苍劲有力，气势宏伟。写毕，又在旁边的小石头上用草书写下了一百个小字。这一百个小字写得龙飞凤舞，看上去金光四射。后来人们把这块写有一百个草字的石头称为"百字碑"。

传说写完这一百个小字后不久，就有一只金鸡婆带着十只金鸡仔从空中飞来，消失在两丝潭中。过了几日，一个道人对本地人说："如果有人能把这一百个小字认识完，并面对两丝潭高声朗读出来，这只金鸡婆就会带着它的十只金鸡仔跟着你走，归为识字人所有。"这消息一传出，许多读书人都跃跃欲试，纷纷前来应试，结果无一人成功，个个垂头而归。有年盛夏，有个外地秀才自恃才高八斗，向朋友夸下海口，一定将金鸡婆和金鸡仔抱回家来。不久，他果然来到禾山龙溪石旁，蹲在"百字碑"前看呀，摸呀，想呀，比呀，画呀，在他如此这般辛苦了三天之后，他趾高气扬地站在两丝潭前，面对潭面高声朗读起来。当他读到几十个字时，潭中当真翻滚起浪花，隐约可听见母鸡呼唤小鸡的"咯咯咯"声。当他读到第九十九个字时，两丝潭中的金鸡婆带着十只金鸡仔腾空而起，飞到路边。秀才看见这群足有半斤一只的金鸡仔和足有三斤来重的金鸡婆，他哪有心思念字，忘记尚存一字没有念完就去抓鸡。当秀才抓到一只金鸡仔时，金鸡婆突然飞上前来，在秀才的手上狠狠地啄了一口，然后带着九只金鸡仔飞回了两丝潭。

秀才被啄了一口后，痛得有些难受，但他却死死地抓住金鸡仔不放，悻悻地离开了"百字碑"下山回家。一路上他叹息不已。回到家中，那只被啄的手突然又青又紫起来，痛得他满地打滚。家人见状，只得四处求医，结果把这只金鸡仔兑换的银两全部花完后，那只手才算治好了。

此后，任凭那些学问再高的人面对两丝潭高声朗读，这窝金鸡再也没有踪影。

天池水与梳妆台

在禾山的山顶有一个天池，池面一丈见方，满池的水，池里的水不知从哪儿来，离天太远，离地太高。奇怪的是三年连续干旱也不见减一寸水，三年连续洪涝也不见它涨一分水，长期保持蓝幽幽的深邃与神秘。民间曾传说，只要你将一箩谷壳倒进池里，它就会从五十里之远又海拔一千多米的高山之巅经县城一直流至城郊仰山村禾水河的两丝潭，在潭中打几个转便冒出水面，随波荡漾。

这奇异的现象便引出一个十分吸引人的故事。

话说有一天王母娘娘云游到江西境内，她先到庐山，后到吉州的青原山，觉得这两座山太美了，想在这两座山上找个安静的地方住下来。但是，当她来到这两座山上某个栖身处时，发现天庭的各路神仙都在这两座山上占有各自的地盘，几乎到了"仙满为患"的地步。王母娘娘生性安静，根本不愿与众仙客去争地盘，便又驾云西游，当她到禾山时，她被这里的景致所陶醉，便决意在这里安居下来。

于是，在禾山的山腰处便出现了一块高高屹立的大石头。这块石头有五六丈宽，十余丈高，峭峭的，根本没人上得去。其实，这就是王母娘娘的梳妆台。在这块石头周围还有金梳子、玉镜子，因为王母娘娘每天清早就会到这里来梳妆。现在人们还可以看到，每天清晨就会有片彩云从天际袅袅飘来，一接近那块大石头就不动了。好久，云彩才会慢慢地飘飘而去……

王母娘娘在禾山落居的消息很快惊动了西天诸仙，纷纷来到禾山考察。一见禾山景观，个个也跟随王母娘娘在禾山落居下来。现在禾山所存的九十九座半庵，就是供西天诸神仙的落居之地。

　　王母娘娘见禾山仙人多了，且山高水缺，长期待下去也难以为继，便奏明玉皇大帝，将一条冒尾巴龙调入禾山天池之中，并命它旱不能缺水，涝不能溢水，永远保持天池的水位。

　　冒尾巴龙遵旨而行，直到今天，禾山天池还是旱不少一寸水，涝不多一分水……

尚山庵

　　尚山庵位于永新龙源口镇横溪村，始建于梁天监九年（510），距今1500余年，是迄今为止永新县最古老的寺庙之一。它经历朝历代的修葺扩建，分前、中、后三栋，寺庙都雕梁画栋，金碧辉煌。尚山庵鼎盛时有过几十担书箱（即几十个学子），明朝年间，邑人李小管、李小心两兄弟曾在此开馆讲学；明末名士贺贻孙多次到庵游览，写下了著名的《真寂禅林记》。寺内常有上百的僧人诵经念佛，在它的四周有成仙洞、香炉峰、菩提水、石笋等，每一处风景都有一段迷人的传说。

　　很久很久以前，有个叫古柏的朝廷命官，被钦点为江西吉安府知府。那天，他携家带口买船由九江溯江而上赴吉安上任。一日清晨，他伫立船头观赏两岸风景，突然发现江中有一条红线，颜色红殷殷的，十分耀眼，正随波起伏，始终不与江水相混。相传古柏乃佛子转世，独具慧眼，一眼就看出此乃仙水。看着看着，他悟心顿生，即令船工沿江而上，船过吉安而不赴任，直循此红线至永新并塘后水浅而船不能行。他想，这里离源头恐怕不远了，便就地弃舟在江边搭起一草棚，嘱咐其妻小在棚内栖身（后人称该棚为"避妇庙"，此庙今仍在）。古柏便一个人独自徒步溯江而上进入尚山。当时，尚山一带乃蛮荒之地，古柏便攀悬崖，涉深涧，历尽艰辛，终于找到红线源头——菩提崖。

菩提崖下有一潭深水，此水就叫菩提水，从深涧一巨石中流出。古柏焚香礼拜后，登上巨崖，见到的是一片宽阔的峡谷。峡谷中树木葱茏，鸟语花香，祥云蔼蔼，芳草茵茵，真是仙境所在。古柏看着这人间天堂，顿生出家之意，便倚着菩提崖用茅草搭起了一座小棚，削发为僧。

古柏初进尚山时，因无田可耕，无地可种，只好采食野果为生。一日，尚山隔壁的磨溪岭下藏龙潭中的苍龙听到尚山有人为僧，便化作人样上山来探望。一来二往了一些时日后，他俩便结成了金兰之交。一天，他俩在尚山谈经论道到很晚，苍龙仍不见古柏拿出食品来招待他。苍龙便向古柏建议："你何不种点五谷，不然，怎么度日？"古柏说："这里荆棘丛生，如何耕种？"苍龙道："这有何难？我马上做法，给你造几亩田来耕种就是。"古柏一听大喜，便遵照苍龙的意思，从山下买来一只公鸡。苍龙告诉他做法到鸡啼为止。苍龙说罢便跃入空中，现出原形。霎时，乌云密布，电闪雷鸣，苍龙翻动身躯，在棚前满地打滚。每翻动一下，便引来岩石迸裂，地动山摇。古柏见状，惊恐万分，忙抱起公鸡并在鸡身上使劲地捏了一下，公鸡受到袭击便"喔喔喔"地啼叫起来。苍龙一听到鸣啼，便停止了做法。顿时风平浪静，只见刚刚还是怪石嶙峋、茅草密布的荒山野岭，一下就变成了平展展的一片良田。苍龙恢复原形后，嗔怪古柏道："时辰尚早，你为何提早鸡啼？"古柏道："足矣！如果让你再滚下去，整个永新就要让你滚成大海了。"

从此古柏在尚山刀耕火种，潜心修炼，数十年不下山。最后十几年他竟能不吃不喝，在成仙洞内整日面对瀑布，坐禅念经，直到全身长满了青苔，花草缠身，连身影都拓印在身后的石壁上。古柏圆寂后，肉身被放置在一个红木桶内，数百年不烂，且头发和指甲照长不误，每月都有信徒为他定期修理。直到"文化大革命"时期,红木桶被红卫兵捣毁。但人们为纪念这位尚山庵开基高僧,在成仙洞内为他修筑了一座小佛塔,供后人瞻仰。

尚山庵留下了历代名人众多的诗词和题词,大文学家黄学忠就有一诗至今仍残留在成仙洞内石壁上:

>我也寻源客,
>横担一太经。
>振衣云逐队,
>披草鹿随行。
>经转惊天险,
>山穷见地平。
>到门钟未歇,
>早已悟无生。

阿育塔

阿育塔,又名阿育王塔,距永新县城20多公里,位于龙源口镇绥源山鹅岭的北面。它上耸绝岩,下俯重渊,傍有飞来石,佛书称有舍利八万四千。塔系奇岩怪石自然形成,底大顶小,呈塔形,高约180米,底围约800米,游人需借助铁链攀登。塔腰建有禅房,铁瓦覆盖。再上十米,有一开裂巨石,即飞来石,石隙处凉风嗖嗖,沁人心脾,四周藤萝缭绕,杂木屈伸。登上塔顶,俯瞰藏龙潭,如苍龙摆尾,气势磅礴,蔚为壮观。

传说在阿育塔未形成之前，塔下有处藏龙潭，潭中有条凶残无比的苍龙，每到春暖花开的季节就会出来兴风作浪，导致附近十几个村庄甚至整个永新县内都要暴发几次山洪，把田园村庄都冲刷得一干二净，人们叫苦连天。这事正好被一位云游磨溪岭的神仙发现，他立即上报天庭玉皇。玉皇大帝听后震怒无比，请如来大仙将苍龙缚住，要把它永远镇锁在藏龙潭内不得翻身。如来飘然而去，一路想用什么镇住苍龙，恰巧行至五指山下。他想有了，于是飞起一脚，将一座如刀削斧劈的石柱踢到藏龙潭旁，将苍龙重重地压在藏龙潭内。而同时飞来的另一块巨石正好就在石柱的旁边，威武地守护着那座镇住苍龙的石山（现在人称飞来石）。而那石柱便就是现在的阿育塔。

在公元前 268 至前 232 年，印度摩揭陀国孙雀王朝国王旃陀罗笈多孙之一阿育王信仰佛教，每当他生日之际，都要在各地建立寺塔，供所有妇女穿着干净结伴上塔朝拜。他的弟子来到永新磨溪岭发现这座石峰后，便立即建塔，取名为阿育王塔（后人称为阿育塔）。

从塔下到塔顶山路十分崎岖艰险，只有手脚并用才能慢慢攀登。为此，在离顶峰 40 米处人们栽了几根铁柱，牵上一条长长的铁链供人攀缘。走到两根大铁柱扶手后，人们才能见到山顶那座小庙。庙内有一尊铁菩萨，庙后有座观音台，站在台上，四周风光尽收眼底。据说，这座看上去不到十平米的小庙堂，只要你不道破天机，上百名香客挤入其中也显得空空荡荡。

在这座塔里流传着许多奇特的传说。

传说之一：有一位永新邻县泰和县的年轻妹子，她对阿育塔上的神灵特别崇敬，在她出嫁前两天，说什么也要上阿育塔上拜谒一下。但她生在泰和县，泰和到永新抄山路也有上百里之遥。她日夜兼程，谁料，因连日大雨，山洪暴发，妹子被阻在山中。这样一拖，当她到阿育塔时，正好是她出嫁的日子。妹子很急，但也无奈。正当她一筹莫展时，阿育塔突然乌云翻滚，飞沙走石，一阵大风将那妹子卷入半空，只眨眼工夫，妹子便安然无恙地落入了自己的闺房中。

后人说：这就是心诚则灵。

传说之二：凡上阿育塔进香朝拜的香客，如果没有诚心，就永远登不上阿育塔顶，并且，每个上阿育塔的人在上塔之前都必须洗干净自己的肉身，身上更不能带任何一点含肉腥味的东西。有一天，一个乡村妇女上塔敬佛。她身上什么都没带，只带一串钥匙，当她行至阿育塔腰时，不论费多大的劲都爬不上去。那妇女左思右想得不出缘由，有同伴提醒她说："你那串钥匙是用牛筋串起来的，是不是牛筋有问题？"那村妇不服，说："如果说牛筋是牛身上的东西，带有腥味，那塔内那只用牛皮做的大鼓不是牛身上的东西吗？……"

村妇的话还没说完，阿育塔突然狂风大作，上山的人只见大风卷起了塔内那面大鼓并飘出阿育塔，大鼓被重重地摔在藏龙潭里，一下就被漩涡吞进潭中。

当真，阿育塔从此再也没有牛皮鼓了。

武功坛

武功坛，距永新县城2公里，位于昌文铁路永新火车站北。武功坛方圆一公里，满山树茂竹密，四周鸟语花香。原名武功山，因元代葛仙道士带领众多弟子在山上修筑葛仙竹祠后设坛修道练功，后历代名士都在该山修炼，便改名为武功坛。

武功坛的葛仙竹祠内有一眼"丹井"，盛名流传至今而不衰。其井之水永不干枯，被当地村民视为"仙水"。每当村民择日敬香，几乎无一人不去丹井舀一瓢丹井水一饮而尽。也当真，这眼泉水，只饮一口，仿佛甘露流入丹田，生津止渴，十分凉爽。相传葛仙竹祠的道人因长期饮丹井水，个个鹤发童颜，功力超群。用该井的水沐浴，则肌肤白嫩；用该井的水酿酒，则醇香浓郁，能香飘五里。

这口井的来历，有一个十分美好的传说。

有一天，天上的七仙女闲来没事，相约到凡间走走。走着走着，她们不觉来到武功坛上空。突然间，她们发现脚下有一片紫气缭绕。七仙女顿觉奇怪，便停住脚步俯身往下看，只见武功坛内香烟袅袅，经声不断。再仔细一看，她们又发现从坛内走出了十几个小道士，个个挑着水桶，艰难地从山下挑水上山。原来，自葛仙道人开坛以来，四方邻里前来朝拜的香客十分踊跃。因山路崎岖，远离平地，水源十分稀缺，香客在进山朝拜的路上都又热又渴，十分难受。葛仙老人见状，心里十分不安，便每天派出所有道人下山挑水，以解香客口渴之急。七仙女发现这种情况后，几姐妹一商量，便下到武功坛来，她们变成七棵樟树，在整个武功坛散发出阵阵沁人心脾的樟香。她们想以此来缓解香客的热和渴。谁料，她们的香气一在武功坛上散开，香客闻香而至，更是络绎不绝。香客一多，吸取香气的人也就更多了。这样一来，香客们照常口渴如昔。七仙女一见，觉得不是个办法，在一个深夜，他们来到葛仙竹祠，七姐妹合力吹出一口仙气，刹那间，便在葛仙竹祠内吹出了一眼小井。井眼里不断冒出一股股清凉爽心的山泉。完成施法后，七姐妹便向葛仙道人托去一个梦，告诉他说，从今后不必再派人下山挑水了，祠内已有小井一个，不管多少香客上山都取之不尽。第二天一早，葛仙道人忙奔向祠内，果真见到一口井，他便赶紧点灯焚香向西天跪拜，将此井取名为"丹井"。

此后，武功坛当真不缺水了，而且上山的香客只要一饮丹井水，个个都精神百倍，爬山的劳顿，立即云消雾散了。为此，许多村民为能饮上一瓢丹井水而不辞辛劳前来排队候水,一时,丹井水成了方圆百里内村民们眼里的"仙水"。

三相台

在永新城北大约 5 公里的紫雾源村北有座后隆山,后隆山中有个聪明洞,洞不小,曾开过经馆,有数十名学子在此求学,在洞内有一张用石块砌成的长方条台,因为在这个洞内的条台上曾出过三个宰相,人们便尊称它为三相台。

公元 650—721 年,陕西硖石(今河南三门峡南)的姚崇,儿时家乡突遭天灾,父亲在天灾中丧生,母亲带着幼小的姚崇随逃难的人流来到江西永新的紫雾源村。因无地栖身,母亲只得带着小姚崇在后隆山上的那个山洞里栖身。由于姚母出身富商之家,自幼精通棋琴书画,很有学问。在山洞安身后,她以一个母亲的坚贞和对儿子的疼爱,发誓让儿子读书成才。于是,她一面勤耕劳作,一面教儿子读书识字。几年过去了,姚崇渐渐长大,在此后的乡试、会试、殿试中,他以惊人的学识得到了唐代皇帝的赏识。此后,他历任武则天、唐睿宗、唐玄宗三朝丞相。在一个小山村的山洞里出了一个如此显赫的大人物,人们十分崇敬,紫雾源村的乡民便把这个山洞取名为"聪明洞"。

公元 779—847 年,甘肃安定(今灵台)人牛僧孺,在湖南郴州遭遇山寇劫难,一家人都被山寇砍杀,唯牛僧孺母子侥幸逃出。牛母在无奈之中,只得带着儿子四处流浪,不久,也来到永新雾源村,当她一听到村民讲后隆山上有个聪明洞,而且洞里曾走出了一个宰相的故事后,她二话不说,就领着儿子在洞里安下家来。牛母逃难时,身上还藏有金银首饰，她便变卖了这些值钱的东西，在山上筑起了一间读书室，请来教师，招募学生，开堂讲学。附近的人们都知道这里曾出过宰相，前来求学的学子越来越多，书院也就越办越大，越办越红火。牛僧孺在这所书院快读完所有课程时，牛母不幸逝世。牛僧孺无奈，只得带着从聪明洞中学来的知识进京赴考。由于他学识超群，很快就被录用。后在唐穆宗时，官至户部尚书；唐敬宗时出任武昌军节度使；唐文宗时任兵部尚书。按唐制，同中书门下平章事也为事实上的宰相。

聪明洞一下出了两个宰相，轰动了四方八邻。到宋朝，永新三门前人刘沆的父亲刘素也在姚崇、牛僧孺读书的地方筑起了一张读书台，自己建了座简陋的茅屋于读书台下，教其子发奋读书，并时常把姚、牛两位刻苦读书后登朝拜相的故事讲给他听。少年刘沆对聪明洞中走出的两位宰相十分敬慕，立志发奋，赶上他们。果然，在北宋天圣八年（1030）擢进士第二名，初授大理寺平事，庆历七年（1047）升右谏议大夫，户部判官，至和二年（1055）八月位居执政大臣。

聪明洞由于出了三位宰相，名声大振，因为三个宰相都在那里读过书，人们便称之为"三相台"。

三相台至今仍保留在聪明洞内。

茅 塔

茅塔，又称南塔，位于永新县城南门老街内。北宋至道元年（995）建，是永新县现存最古的宋塔之一，塔身九级四面，塔顶为一顶帽形铁刹。塔面有诸多金刚佛像及铸文，铸文共686字，分成48条，为后人研究茅塔的历史留下了宝贵的资料。

三国时期，永新遭遇了百年不遇大洪灾。永新四乡连受一个多月的暴雨袭击，尤其是禾水河猛涨，使得禾河两岸的灾民无处藏身。这时，周瑜正统领大军途经永新，见此情景，爱民之心在他心底油然而生。面对灾民，他当即命令士兵个个节粮，把自己仅有的一点粮食全部发给灾民。同时，他又号令所属士兵分为几个抢险大队，分散在永新各个重灾区，抢救村民和村民的财物。在这次抢险中，周瑜亲自率领士兵，苦战28天，直到洪灾消退后才带领部队开拔。在这次抢险中，周瑜的部队为救灾民，有上百人献出了生命。尤其在永新南乡的一次抢险中，周瑜一下就损失了20多名士卒。后来人们为纪念这位爱国爱民的将军，便在县城南面，面对禾水河的地方修筑了这座南塔（即茅塔）。

在修建南塔的时候，人们无不怀念周瑜，为让子孙后代永远记住这位名将，人们根据周瑜所戴的帅帽，用铁铸成了一顶重约一吨的铁刹帅帽。塔将竣工，帅帽也已铸好，正当人们要将帅帽投入塔顶时，尽管调动了不少人马，也想尽了一切办法，但这顶帅帽就是提不上去。

人们无计可施，个个苦着脸，无奈中，有人提议祷告上天，请求上苍出力，就这样焚香礼拜了一个星期，塔下的帅帽依然稳如泰山，纹丝不动。

正当人们一筹莫展的时候，突然从人群中挤过来一个白须道人，他一问缘由，便笑了笑说："这有何难！"说罢便朝周瑜的帅帽猛吹几口大气，奇怪，帅帽在道人的口中扶摇直上，不偏不倚，正好落在塔顶。

当人们欢呼雀跃后要感谢那位老道人时，老道人却不见了踪影，后来，主事造塔的人做了一个梦，梦中得知，那个帮他们送帽上塔的道人就是永新人们所要感谢的周瑜大元帅。

解元坊

——南门老街苏家巷的故事

永新县城南街有一座解元坊,一进街口就可看到它迎面耸立,巍峨庄严。相传,这坊是明朝正德年间南街苏家巷卸任七品县令苏绰裕给他女婿尹襄建的,算起来已经有四百多年的历史了。

苏绰裕有三个女儿,都已出嫁。大女婿是官家子弟,风流倜傥,已游泮几年;三女婿家财万贯,新进了学,意气风发,不可一世;唯独二女婿尹襄是白衣。

按照永新的风俗,正月里拜年在日期上是有讲究的:初一儿子初二婿,初三初四外甥郎。而苏家又有附加的规矩,女儿必须跟女婿一道,双双对对进家门。这年正月初二午餐时,苏绰裕夫妇和女儿女婿围着八仙桌团团坐定。苏绰裕叫尹襄斟酒,尹襄遵命提起酒壶。一旁气坏了二姑娘,她想,前年冬出嫁,去年正月丈夫来做新姑郎,坐上席,今年没有正席坐,这是理所当然的,但是,按理应该由年龄较小的三妹夫提壶才是,为什么父亲叫自己的丈夫来斟酒呢?太不公平了!她压住一肚子火,强装笑颜吃完了有生以来最不愉快的一餐饭。

她找到父亲问缘故,父亲回答得很干脆:"白衣人不斟酒,难道叫有功名的提壶?"

二姑娘说:"朝廷论爵,乡党论齿,家宴哪有论功名的?"

父亲哈哈大笑:"妇人之见。"避不作正面回答。

二姑娘气不过:"要是尹郎得了功名呢?"

"中了秀才,就免他斟酒;中了举人我亲自放爆竹接他进苏家巷,就怕他舍不得放下酒壶呢。"

"我看尹郎不是池中物,定能出人头地。"

"不要白日做梦了,像你丈夫这样不合时宜,谈什么出人头地!他能中解元,我从他胯下钻过。"

二姑娘回家后将父亲的一番话说给尹襄听。晚上,尹襄翻来覆去,老睡不着。想起岳父的势利眼与妻子的期望,想起自己之所以没能进学,不是文理不通,而是太爱说直话了,写文章不能跟别人一样阿谀奉承,歌颂天子圣明,讨考官的喜欢。"看来要不受市井小人的奚落,让别人知道我尹襄不是平庸之辈,是应该改弦易张了,既不媚人,也不世俗,待有朝一日给我机会,再说说本心话。"

第二天一早起来,尹襄对妻子说:"你真是我的知己,我一定求取功名,让你扬眉吐气。"

"那就太感谢你了。"这一对夫妻相敬如宾。

尹襄赴省城参加乡试。苏绰裕暗暗担心,如果尹襄中了举人,自己就要放爆竹接他进苏家巷了。万一他考了第一,怎么办?

俗话说,不怕一万,就怕万一。尹襄真的中了解元了。消息传来,苏绰裕急得像热锅上的蚂蚁,在屋子里团团转,无计可施。晚饭时喝了几杯酒,心里更闷得慌。躺在床上眼睁睁看着罗纹帐,二更时分还不能入眠。

南街上人头晃动,水泄不通。爆竹声中,尹襄撩起袍,叉开腿,笑嘻嘻地盯着苏绰裕。苏绰裕满头是汗,瞅着女儿,向她求助,女儿却顾左右而言他。人群中不知是谁带头,领着一群小儿齐声高唱:"苏县令,学狗爬。放爆竹,钻胯下。要问为咕啦(永新方言"什么"的意思),狗眼看人怪自家。"接着是一阵震天响的讪笑声:"哈哈哈!哈哈哈!"苏绰裕恨无地洞可钻,又羞又愧,又气又急,一口气涌上来,两眼翻白,向后倒去……忽听得鼓打三更,苏绰裕睁眼看时,室内一灯荧荧,原来是场梦。他只觉得身上汗涔涔的,内衣全湿透了。

苏绰裕终于想出了个解脱的办法。他出钱备料，雇工，在南街上建了个高大的石牌坊，上刻"解元"两个大字。

这一年正月初二，尹襄从南乡家中来给岳父母拜年，妻子当然按例同来，进了南门猛听得噼噼啪啪一阵爆竹响，抬头就见南街中央竖着一个崭新的石牌坊，岳父和苏家的人都拿着爆竹笑嘻嘻地迎了上来。过了解元坊，苏绰裕对二女儿说："孩子，我今天从你丈夫的胯下穿过，你可以消消气了吧。"

二姑娘不解："你几时从他胯下穿过？"

苏绰裕返身立定，指着解元坊说："我这不是从他胯下钻过了吗？"

二姑娘明白了，脸上现出了两个浅浅的酒窝。

南华山传奇

南华山，位于永新县城南10余公里处，海拔1200多米，地处义山山脉中段。该山巍峨险峻，古木参天，更有千年古杏、磅礴飞瀑，还有群猴嬉戏于林间，四处是原始古朴的自然风光。

八仙聚会

相传许久许久以前，八仙之一的吕洞宾，他闲来无事，四处游山玩水。当他走近南华山时，他被该山迷人的景象所倾倒，便落下云头，信步来到了南华山中，四处一看，不免大声惊叫："此乃俺八仙落脚之地也。"吕洞宾在南华山中穿行了半天后，便踏上云头，把他那七个伙伴召集到一起，如此这般地将南华山介绍了一番。八仙听后，个个心驰神往，大伙一合计，决定将南华山定为他们几个仙客养心出游的落足点，于是，八仙一道来到了南华山。

一进南华山，八仙就被擂鼓潭的飞瀑所吸引。他们望着潭下清澈见底的潭水和石崖上飞流直下的瀑布，八仙除何仙姑外，其余七人都跃入潭中，尽情地洗浴着一天的疲劳。何仙姑见七个男的在水中尽情戏耍，心也痒痒起来，便挥起手中的佛帚，往天一指，猛然间一块又大又长的巨石飞落在南华山上的三华里处，巨石板上天然地产生了三个大洞，何仙姑又是一挥，从石崖上突然流下了源源不断的山溪水，一下就把这大石板上三个貌似浴盆的洞溢满了清凉的山溪水。何仙姑乐了，脱衣跃进了盆中尽情地洗浴。

其余七仙洗浴后见何仙姑弄来此物，都惊叹不已，于是他们各显其威，在他们落脚的石洞旁，抬来了一块状似青蛙的巨石，让它不停地发出蛙鸣的声音，好让他们尽情地对弈、读书、谈论古今。

何仙姑嫌蛙声大吵，便在石洞不远处又招来了一块状似古琴的怪石，她把这块巨石安在山隙间的流水之下，让山溪水滴打在这把石琴上，永远不停地发出一阵阵美妙悦耳的琴声。

这林，这山，这水，这蛙鸣，这琴声，便成了八仙"安居乐业"的会客处。

七仙女丢落的鞋

八仙在南华山开辟了这块仙地，很快就吸引了众多的仙客们，七仙女也闻讯来到了南华山，实地考察一番后，觉得这里真是个好地方，于是，也不时抽空来到这里游玩。

有一天，七仙女在山上玩累了，全身是汗，她们七姐妹便结伴来到南华池，宽衣解带后，这七个美妙绝伦的仙女一起跃进池中，尽情地洗浴嬉戏。她们在水中越玩越起劲，便忘了回天庭的时间。天庭上的王母娘娘，这天正有事要找七仙女，四处寻找不见他们的踪影，王母娘娘火了，便着令天兵四处寻找，好半天，天兵才发现七仙女仍在南华池中打闹，便立即报告王母，王母一听，更是火冒万丈，着令七仙女立即回天庭。正玩在兴头的七仙女猛听到天兵下旨，一时慌了手脚，赶紧从池中爬上岸，胡乱地穿好衣服匆匆踏上云头。

在慌乱中有两个仙女连自己的鞋都忘了穿，丢落在南华池旁。几千年过去，这四只鞋便成了四块鞋状的巨石，至今仍保留在南华山上。

南华之魂

这是一个真实而悲壮的故事。

人们都知道八女投江的壮烈，也晓得狼牙山五壮士的悲壮，而南华山的三位女红军集体跳崖的故事却被历史的尘埃尘封了一个多世纪。那是一支小部队，以南华山为天然屏障，跟白匪周旋，坚持游击战争。这支游击队狠狠地打击了当地白匪的嚣张气焰。白匪纠集了几千人的大部队，对南华山游击队进行全面围攻追剿。游击队由于寡不敌众，且战且退。一天，游击队女战士李明、盛芳、刘彩莲因救护伤员落在队伍后面来不及转移，陷入了白匪的包围之中。为了不暴露游击队撤退的方向，她们三姐妹一商量，故意朝敌人开枪，把白匪吸引过来，朝游击队撤退的反方向疾跑。最后，他们来到一座绝壁处，白匪朝枪声包抄过来，把她们三个围了个水泄不通。三个姑娘镇定自若，手挽着手，高呼着"红军万岁""苏维埃万岁"，一同跳下了南华山深谷。

此后，每到凌晨和黄昏，整个南华山都会回荡着这三个女红军的口号声。

这里的人们都说这是南华山魂。

栖凤塔

在距永新县城20公里的西乡一座垅中,有一座古老而坚实的塔,它造型雄伟,坚实大方,至今仍挺立于大片禾田之中,它就是栖凤塔。

据传,清嘉庆辛末年间,陈家村富豪陈肇西决定在其村下首大兴土木建一座高大的砖塔,并取名"栖凤塔"。

为了挑个黄道吉日动土建塔,陈肇西委派了一心腹家人前往张天师家选日子。不日,家人回来,陈肇西问:"张天师指示,何时动土下石是为良日吉时?"家人忙答:"张天师指示,大人建塔动土下石之日,一定有三件奇事发生在此地,此时下石正恰当。"陈问:"哪三件奇事?"家人答:"第一件是一个头戴铁纱帽的;第二件是一条鲤鱼上树;第三件是马骑人。此三件事验证了,下石建塔必会大富大贵。"陈肇西吩咐工匠,就等此三件事过后再下石奠基。

破土动工的日子到了,陈肇西率领工匠,清早就到塔基旁等候,单等此三件奇事过后,则下石奠基。不料从早等到晚,连一件奇事都未等到。陈肇西心想,莫非张天师有意作弄我也未可知,世上只有头戴乌纱帽的,哪有头戴铁纱帽的?再则,人骑马是常事正理,哪有马骑人?鲤鱼自古以来只有"上水",哪有鲤鱼"上树"的?眼看太阳西下,陈肇西吩咐工匠:"你们下石奠基罢。"

谁知下石奠基不到一时半刻,就有一个补锅匠头戴一口大铁锅从汤溪方向上来,恰好路过塔旁。少时,又有一个经商模样的人,背上背匹小马,从塔旁路过,原来这商人来时骑匹母马,半路母马产小马,商人喜不自胜,便让"马骑人"。接着,又走来一背木农夫,此农夫半路捉到一条鲤鱼,将鲤鱼用树枝拴在木头上,活像"鲤鱼上树"的样子。陈肇西连忙对众人说:"张天师言及的三件奇事正应在此三人身上。你们想,这头载铁锅的补锅匠不是个戴铁纱帽的吗?背上背小马的不正是马骑人吗?这背木农夫的鲤鱼不正是鲤鱼上树吗?"说完,后悔极了。

狮 山

在莲洲高车岭山脚下,有一座矮山,形如狮子,坐落在那里的一个村子便叫"狮山村"。

明朝万历年间,狮山村有一书生,姓刘名道噩,三期会考,金榜题名,中了进士,历任广东、贵州、云南三省的布政使。刘道噩为了光宗耀祖,便在狮山村大兴土木,树碑立坊,建造进士府第,好不扬名显众。全村都尊刘道噩为村首族长。

有一天,刘道噩在书房习文,忽有家人来报,门外有一道士求见。道噩放下书卷,随家人出中门引见道士。原来求见的道士不是别人,正是共登金榜的老庚邹元标。皇上委以邹元标巡察重任。这天他是一人私访民情,路过此地,得便来拜访刘道噩。刘道噩一见邹元标,欢喜非常,连忙吩咐家人打开中门迎接,并当即摆酒接风。

酒过三巡之后,邹元标问道噩说:"府上村名叫甚?"道噩答:"狮山。"邹元标接问:"何故叫狮山?"道噩又答道:"老庚,你是不知。实不相瞒,我狮山村是个活狮子形,每年元宵佳节,村民敲锣打鼓闹元宵,这座狮形山也同时舞动,各家厨房的饭钵锅碗就震得咚咚作响。老庚如若不信,可去狮形山观个真伪。"邹元标回道:"倒要观观贵地宝狮。"言罢,两人当即离席,乘着酒兴来到狮形山头,邹元标放眼一看,果然好个狮形宝地。但见狮头高高圆圆,狮尾悠悠长长;狮头前面又有一个圆圆滚滚的黄土堆,活像个滚球。邹元标心想:此山果然是个狮子滚球宝地。刘道璽见邹元标看得入神,便问:"老庚,此狮山如何?"邹元标随口答道:"好地、好地。"谁知他突然孽心一闪,在狮子头上连踏三脚,大喝一声:"狮畜,你还不去转世,还等待何时。"邹元标言罢,突然乌云密布,雷电交加。狮山的岩石进裂,山底下冒出一股巨大的洪水浊流,一连滚了三天三夜,把狮山村淹得只剩下几个屋爪。刘道璽的府第也浸在洪水之中。道璽一见此情,心急如焚,忙对邹元标说:"你三脚踏死了活狮,狮山怕无旺盛之日了。"邹元标原想言而戏之,不料三脚真的踏出如此大祸。此时,他的酒醒了大半,便连忙扶起跪在狮头上的刘道璽说:"老庚,莫心急。活狮灵去了,但尸还在,狮山六十年盛,六十年败。"当时,刘道璽怕邹元标又动孽心,便要他在狮山大祠堂的门牌坊上题字,以示真心,邹元标真的在木牌上题上了字。传说从此以后,元宵闹得再怎么红火,这狮形山也不动了。狮山村也真的败一阵盛一阵,没有个正常。

婆婆坳

沿着永南(永新—南坑)公路,就来到位于湘赣边界茶陵、宁冈(现井冈山市)、永新两省三县交界的高溪乡九陂村,跨越田南登上长岭,映入眼帘的便是一个神奇的山坳,相传元末明初坳上就建有一庵,住着一位修道的婆婆,故曰"婆婆坳"。

庵中住着的那位婆婆中等身材,脸带笑容,身强力壮,从无疾病,行善除恶,乐活九九,得众之爱,一夜人静,命归黄泉,未做殡葬,身躯若绝,逢年清明,闪烁无穷,时隐时现,可谓仙境之名。

婆婆坳,冲坳回旋,峭岩奇壁,坳中庵旁有一巨石,向外伸展,状似弓棚,凌空崛起,天生奇洞,深高宽各一米多,洞内光线陡暗,地平似厅,避风遮雨,十余人不挤,古人称之为婆婆崖。婆婆坳,婆婆庵,婆婆崖,形成一体,风光绚丽,上接金峰,下挹碧波,位当罗霄,奇峰秀俏,林木葱郁,山泉清澈,景色宜人。江西省的永新、宁冈,湖南省的茶陵,三县在此交界,地理位置十分重要,是进三湾,去宁冈,上井冈山的主要通道。据永新龙氏五修房谱载:大清仁宗年间,龙姓卅二世天教公次子夺章,字雅韵,二子一女,长子门鲤,次子门勋,小女步莲,生来命苦,先天性不足,行动不便,未能上学,个字不识,被人轻视,但小步莲珍惜自己的幼小花季,自强不息,从小跟着母亲学纺织,做鞋卖,凭着一双灵巧的小手,苦于挣钱,节衣缩食,以编织积蓄资建亭于婆婆坳顶。一栋砖瓦木质结构的山坳凉亭,占地不足四十个平方米,在四棵高大挺拔的荷树环抱之中,周围的油茶林、万年松,枝繁叶茂,郁郁葱葱,一望无际,像一个绿色的海洋。亭内墙上章公自为记勤诸亭的千古诗句,至今焕然如新。

三元祠的故事

高溪有一座三元祠,据说东周末年,姜子牙封南天门将军,唐宏封正阳天门将军,葛勇封洞华天门将军,周斌封阳精天门将军。唐宏、葛勇、周斌三大将军虽姓氏不同,但他们结拜为兄弟,发誓不同生,愿同死。当时,朝廷奸臣当道,百姓苦不堪言。三大将军弃官来到永新高溪修道,其间为高溪山民做了不少好事。最后,三人修道成功,仙逝升天。村民建三元祠祀之。他们的爱民事迹至今还流传在民间。

孝子雨

人们常听到锄头雨、黄梅雨、蒙松雨、及时雨等名称,高溪地区却有一种独特的雨:孝子雨。这个特殊的名称与唐宏将军有关。

原来唐宏将军是高溪卸坪村人,他对母亲最孝,是个名副其实的孝子。他母亲死后就葬在卸坪村对面的老爷山(在马迹垅旁)。坟前立了一块又高又大的石碑。

一天,一群牧童在老爷山放牧,一头水牛在石碑上擦痒。当时石碑被擦上许多泥巴,万里晴空突然天昏地暗,下起了一阵大雨。牧童们被淋得落汤鸡似的回到家里,向大人讲述了"水牛擦痒"一事。大人们犯疑了。

有一年春天,莳完田竟有一个月没下雨,禾苗快枯黄了。人们烧香拜神求雨也没用。村里一个老人想起了"水牛擦痒"这件事,就对大家说:"唐将军是个孝子,我们仿照'水牛擦痒',去挖些湿泥涂在唐将军母亲的墓碑上,也许唐将军会降雨为母亲洗墓碑呢!"

在万般无奈的情况下,大家同意了那个老人的意见。几个年轻人挖了稀泥挑到老爷山把稀泥涂在唐宏母亲的墓碑上。唐母最爱整洁,那天夜晚就托梦给唐将军要他速降大雨冲洗墓碑。当夜真的就下起了大雨,为高溪民众解除了旱情……

从此,每当干旱需要下雨时,村民就挖稀泥去涂唐母墓碑,每涂一次下一场雨,涂得少,下小雨;涂得多,下大雨。涂在墓碑东边,村东下雨;涂在墓碑西边,村西下雨……

后来,又有一个老人对大家说:"我们不忍心弄脏唐母的墓碑,是不是请个读书人写'孝子雨'三个字贴在碑上,看看会不会下雨?"

每当干旱,村民们就请读书人写"孝子雨"三个字贴在唐母墓碑上,贴后也照常下雨。"孝子雨"这一名称就这样广泛地流传开来。

马迹垅的故事

马迹垅原是一块杂树丛生的荒地,即使白天,也常有豺狼虎豹出没,又名"老虎冲"。因为唐母葬在老虎冲旁的老爷山下,唐将军仙逝升天后,每天都要骑着神马踏着祥云在老爷山的上空瞻视一回。

一天,唐将军又来到老爷山上空瞻视母墓,突然下面传来一声老虎的吼叫声,接着又是一声凄厉的呼救声。唐将军低头一看,只见一只猛虎正张牙舞爪准备扑向一个青年,那个青年惊慌地围着一棵大树躲躲闪闪。唐将军就用神鞭往神马的屁股上一抽,喝令道:"往下冲!"那神马就像一支飞箭往老爷山下冲,因冲力过猛,神马一只脚蹄撞在山下的一块大石上,屁股撞在另一块大石上,那两个大石都冒起了一丈火花。说时迟,那时快,唐将军张弓搭箭,用力向猛虎射了一箭,不偏不倚,正中老虎的喉管。老虎痛得惨叫一声,就倒在地上。唐将军跳下马,走过去拖老虎,却只有一张薄薄的虎皮。唐将军卷起虎皮,说:"这是何方妖怪,披着虎皮来伤害黎民百姓,今天终于死在我手里。"这时,那个青年走到唐将军身边,双脚一跪,哭道:"感谢唐将军救命之恩!"唐将军扶起那个青年,一起去看神马。神马不见了,只见一块大石上留下了一个深深的马蹄印迹,另一块大石上留下了一个大大的马屁股印迹。唐将军将青年送回家,并把虎皮送给了青年。之后,唐将军踩上祥云回天上去了。为了铭记唐将军杀虎救人的恩德,老虎冲改名为"马迹垅"。据说,每当夜晚,常常可以听到两块大石发出神马般的嘶鸣,那种声音雄浑悲壮,林中的豺狼虎豹、妖魔鬼怪闻之丧胆,纷纷逃走。村民从此过上了安宁生活,至今当地群众还流传着几句童谣:

神马鸣,虎豹惊。
妖魔灭,民安宁。

孝义感天传"四珍"

故事发生在东汉建安年间,那时永新建县不久。在今澧田镇的一个深山里,有一个小村庄,有十多户人家,这里的百姓生活十分穷困。而村头那户人家更加贫困,仅有两间茅屋,家徒四壁,常常是食不果腹。家中只有母子二人,老母60多岁,儿子20多岁,是个孝子。孤儿寡母相依为命。

一天,母亲突然得了一种怪病,没有一点力气,每天都头昏目眩,咳嗽不停。儿子找遍了附近所有的郎中,用尽了家中所有积蓄,母亲吃了不少药物,可是病情仍不见好转。儿子见母亲日渐消瘦,心如刀绞。

有一天晚上,孝子躺在床上翻来覆去无法入睡。他想:这满山遍野的奇花异草,难道就没有一种能够医治母亲病的草药?他想起了神农氏尝百草的传说,觉得不妨效仿一下。第二天一早,他就跑到深山里头,采来了一些认为有用的花草。回到家中,自己一一尝遍,然后再给母亲服用。谁料,当他尝到第81种野花野草时,不幸中剧毒,不省人事。这下可吓坏了老母,也吓坏了全村的乡亲。当人们了解到他是为治母亲的病而尝草药的情况后,个个都对他敬佩,也为他落泪。但在村子里,人们根本不知道怎么去救他,只能眼睁睁地望着孝子一直昏迷不醒……

孝子救母的举动被一位老仙人发现,他被孝子的诚心感动。在孝子昏迷的时候,老仙人便把他的魂魄带进了一个花草茂密、果树成片的园子里。在这片园子里,什么果树都有,而且孝子还见到自己未曾见过的植物。孝子救母心切,根本无心观赏,只一个劲地恳求仙人快想法子救救他的母亲。老仙人笑笑，叫他不要着急，说："你母亲得的并不是什么大病，不会死人，但会短寿。若要凡间人延年益寿，我教你制作一种食品。"

孝子一听，连忙叩谢仙人。仙人说："这药炼制不是难事，就地取材就可以。"说完，仙人便掏出一堆生姜，去皮、晒干，取来一团糯米浸泡后蒸熟，冷却，一眨眼，糯米便发霉了。仙人将生姜拌入糯米内，晒了一些时间，再从中取出生姜。仙人说，这过程需要七天，然后将取出的酱姜晒干封存，时间一长，表皮上便会长出一层白砂，吃下去可治头昏脑热。长期服用，保准身强体壮。

孝子很快就学会了这种手艺，但他转而一想，每年入春，村里的大人小孩都会得一种长咳难停的病。于是，又斗胆向老仙人请教治这种病的方法。老仙人特别高兴，便毫不保留地把橙皮、蜜茄、酱萝卜的一套食品制作秘方全部传授给了孝子。

不知过了多少天，孝子终于醒过来了，他将梦中遇上仙人的经过讲了出来。

母亲和全村乡亲都感动地向老仙人居住的方向焚香叩拜。此后，孝子将老仙人教给他的那几种食品的制作方法都传授给了乡亲们。乡亲们吃了这些食品，当真没生什么病了。这些食品的制作方法也在民间流传开来。

后来，"永新娘子"许和子又将橙皮、酱姜、蜜茄、酱萝卜四种食品带入宫中，唐玄宗吃后赞不绝口，龙颜大悦，下令将这四种食品列为贡品，并赐名"和子四珍"。

习溪桥：永新夏阳一个家族的传奇

元世祖至元十九年（1282）春夏之交的一天，吉安现后河一带，走来一位行色匆匆眉头紧锁的中年男人。他恰巧到吉安经商，目睹河水暴涨，当地百姓浪里行船，危机重重，于是询问后河边的一户人家："请问这里是否经常涨水？"

"正是，每年都要毁损一些民宅，还发生过好几起大浪滔天，卷走路人的事件，想想让人惊恐不安。"

"那为何不架桥呢？"

"架过好几座，均被洪水冲毁。这里穷啊，这不，县太爷已张榜募请乐意行善之人，等洪水退却，立马再修桥。"

回到家乡永新石桥夏阳后，这位名叫汤信叔的生意人即刻与妻子商量筹资建桥事宜。通情达理的妻子满口应允，不仅同意丈夫拿出大半生经商积攒的银两，还变卖了部分嫁妆换成善款。

汤信叔掂量着修桥的钱似乎还不够，遂向族长反映，发动族人踊跃捐资。

夏阳人真是"心齐能让泰山移"，家家户户都毫无怨言，或多或少捐了钱。

洪水慢慢地消退了，汤信叔带上自家大部分积蓄和全村族人的爱心与嘱托，来到吉安向县官说明来意。

县官十分感激，号令后河两岸的居民同心同德，众志成城投入修桥之中。

因为这次银两充足，后河上横跨的木桥用了上等的红心杉木，所以特别牢固，也特别壮观。远看像长虹卧波，蛟龙腾跃；近观似一条飞舞的飘带，联结后河两岸的百姓，也联结着吉安与永新两地的深情厚谊。

后来，这座命名为习溪桥的木桥，又修复了好几次，都是汤信叔的后裔们投资投劳。因为他们都牢记汤信叔临死前留下的叮嘱："筹粮募银修善桥，祖祖辈辈不动摇。世世代代传下去，护桥修桥永记牢。"

最大的一次修桥行动，时间定格在清乾隆三十九年（1774）的夏天。汤信叔的后裔们筹集了一大笔钱，决定在已遭损毁的木桥原址，建造一座更加壮观牢固的石拱桥。

当时，汤信叔的后裔们与当地百姓一道，岸上搬，水里漂，夙兴夜寐，废寝忘食。

一天夜里，他们刚打好桥基，不想一场大水不期而至，像猛兽冲击着桥基。他们使劲用沙袋来挡，可水的冲力太大，不消片刻沙袋便被冲走。无奈，他们只得拼命抱紧桥基，用自己的身体来堵。不一会儿，他们的衣服都涨得跟充了气的皮囊一样。有位汤信叔后裔实在支撑不住，被一个巨浪掀倒，卷入滔滔河水中，须臾便消失得无影无踪。翌日，大水刚退，大伙忍着失去亲人的沉痛心情又开始打桥基。

三个月后，石拱桥终于建成，仍唤作"习溪桥"。为了祈求它永远不倒，汤信叔的后裔们又在桥边建了一尊石僧来守护。

岁月悠悠，真情永恒。虽然石拱桥时不时受到不同程度的损坏，但汤信叔的后裔们总在第一时间内风尘仆仆赶来修复。

习溪桥，一个永新汤氏家族对其580多年不弃不舍，这恐怕是历史上任何一座桥都无法享受到的呵护。生命的周期可能更比物质的年轮短暂得多，可精神是永存的，信义美德不会因世事的变迁和日月的打磨而失其光彩。

20世纪50年代，因城市道路的拓宽，吉安习溪桥被拆毁。然而，永新汤氏筑造与守护习溪桥的故事仍在不断传颂……

永新是扇窗

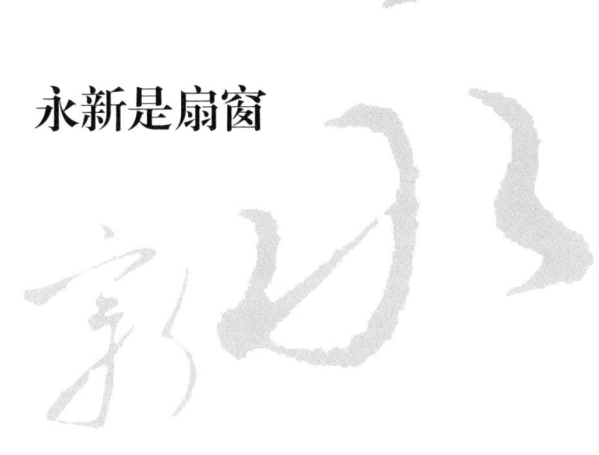

永新是扇窗,一扇展现地方人文风情、人文掌故、人文精神的敞亮之窗。

古往今来,无数文人墨客、仁人志士游历永新,对永新给予高度评价。从解缙的"宛宛禾川绿绕城,东华观里晚云腥"到田汉的"七溪岭峻龙源涨,争唱红军灭两羊";从杨万里的"义山禾水在处在,明月清风无地无"到郭沫若的"永新无数佳儿女,更大光荣争取哉";从众多专家学者深入浅出阐述永新人独特的精神气质,到全国知名作家妙笔生花讴歌永新灿烂悠久的历史文化,以及众多在媒体上、书刊中的永新之靓、永新之美、永新之善、永新之诚,成了数不胜数的赞美之辞。这辞,这赞,为外界了解永新,熟悉永新,喜欢永新,打开了一扇生动之窗。

永新是扇窗,一扇永远笑迎四海宾朋的希望之窗!

书刊媒体中的永新

永新说舞

吴 谷

那年,我来到永新县龙源口镇南塘村的一座大山中。

猛然间,雷雨的轰鸣、破竹的长啸、追猎的犬吠、拓荒的号子一下化成了响彻山谷的大鼓、大镲和唢呐,急风骤雨般地向我扑来,扑来……

一声"嗬——嗨——"的长嘶,冲出来两行"老虎",从版筑的黄土茅屋中,从幽深的山涧峡谷中,从原始的蛮荒山林中,从阡陌的交错田垅中冲了出来……"嗬——嘿!"头"虎"的钢叉就这么左冲右挡几下,八个虎头唰地顺身一躲,别出来了八条虎彪精悍的汉子,白头巾,黑衣裤,双绑腿,麻草鞋,右短剑,左虎盾,步履迟重,舞步遒劲。这是从远古部落走出来的壮士?是武松景阳岗上可以找到的那把短剑?还是从已斑驳的围猎石刻图中可以找到的虎盾?不,应该是从明朝抗倭名将戚继光的《纪效新书》里可以读到的这段实实在在的文字:"习藤牌人牌一面,内用大藤为骨,以藤蔑条条退藤缠联。每面随牌标枪一支,腰刀一把。其兵执牌作势向敌,以标执在右手,腰刀横在牌里,挽手之上以腕抵住,待敌长枪将及身,掷标刺之,中与不中,敌必用枪顾拨……急取出刀在右手,随牌砍杀……以藤为牌,虽不能御炮火,而矢石、枪刀皆可蔽,所以代甲胄之用。……战必胜。"以此为源,距今已有400多年历史了。

那年,我走出了大山,走进了永新的非物质文化遗产展示厅。

这里有金碧辉煌的北京怀仁堂大舞台、上海世博会、西安国际园林节、国际首届傩舞节、首届国际鄱阳湖生态文化节；有中央电视台，香港卫视、上海制片厂、珠海电视台、湖南卫视及全国各大展演的地方……在这众多充满鲜花和掌声的地方，我终于捕捉住了从山中扑出的那两行"虎"！正是这两行"虎"在演绎着一种稀有而独特的集舞蹈、音乐、武术、杂耍于一体的古男子群舞。

哦，这来自大山，来自乡村，来自原始的民间艺术瑰宝——永新盾牌舞。

永新盾牌舞，这个400多岁的老人，终于和我面对面坐下来，他苍凉而凝重地告诉我——

历史，源于凄美

盾牌舞产生于江西省永新县南乡的一个偏远山村，这个村叫南塘村。

据《永新县志》记载："盾牌源于明朝以前，是境内流行的一种武术器械，供习武防身用。"地处赣西的永新县有2195平方公里，四周群山环抱，由天龙山、梅花山、新老七溪岭构成的雄关险隘，成了外籍流亡将士的好去处。据南塘村91岁高龄的盾牌舞老艺人吴文炎介绍，盾牌舞流入该村已有29代传人。那是在太平天国运动失败后，一部分将士成了散兵游勇，无家可归，便在永新的边远山区隐伏定居。当地村民称之为客籍人（也称客家人）。这就是永新南乡客家人居多的主要原因。客家人在山区深居简出，以耕作为主，过着十分贫困的生活，加之当地土豪劣绅为争权夺势，霸山霸水，时常挑起当地人与客家人械斗。散兵们不甘屈服，便利用当年在战场上使用过的盾牌刀叉和战术进行自身防卫，常常百战百胜，打得当地人再也不敢欺侮他们了。南塘村因长年缺水，为争水时常被大村人打得落花流水。村里人吃过亏后，便请来客家人到该村传授盾牌武术。由于南塘村是"刀尖上长谷"，便养成了全村男子习武打阵（打盾牌）的习俗，这习俗历代相传。每当出阵战斗争水时，盾牌手们手持盾牌和刀叉，左冲右突，时常打得大村人屁滚尿流。从此，大村再也不敢欺侮他们了。这样平静下来无后顾之忧后，南塘村的老盾牌武士们便挑出十几个身强力壮的后生，请客家打师傅把上阵的盾牌武术改编成一套既习武又娱乐的舞蹈。当地人又根据舞蹈的需要增添了锣鼓钵镲和唢呐烘托气氛，取名为盾牌舞。该舞一编成，他们便在每年春节、元宵向全村男女展演，以昭示该村歌舞升平，平安大吉。

由被迫习武防身的一种武术演变成一种奇特的民间艺术而留传29代之久，这充分显示出南塘人刚强、好胜、善斗的秉性。"要打打不过上南乡"，"要斗斗不过南塘人"，一语道破了永新南塘人的家乡观念。去其宗教封建糟粕，便可看出这是一种爱国爱家的最原始的凝聚力。这就形成了盾牌舞依靠群体力量，既展示个体武艺，又展示不失统一的整体感，动作风格如大山一样"刚柔相济，功架不倒，疾而不死"的民族精神。

盾牌舞虽然在血和泪中诞生，是凄凉的，但它表现出来的艺术是一种凄冷的美。

艺术，臻于完美

盾牌舞的开演仪式庄严肃穆。

开演前，宗祠的大厅上首要贴上对联——

天下奇楼多
世间此功少

祠堂的左右梁柱上也要贴上对联——

当术盾刀南征北战打天下
武德戟铸东平西治定乾坤

　　随后表演者一律头裹长汗毛巾，上身穿黑色镶白边云花对襟短衫，下着黑色紧口裤，脚蹬黄麻草鞋。其中两人（代表敌我双方）各持一把带响环的钢叉，示为该军将官；其余一律一手持盾牌，一手持短刀，个个强悍威武，在村里长者的带领下，威风凛凛走进祠堂。长者手擎三炷香，率众向宗主牌位三叩首，后手刃大公鸡，取血酒供于案首，再拜后，鼓乐、唢呐、鞭炮齐鸣。在这种强烈而古朴的宗教韵味中，表演者走出祠堂开始表演。

　　盾牌舞在艺术上最显著的表现是一种强烈的英雄气概和民族精神。它以铿锵作响的短刀响环声、从表演者口中不断发出催气力刚的"嗬嗬"声作整个艺术表演过程的烘托，走着稳健如山的马步桩，舞着闪烁寒光的短刀、铁叉和坚实的盾牌，充分展示出汉民族男儿的那种彪悍、粗犷、气势昂扬、威震天下的气概和压倒一切的气势。在表演阵式上，它体现出来的是古代士兵操练盾牌，互攻互守，拼战厮杀的激烈场面，是一种多艺术精华的汉民族的男子群舞，其风格特征可用八句话概括：

　　　　桩马落地稳如山，手舞脚动柔且刚。
　　　　叉来盾挡套路明，刀叉闪亮声威壮。
　　　　八个阵式变幻多，或攻或守章法强。
　　　　拼杀一阵复一阵，人吼马嘶气势狂。

　　就艺术表现来说，它最具特色、最引人入胜、最令人感受到美的莫过于"盾牌八阵"。这八个阵式变幻多端，神采各异，扣人心弦，让人如身临其境：紧张、急促至如释重负。

"盾牌八阵"首为"四角阵"。"四角阵"意为四面防守,分兵把关,稳扎稳打。四牌丁站成方形,各据一方,一叉手勇猛攻击,左冲右突,连攻四方牌丁。"一字长蛇阵"意为阵似长蛇,有头有尾,首尾相顾,能伸能缩,易攻易守,迂回包围,巧取夺胜。牌丁鱼贯而出,变成一条长蛇,体现出硬攻则施展如蛇,软攻则缠绵制敌。"八字阵"意为森严壁垒,众志成城。两叉手各带四个牌丁穿插摆成阵式,刀叉齐鸣,人嘶马叫。"黄蜂阵"意为众多"黄蜂"倾巢而出,令人生畏。八个牌丁滚挡飞舞,卷地而来,两列队变换为遍地干戈。"搭牌"意为埋伏隐蔽,草木皆兵而刺探军情。八牌丁分列两边,将牌搭成一个"山洞",两叉手迅速敏捷地穿梭于洞内,带领牌丁成"双蛇出洞"状,掩护部队撤退。"龙门阵"意为布下天罗地网,神出鬼没偷袭敌营。一叉手带四牌丁搭成"门楼",另一叉手带四牌丁穿插于其间。"荷包阵"意为反攻为守,包围敌方聚歼之。一叉手带领四牌丁布成"四角阵"引诱对方来偷袭营房。"打花牌"是紧接"荷包阵"的一种厮杀阵式。被包围之敌奋力突围,拼死冲杀,战斗空前激烈,整个舞蹈的高潮充分体现在这个阵式中。

　　整个表演是在战马长嘶般的锣鼓声、唢呐声中进入状态,武士们各据四方,叉手勇猛攻击,左冲右突,一下把人带到"操吴戈兮披犀甲,车错毂兮短兵接"的古战场。紧接着阵式一变,如时下流行的"太空舞"。刹那间,锣鼓突起,变八字阵为两军对峙,双方森严壁垒,众志成城,伴着急促的鼓点,刀叉闪亮,铁环齐响,武士们惊天动地的"嗬——嗬——"呐喊声,分外庄严壮烈,扣人心弦。随后,在一段走步的间隙中,唢呐悠扬,从武士口里唱出的是战斗空隙中的思乡之情,思妻儿父老之情。稍许片刻,鼓点急促,杀声震天,战斗又开始了,武士们并排滚挡,犹如黄蜂出洞,铺天盖地,席卷而来,恰似《国殇》里所描述的"旌蔽日兮敌若云,矢交坠兮士争光"。最紧张、最激烈的是"打花牌",这是整个舞蹈的高潮,武士们怀着"首身离兮心不惩""诚既勇兮又以武，终刚强兮不可凌"的英雄气概，拼死冲杀，短兵相接，前仆后继，不屈不挠。在该阵的表演中，表演者凭着平常练就的武功，拼尽全力，尽情发挥，真刀真枪打出令人眼花缭乱的"跳牌""扯牌""嚎牌""腰牌""滚牌""躲牌""花牌"等多路招数。厮杀中，锋利如霜的短刀嘎嘎作响，有时离表演者胸口只几毫米，寒光闪闪的刀叉又刺又砸，表演到高潮时，坚固的盾牌竟会被砸成两半，令人心惊胆战。仿佛看到太平军将士"子魂魄兮为鬼雄"的豪迈气概。

在表演中，盾牌舞的音乐也别具一格。在打击乐上，它既有京戏鼓点的急骤与紧促，又融入了本土锣鼓的悠然；而唢呐的吹奏既有北方的高亢，又渗透着本土的"罗腔"基调，有雄浑的气势也有缠绵的优美。打击乐和唢呐都随着舞蹈的发展，时如急风骤雨，万马奔腾；时如丽日和风，信马由缰；时如小桥流水，莺歌燕舞，起伏变换，引人入胜……

纵观盾牌舞表演的全过程，刚劲的舞步，莫测的阵式，出奇的武功，激昂的音乐，给人的感觉就是一个字：美！

这是一种充分体现民族精神的壮美！

革命，勇于壮美

这古战场两军鏖战的阵势，是出自诸葛亮的八卦阵还是太平天国义军的阵式都无关紧要。这支刚柔相济的古典男子群舞，正在上演的是一个悲壮缠绵的历史故事：有秦始皇兵马俑的拙沉，有东吴公瑾的悲愤，有太平天国壮士的壮烈，更有井冈山斗争时期五次反"围剿"的悱恻。

那位伟人的游击十六字诀，"进与退，驻与扰，疲与打，退与追"的宏论，已成为中国军事史上的经典。

1926年底，永新县委妇女部长贺子珍，以共产党员的身份来到南塘村发动群众革命。当她看到南塘村人"出灯"时所表演的盾牌舞后，心里一阵狂喜：这是一支多好的人民武装力量啊！于是，她把全村的青年男子全调动起来,以学打盾牌为名,行组织武装之实。很快,一支武装力量"农民暴动队"就组建起来了。1927年,毛泽东在永新三湾对部队进行改编后,贺子珍陪他到农村调查时来到南塘村,特意将她组建的这支盾牌舞表演队拉到毛泽东面前并悄悄告诉他:"这是党在农村秘密建立的第一支农民暴动队。"说着,只见两队威武彪悍的农民壮士冲了出来,他们手拿盾刀,杀声震天,歌声铿锵,边舞边唱,好一派厮杀场面:

> 黄竹剖篾做盾牌,
> 舞起盾牌威风来,
> 削尖黄竹当长矛,
> 矛冲盾挡打世界。

毛泽东看后大喜,连赞三声:"暴动队始于永新!"同时指示贺子珍:"这支队伍是农民自己的队伍,应根据三湾改编时确立的党指挥枪、支部建在连上的精神,加强这支队伍中党的领导,要坚决执行党对这支队伍的绝对领导。"

贺子珍认真执行了毛泽东的指示,很快在这支队伍中发展了多名共产党员。共产党员、暴动队员吴先桂出任这支队伍的党代表,永新第一支农民暴动队就这样在党的领导下,投身到了如火如荼的井冈山斗争中。黄洋界保卫战、五次反"围剿"、三打永新,无不留下他们英勇顽强、前仆后继的身影。

以南塘村盾牌舞队为主力的第一支暴动队一成立,井冈山根据地的许多乡村暴动队很快如雨后春笋般纷纷举起了大刀长矛,创建了工农自己的武装力量。这一支支农民武装在党的指挥下,为翻身,为革命,赴汤蹈火,前仆后继,纷纷杀上了为民族求解放的战场。

在著名的龙源口战斗中,南塘村的农民暴动队首先冲上枪林弹雨的七溪岭战场。在井冈山革命博物馆中，那张发黄了的一个暴动队员用长矛与敌人厮杀的照片，真实地记录了当年永新暴动队员骁勇善战的场面，而今看来仍让千百万观众惊叹不已。

也就是在这场战斗中，永新南塘村农民暴动队的党代表吴先桂同志为掩护红军进攻，光荣地献出了自己年轻的生命。

此后几十年，南塘村的后人们，每当盾牌舞出灯时都要在宗祠里给这位党代表烧上三炷香，以示敬仰和哀思。

盾牌舞沿袭几百年的出灯仪式，由原先的祭祖，改成现在对革命烈士的祭祀，这是人们对共产党人的热爱与崇敬，更是对"党指挥枪"的肯定与拥护！

哦，这虎盾，人借虎威，上抵雷电，下抵地陷，前遮妖，后遮鬼，左挡风，右挡水；而这短剑，在与敌人的短兵相接中，以守为攻，乘虚而入，勇猛突击。这应是中华儿女自古至今的操守，与城池、长城相应而望，这便是武器、战术和战略的高度统一。

而后几十年，这里仍留存着盾牌舞开演前烧三炷香敬献烈士的传统……

中华人民共和国成立后，党和政府大力挖掘整理民间艺术遗产，盾牌舞作为一种民俗文化的"活化石"，以其独有的特色重新在永新乡村间闪烁光彩。1953年，永新盾牌舞应邀到北京中南海怀仁堂演出，并与著名艺术家梅兰芳同台表演。之后，盾牌舞又到朝鲜、苏联等国表演。改革开放后，盾牌舞又以全新的舞姿参加了上海世博会、西安国际园林节等十几次大型展演活动，被中央电视台等20多家新闻媒体拍摄，远播海内外。

2006年5月20日，盾牌舞这朵古老而充满活力的民间艺术奇葩，以其独特的、极富民族民间艺术特色的骄人风采，一举入选国家首批非物质文化遗产保护名录，雄居全国民舞类第四。

盾牌舞，尽管经历了几百年的历史沧桑，而今欣赏起来仍使人感觉到一种心动，一种激奋。因为它是一种美的组合、美的宣泄、美的升华。

美，在盾牌舞中得到了淋漓尽致的体现。

除此之外，最重要的是体现了我们这个民族英勇顽强的精神，和在党的领导下，团结一致走向复兴之路的凝聚力和战斗力！

400多岁的盾牌舞老者说到这里，他十分深情地收住了话语。

噢，我明白了——

起初呈现在我眼前的那群"老虎"，不正在演绎我们这个伟大的民族在党的领导下同心同德、自强不息而锐不可当地走向复兴之路！

（本文改编自论文《略论盾牌舞的美学价值》，该论文获江西省2006年文化系统文化艺术科学论文一等奖。发表于《群文作品集》。）

永新听鼓

吴 谷

永新听鼓，听"永新小鼓"。

一面制作独特的牛皮小鼓系在演唱者腰间，左手拍，右手棒，敲下去，鼓响拍响，演唱者合鼓点、合拍点，民间俚语、乡村方言、山歌小调交融相汇，演唱出一段段人世间爱恨情仇、撼人心扉、扣人心弦的故事。

"永新小鼓"的鼓点花样奇特，变化多端：

轻敲慢打时，如行云流水，敲出来的是春风细雨，似在滋润天地万物。

重敲紧打时，如电闪雷鸣，敲出来的是急风骤雨，似在警示芸芸众生。

她有汉宫秋月中的凄怆、哀怨和缠绵。

她有秦月汉关时的伟岸、雄俊与凄美……

一面小鼓，万千世象。

万千世象，一面小鼓。

哦，永新听鼓，我在听"永新小鼓"。

一、永新听鼓，从 270 年前听起，我听到了她的苦难……

轻敲慢打的鼓点把我引进了 270 年前的永新县城北"圣恩堂"。

据《永新县志》载：永新小鼓原名永新号音，也叫"唱号音"，产生于乾隆五年（1740）左右，迄今有 270 多年历史。那时，在永新县城的北门有个圣恩堂，在这个堂内专门供养了一批无依无靠的残疾人。小鼓艺人就产生在这圣恩堂内的盲人之中。

当时，在圣恩堂内有个叫欧阳承相的人（盲人小鼓艺术者都称他为"永新小鼓"的祖师爷）。他生于 1722 年，是永新南乡烟阁乡青岭村人。他年幼时读了不少诗书，略懂文字。一场大病后，他双目失明，被送入圣恩堂供养。他不愿坐享其成，也不愿靠上面施舍的一点点糊口之食度日，便发挥自己的才智，把他曾经看过的渔鼓表演加以发挥。他把蛇皮制作的渔鼓改用牛皮制作成一面小巧玲珑的小鼓，用红带系在腰间。牛皮小鼓音色浑厚宏亮，又经久耐用，携带演唱也十分方便。在小鼓的打法上，别具匠心，有滚打、细打、急打、慢打、翻打、巧打，根据演唱的需要，不时变化。小鼓的鼓点跳跃自由，变换自由，是烘托气氛、吸引听众的一门独特技艺。随后他又给自己的右手配上一根小竹棒（形似筷子），左手配上一副小竹板，又敲又打，有板有眼，唱起来更有声有色，紧扣听众心弦。

永新小鼓祖师爷欧阳承相凭着自己的记忆，把失明前读过的诗文、故事、戏文等改成小鼓词。在这个过程中，他十分注重当地广大群众的口味爱好，有针对性地编成故事，这就成了当时永新城内别具一格又极富地方特色的永新号音（永新小鼓）。

永新号音初具雏形后，欧阳承相首先试着给圣恩堂的残疾人演唱。谁知，这一唱，个个都唏嘘不已。欧阳承相是个聪明绝顶的人，他想，他的号音能感动堂内的人，肯定也会感动社会上更多的人。于是，每到傍晚，他就腰系小鼓，手持竹棒和竹拍在街头巷尾唱了起来。

初次上街，围观者甚多。起初，人们都是怀着新鲜好奇的心态在听他演唱，但随着他演唱出来的故事，人们慢慢地沉浸其中。听众们看他唱得口干唇燥，便为他端水递茶。久而久之，人们发现盲人卖艺实在不易，纷纷递上几个小钱以示感谢。

欧阳承相这样唱了一段时间，城里人每到夜晚，特别是夏天，几乎都会想起那个唱号音的盲人，便到圣恩堂去请他来唱。这样一来，欧阳承相每晚都会得到城里市民不少的馈赠。

当时在圣恩堂的不少盲人都娶妻生子，生活十分潦倒。欧阳承相便把堂内的盲人组织起来，教他们唱，教他们打，让他们也跟自己一样利用这门手艺去赚点钱养家糊口。

堂内盲人纷纷拜他为师，请他教唱永新小鼓。

欧阳承相来者不拒，但他立了一条规矩：永新小鼓只传盲人，不传外人。这成了永新小鼓一条一成不变的规矩。

为此，永新小鼓便成了盲人的专业艺术，形成了盲人表演群体。

二、永新听鼓，受表演形式的制约，我听到了她的无奈……

由于是盲人艺术，在表演上她得到了许许多多的制约。在表演形式上，欧阳承相也只有根据自身的条件，形成了一种别具一格的表演。

因为是盲人，他根本无法与戏剧表演一样抬脚挥手、扭腰耍姿、进出自由。因此永新小鼓只是一人坐唱，有说有唱，重点在鼓点和说唱上给予更多的发挥。为了吸引观众，他们只能在注重打、唱和道白的同时，充分利用两只手的作用。于是，他们设计了道具的制作与运用：演唱者左手指间夹着两块小竹拍，右手持一根五寸长的小圆竹棍，坐下来自敲自唱，没有乐器伴奏。在唱腔上，他们特别注意当时当地十分流行的山歌小调、劳动号子，道白也充分利用本地的方言、俚语、拖腔。这样一来，它的唱腔跳跃起伏，跌宕多姿，既幽默诙谐又温柔抒情，还可长可短、能刚能柔，有时还带口语化。由此，它的曲目语言朴实，唱词简练，充分利用当地的大众语言，通过乡间习语、谚语等，以土音押韵，用明快的节奏来完成整个演唱故事，使曲目妙趣横生。

小鼓演唱随处都是舞台：春冬两季，白天在街头巷尾、晒太阳的空地或晒谷场等；秋夏两季，不仅在厅堂，更多的是在晚上纳凉的广场、街巷，甚至屋檐下，既不受时间空间的限制，也不受听众多少的制约，可多可少，随时随地。这样反而吸引了群众自发地去观摩聆听，在夏天有时可以唱到深夜直至天亮。春节前后，或办红白喜事的人家，也有人将盲艺人请至家中演唱。很快，永新小鼓发展到了乡村，还流传到永新周边的泰和、井冈山、宁冈、莲花、安福、吉安等县以及湖南的茶陵、醴陵、攸县等地。

在与第九代永新小鼓盲艺人刘法华交谈时，他一脸无奈地对我说："小鼓虽然演唱方便，但一条凳把我们捆死啦！因为我们是盲人啊，再好的故事也只能坐着用手打出来，用嘴唱出来呀，我们盲人不能动呀……"

老艺人的言下之意，是他们失去了充分展示这门民间艺术更广阔的天地啊！

是啊，如果不是盲人，他们完全可以用面部表情、手足动作把自己演唱的故事，通过形体充分地给听众展示出来；如果不是盲人，他们还可以在小鼓表演时，把剧中人物的喜怒哀乐充分展示在观众面前；如果不是盲人……他们肯定还有许许多多的如果……

这种制约，对于盲人来说，确实是一种无奈。

三、永新听鼓，经历风雨沧桑的嬗变，我听到了她前行的脚步声……

随着社会的变迁和发展，永新小鼓生存至今，大致可分为四个阶段，每个阶段都可以展示出这种民间艺术的发展情况。在清乾隆时期，永新有28个盲人学唱小鼓，当时基本上是纯唱无白，中间只夹杂些乡间衬语，以口语化的形式表现一些搞笑元素来吸引观众。其主要内容是以娱乐为主，解化丑恶，劝人为善。当时流行教人勤快治家的《懒婆娘》就证明了这一点，并且一直深受群众喜爱。到民国时期，由于地方戏曲的发展、大型节目的演出，永新小鼓的小段子再也不能适应和满足群众的需求。于是，他们创作了大批长的连本曲目段子，在这些段子中不但有唱，中间还夹杂道白，道白时拉腔拉调，与戏曲道白融为一体，有声有音，有腔有调，但与戏曲的道白又截然不同，这就成了它独有的一种风味。在苏区时期，1927年毛泽东带兵上井冈山时来到永新三湾村，在进行三湾改编后，永新各地相继成立了苏维埃政府。当时县城的禾川镇苏维埃政府组织圣恩堂的盲人进行集训，让这些盲艺人把永新小鼓改造过来，为当时的革命服务。那时，县苏维埃政府派了一位姓刘的同志专门为小鼓艺人创作节目，让盲艺人到全县各地去演唱、宣传。当时新编的小鼓节目很多，最受欢迎的有《打土豪分田地》《欢迎白军反水》《红军打败两只羊》等。中华人民共和国成立以后，永新小鼓在党的"百花齐放，推陈出新""出人、出书、走正路"的方针指导下，得到了党和政府的重视和关怀。为此，永新文化馆在1953年至1954年连续举办了两期小鼓艺人学习班，在这两期学习班上，当时任永新县委宣传部部长、后调任江西省文联副主席的张涛在观摩盲艺人演出时说："永新唱号音很有特色，全国都是大鼓，唯独永新是面小鼓，就叫永新小鼓吧。"从此，永新号音便正式定名为永新小鼓。在这两期学习班后，永新文化馆组织了一支小鼓演唱队，从永新采茶剧团中抽派了多名学员向盲艺人学唱小鼓。

从此之后，永新小鼓打破了只盲人演唱的传统，改由专业演员表演。从此，永新小鼓进行了大胆的改革，由原来的田头地角、村巷街口发展到有乐器伴奏，并配有灯光布景，从而登上大舞台与观众见面。

四、永新听鼓，在保护与传承中，我听到了她前进的鼓点……

由于永新小鼓既能配合政策和政治进行宣传，表演灵活机动，能及时准确地把党的方针政策传达给众多观众，又能劝人为善、鞭挞丑恶，因此，它是一种深深根植于广大人民、群众喜闻乐见的民间艺术。许多永新籍的海外华侨，一回到永新就要听永新号音。这艺术，成了永新的一种土特产，是家乡的一种定盘菜，是根植在永新这块红土地上的一朵民间艺术奇葩！

沉寂了50余年的永新小鼓，在2006年和2010年全国第十四、十五届"群星奖"曲艺决赛中，以崭新的风貌，独特的形式，幽默、风趣、调侃、诙谐的艺术风格，两次夺得了"群星奖"。永新小鼓曲目《宝朵接婆》继全国第五届曲艺艺术节获精品称誉后，又一次被评委和广大观众一致公认为"题材好、形式独、风格新"而登入大雅之堂。而《宝朵招工》便是在《宝朵接婆》的基础上，以全新的风姿蝉联全国第十五届"群星奖"。今年，在夺取两届全国大奖后，永新小鼓《宝朵冲浪》以时尚的现代气息入选全国第十届"艺术节"，获华中六省一市曲艺大赛一等奖，一批又一批学小鼓、打小鼓的后来者们如雨后春笋般遍布永新的城镇乡村。

1986年，永新小鼓作为全国独一无二的曲种入选《中国曲艺志》，2014年被列入国家级非物质文化遗产保护名录。

永新小鼓尽管经历了几百年的风雨历程,而今欣赏起来仍令人感到一种心动,一种激奋,一种美的陶醉。伴着她那奇特的鼓点和唱腔,以及独特的表演形式,我们从她身上找到的是一种没粉饰、没包装、原汁原味的民间艺术。

永新听鼓,我终于听懂了一个道理:独特的、来自民间原生态的、具浓郁地方特色及风格的艺术,才是真正的艺术,它的生命力才会天长地久,才会永远扎根于我们整个民族的心中。

哦,永新听鼓,我在用心地听"永新小鼓"。

(本文改编自论文《浅析永新小鼓的独特艺术风格》,该论文获江西省2006年文化系统文化艺术科学论文二等奖。发表于2008版《群众文化》杂志。)

写得"宝朵"出庐陵

——蝉联全国"群星奖"的宝朵系列诞生记

晨 晨

宝朵,一个土生土长于农村,憨厚又不失机灵,幽默又不失睿智的地道农民,他踏着改革开放的鼓点,弹落了300来年的历史尘埃,带着咱庐陵几乎家喻户晓的那种独特、奇妙,以及被国家称为中国曲种"独生子"的永新小鼓的风姿,自2005年起,进杭州,下南海,走花城,过长春,到荆门,闯深圳……几乎走遍了大半个中国。

"宝朵"其实不是一个真人。他是宝朵系列中的主角,剧中人。这主角便是永新县文化馆的老戏剧曲艺家吴谷先生笔下的一个新时代中新型农民的艺术人物。

宝朵系列即《宝朵接婆》《宝朵招工》《宝朵冲浪》三部曲，是在国家级非物质文化遗产永新小鼓的传承和发展中创作出来的。它秉承永新小鼓诙谐、幽默、调侃的独特艺术风格，在传承、保护、发展的基础上贯以全新的精神风貌、表演形式、时代内涵，一举夺得了全国第八、九、十三届中国艺术节的入选资格；蝉联全国第十四、十五届"群星奖"、华中六省一市曲艺大赛一等奖、全国群文文学剧本大赛一等奖……

宝朵火了。

吴老先生把宝朵写活了，写成功了，"写得宝朵出庐陵"而名扬全国了。

如何让古老的民间艺术走出庐陵，走向全国，被国人认可、接受？宝朵系列的诞生肯定经历了许许多多让人意想不到的传奇和艰辛。为此，我们一行专程采访了该系列的创作者。

那天，吴老先生十分动情地告诉我们："与其说宝朵这个人物是写出来的，不如说是改革开放的大潮把中国一代新型农民造就出来了！"

一、身入与心入

2005年要举办全国第五届曲艺艺术节，省市县文化主管部门一致认为，永新小鼓作为国家级非遗保护项目，作为我们庐陵民间艺术的品牌，应该走上更广阔的舞台，并决定新创一个剧本参加这次全国曲艺大赛。

剧本，剧本，一剧之本。

剧本创作任务很快就落到生长在永新小鼓发源地，在永新文化馆从事文学创作30多年的吴谷身上。吴谷接受了任务，经过一番思考后，决定创作一部反映红色题材的剧本参赛。谁料，当他把写作提纲上交市局，专家们都给予了否定，理由是全国写红色题材的很多，很难突破也很难打响。吴谷觉得专家们的意见很有道理，决定推倒重来。

推倒重来，这几个字虽然说起来简单，但做起来谈何容易！

恰在这时，党的富民政策出台了（一号文件），吴谷顿时眼睛一亮。对，到农村去找素材！

起初，农民兄弟并没有完全接纳他，只是十分恭敬地把他当作客人，自己家里的事、自己内心的话从来不在他面前表露、倾诉。下乡半个来月，他像盲人骑瞎马，尽管从这个村跑到那个村，最终仍是一无所获，竹篮打水一场空。

他反思自己，很快就意识到在乡间这半个来月，自己身虽入了，心却没入。

为此，他用极快的速度调整了自己的行为准则，决定用心潜下去，把心交给农民兄弟。

怎么交心？交心应该是真诚的，来不得半点虚伪与做作。于是，他从细微入手，让自己完全融入农民兄弟的生活当中。有次，他房东一家都去了县城，留下一个在校读书的孩子没人接送，他主动承担了这个任务；有次，一个孤寡老人生病了，他跑去医院为他买药；有次，村里要召开文艺晚会，他主动请来文化馆里的专干为他们排练，连演出的服装也从馆里给他们送来……

这样一来，村里人开始对他另眼相看了，说，老吴是自家人。

一天，他正在屋里写深入生活日记，突然跑来一个中年汉子，进门就请他给他老婆打个电话。老吴懵了："夫妻间的事怎么会找上我呢？"那人告诉他："你是县里的人，我老婆也知道你，你劝劝她，她会听你的。"

原来这汉子就叫宝朵，在党的"三农"优惠政策下，他办起了一个养殖场，目前发展很好，但人手不够。他多次动员在外打工的老婆回家帮忙，可老婆就是不回来。缘由是三年前，他夫妻俩把在外打工赚的几万元钱拿回家办过一次厂，由于当时环境等诸多原因牵制，他们办的厂很快就倒闭了，辛苦赚回的钱全打了水漂。一气之下，他老婆再次离家打工，现在又要办厂，她自然信不过，万般无奈之下，他觉得老吴是个热心人，所以跑来向他求救。

老吴后来不知做了什么工作，宝朵的老婆当真让宝朵接回来了。后来他家的厂也当真办得红红火火。

老吴从这件事中捕捉到了他所需要的闪光素材。

于是，宝朵系列之一——《宝朵接婆》出世了。

二、情人与爱人

在经济危机席卷全球的那年，大批在外打工的农民因工厂停产，纷纷回到了乡村。大批农民返乡，无疑给当地政府增加了前所未有的压力。扁担村有一本地青年农民创办了竹制品厂，他想抓住这个机遇招些返乡农民，把自己的厂扩大一些。老板叫红皮，娶了个妻子叫李洁，两个人头脑灵活，有经济观念。早在三年前，他夫妻俩充分利用本地丰富的竹资源，创办了这个竹制品厂。他们的产品瞄准了井冈山红色旅游这块市场，所生产出的产品，每到旅游旺季大有供不应求之势。眼下虽说全球经济危机，但井冈山每年的红色旅游早已深入人心，游客成千上万，从不受外界环境的影响。由于他们的产品做工精湛，美观大方，旅客都十分喜爱，这又增添了他要扩厂的决心。如今红皮想抓住大批农民返乡的机会，把厂扩大，多招些员工，让自家厂更多的产品销往旅游区。谁料，他把这一想法告诉妻子李洁时，妻子没有商量余地地给予了拒绝。她的理由似乎很充分：一是全球经济危机，银根紧缩，旅游肯定会淡下去；二是去年她也曾想扩大，但在征地上碰了个大硬钉子——厂隔壁一块菜地的主人说什么也不肯让地，尽管她三番五次上门，这家主人怎么也不肯松口。这块地紧邻她家厂房，只要稍稍整理就可以盖上厂房，如果要到其他地方征地，既离固定厂房远，又不好统一管理。这次碰壁彻底扑灭了她原先想扩厂的念头，现在丈夫再次提出，何况又是在全球经济危机的情况下，她断然拒绝了。

这件事很快就被正在扁担村深入生活的吴谷先生知道了，他立即跑到村委找到村委书记汇报了这一情况。村支书正为全村一下涌回来上百个农民而发愁，一听到这个消息，拉着老吴就往竹制品厂走去。到了厂里，他们特意找到李洁，详细询问她扩厂的实际困难后，村支书当即拍着胸脯表态："包在我身上。"对于村支书的表态，老吴满腹疑虑地问村支书："你有把握吗？"

村支书依然坚决地回答他三个字："没问题！"

在随后的深入生活中，他发现村支书不知跑了县城多少次，不但为他们扩厂提供免三年税的优惠政策，而且带回了几个有制作技艺专长的老技艺师，为全村100多个返乡农民上岗提供了技术培训的先决条件。最棘手的问题是扩厂要征的那块菜地。村支书在多次做不通工作后，他果断地决定把自己一块最好的地换给了那家主人。这回主人没意见了，也感动了，诚心诚意地把这块菜地让给了红皮夫妻办厂。

厂房解决了，技术学会了，红皮夫妻十分感激村支书的情谊和爱心，答应了扩厂，还答应把全村100多个返乡农民招进竹制品厂。

这件事对老吴的触动很大。今天，他对我们说出了他的体会：这个世界上其实并没有什么不可办到的事情，只要我们把自己的情和爱无私地奉献出来，人心都是肉长的，人们在爱和情中自然会造就成功，造就和谐，造就胜利。

按理说，村支书这下可喘口气了，但他没有，他觉得厂扩大了，产品多了，它的销路在哪里？红皮夫妇虽说答应了扩厂，但对于销路，他夫妻俩肯定还有顾虑，只是再也不好意思在村支书面前开口了。村支书心知肚明，他又一次跑到县城联系了几家网商平台。当网商平台与竹制品厂签下了一年的销售合同后，他才郑重地要红皮夫妇贴出招工广告。

这件事的前前后后，吴老先生都十分清楚并参与其中。于是，他怀着十分激动又崇敬的心情，一口气创作出了宝朵系列之二——《宝朵招工》。

三、志人与气人

吴谷笔下的宝朵写到这里应该是家大业大了，也该收笔了。但在现实生活中，宝朵和更多的新型农民，他们在改革开放的大潮中，所追求的是什么呢？吴老觉得他的"宝朵"系列并没有写完，还有更深层次的东西在等他去发掘。

系列之三该写什么呢？经验告诉他，没巧：下乡，下乡去捞素材。于是，他便轻车熟路地又一次扎了下去，到农民兄弟中去寻找他所要表现的再一个活生生的宝朵。

由于老吴下乡深入生活的时间多了，也久了，在永新23个乡镇里几乎到处都有他的农民兄弟，他一进村子，村里的乡亲就直言不讳地对他说："你写的两个宝朵真写得好，简直成了我们农民的代言人，这次来肯定还要写宝朵吧？"吴谷点头告诉他们："是，我想写宝朵系列之三，不知有什么好素材没有？"

吴谷的话一出，他房东的儿子便快言快语地告诉他："我们村隔壁的石湾村有个农民企业家，因为不懂网络，差点把厂里生产的两万多斤成品泡了汤呢！后来是县扶贫工作组通过网商把成品卖出去，才救活了他这个厂。"

原来他这个厂在几个月前与外地签了一份两万多斤的食品合同，正当他备齐原料准备开工时，外地要货单位的路被山洪封住了。按合同期限不能按时到货，那边单位便毁约，还在电话里冷嘲热讽地说不想跟没文化的农民做生意。

这句话深深地刺痛了老板的心，他很不服气地跟老吴诉苦："老吴，你给我评评理,农民怎么啦?农民就低一等吗?"

恰在这时,乡政府了解到农民企业家的处境,立即从县城聘请了几个网络老师,分头到各乡村举办网络培训班,梨干厂老板一听,拔腿就去培训班报名参加培训。

老吴饶有兴趣地问他:"网络技术学得怎么样呀?"

他答:"要说我完全学好了也不对,难学才是真。但我们青年农民个个都有决心,有信心,更有志气。现在我们全乡十三个厂,厂厂都有网络技术员,而且个个都是土生土长的本地农民,大家都知道,在科学不断发展的今天,我们农民兄弟的科学水平不与时俱进,那是要落伍的。"

吴老不由赞叹起来:"对,这就是当代农民的志气。"

正说到兴头,梨干厂老板又神神秘秘地告诉老吴,一开始,他老婆死活不让他去学,原因是那个网络培训班的老师是个女的,好像对他特别关心,而他也好像走火入魔,一有空就跑到培训班,向女老师请教。

吴老听后,心中一阵狂喜,因为他从这对夫妻的故事中找到了戏点,便问:"后来呢?"老板得意地告诉他:"后来我老婆也成了网络培训班的学员,而且成绩特好,在我们村,不但她学,全村30多个女青年农民都学了,个个都毕业啦。"

吴老先生按捺不住心头的激奋,一口气写下了宝朵系列之三——《宝朵冲浪》。

在这个节目中,最让吴老激动和满意的是结尾,因为在这个节目将要落幕时,全体演员(农民青年)语气铿锵地用英语向观众,也向世界宣布:Chinese Farmers(中国农民响当当)。

永新小鼓作为国家级非物质文化遗产,作为全国独一无二的一种曲艺品种,作为庐陵独特的民间艺术,她在传承和保护中注重发展,在保持原汁原味的原生态的状况下,充分运用了古老而不失真的民间音乐元素,充分恢复了它固有的幽默、诙谐、调侃的艺术特点,充分调动了它演、唱、说三位一体的基本要素,一扫原先单人(盲人)坐唱的形式,增添了现代乐器,增添了舞台美术,最重要的是在唱本创作上,一扫以往单一的照搬古戏文的陈旧做法,现在永新小鼓的宝朵系列呈现在观众面前的是传承非遗,但不失全新的精神风姿;保护非遗,又不失新时代风尚的精神风貌。宝朵系列的诞生,给古老的庐陵文化披上了"先进文化"的新衣。永新小鼓,这朵古老的民间奇葩,她正稳健地走出庐陵,走向世界。宝朵系列之所以成功,还是创作者那句话说到了点子上:要从生活中打捞剧本!

采访结束了,最后吴老再三着重地向我重复他的一句话:与其说是"写得宝朵出庐陵",不如说是改革开放的大潮造就出一代新型的中国农民!

(该文发表于江西人民出版社2019年12月《华彩庐陵——改革开放四十周年作品集》,获吉安市改革开放四十周年文艺创作二等奖。)

以马为媒,寻善洲塘

吴 谷

> 在江西永新有个洲塘书画村,它是著名画马大师刘勃舒的故乡,如今成了游人如织的旅游区。我以马为媒,慕名而去,四下洲塘,为的是要探寻出这个具有600多年历史书画村的内涵和定力。
>
> ——题记

来到洲塘,我吸进了一股温馨的气息,那是这里的阳光、雨雾、空气和众多笑脸汇集而成的春味。

来到洲塘,我心中涌起了一股浓烈的乡愁,那是这里的古屋、古巷、古桥和古樟汇集于一身的乡愁。

我来过洲塘三次，今天再来，已是第四次了。

前三次我是在车水马龙和众多大人、小孩的喧嚣声中走过的，可以说也是失去自我的三次。

我有些懊悔，更有些失落。当朋友每次问起我洲塘之行的感受时，我会不假思索地学着外国人的习惯动作，耸耸双肩，两手一摊，回答"NO！"

白费了三次的车马劳顿，我成了洲塘游客中一个一无所获的匆匆过客。

难道洲塘就仅仅为告诉所有游客，这只是大画师刘勃舒的故土吗？难道洲塘就仅仅为游客展现出刘勃舒故土的老屋、古巷和古樟吗？难道洲塘就仅仅为唤起众多游客对古文化的追忆吗？

我不这么认为。因为在我的三次耳闻目睹中，我总觉得在洲塘的古巷中肯定还能捞出人们尚未发现，有待我们去挖掘、去探求的更深层次的内涵，以便告诉更多游客，让他们对洲塘这个书画村有一个较全面、公平、丰富的了解。

为此，我感到忐忑，更感到失责，总觉得我在洲塘丢失了一种十分珍贵的东西。而这东西，在我心目中却显得特别重要。

怎么把这珍贵的东西捞回来？我苦苦思索了大半天，最后把目光紧紧地盯在大画师刘勃舒的荣誉榜上：1955年，刘勃舒的马"跑"到了波兰华沙；1988年后，先后任中央美院副院长、院长，在任期间，撒切尔夫人亲临他的画院参观；2012年个人画展入驻英国伦敦；2014年入选出席全国春晚，其三幅作品被收入中国博物馆和中国美术馆……

纵观刘老先生的一生，他从未离开过一个"马"字。马，使他成为大师；马，使他扬名世界。我想，因画马而扬名，这过程肯定充满了传奇，写满了故事。在这过程中，一定会有我要寻找的洲塘书画村的内涵和用来撞击所有游客的"重磅炸弹"。

有了这个"马"字,我释然了。我决定以马为媒,到洲塘书画村去把自己所丢失的东西重新捞回来。

洲塘寻马,成了我四下洲塘的行动指南和方向。

第四次出发这一天,刚出门就下起了瓢泼大雨。但去意已决,我们一行还是风雨无阻,冒雨前行。

让我始料未及的是,当我们的小车冒风冒雨驶进洲塘,正为没带雨伞而发愁时,迎面看见一位长得高挑的秀气妹子打着雨伞朝我们走来。我赶紧下车打躬道谢。那妹子却甜甜一笑,大大方方告诉我说:"我是这里的讲解员,叫毛豆,欢迎光临。"

"毛豆?(刘嘉琪)"我强忍着,差点笑出声来:毛豆,多原汁原味的名字啊!

毛豆似乎看出了我的心思,忙补充说:"就是田埂上不怕日晒,不怕雨淋的毛豆。"说着,她便把伞递到我的手里,让我和同行人遮雨,自己却完全暴露在大雨之中……

见此情,见此景,我脑海亮光一闪,在毛豆的身上,我似乎捕捉到了洲塘书画村一种游客们尚未发现的东西——善。

这个善字,肯定是洲塘书画村的闪光点。

洲塘的善在哪里呢?这闪光点与刘勃舒画马有关吗?

有关,因为刘勃舒的祖屋坐落在择善巷左排第一间。由此推断,刘勃舒的祖先应该就是这条巷子的发起人和始建者。

择善巷,顾名思义,不就是在告诉世人,这条巷子所居住的人们都是在传承和延续中华传统美德——善。择善而居,方能择善而为;择善而为,才会是一个善的村落、善的社会、善的民族。

"择善巷"之名出自《论语·述而》中的"三人行,必有我师焉。择其善者而从之,其不善者而改之"。我们由此推断,刘勃舒祖先始建择善巷,才有众多的洲塘子民"择其善者而从之",才有横竖十几幢宅子的择善巷，才有了择善巷在经历600多年风雨仍傲然挺立的气魄和不朽。

  在采访中，刘勃舒老先生的堂弟告诉我，他大伯（刘勃舒父）及他的祖父、老祖父辈都是乡村的穷教书匠。在他们很久很久之前，相传村里有个姓刘的穷教书匠，他知书重教，乐善好施，免费教全村穷困贫寒的孩子读书识字，在村里竭力宣传"团箕晒谷，教崽读书"的理念。刘勃舒的祖辈们为此感动，在老先生去世后，他家决定继承那位老先生的衣钵。于是，才有了今天呈现在众人面前的古色古香、整齐划一、令人肃然起敬的择善巷。

  我走进刘勃舒堂弟家中采访时，他家正在烧永新烧酒。正当我俩谈得正浓时，只见一个五六岁的小姑娘（堂弟孙女）端着一碗刚烧出来，还冒着热气的家烧，摇摇晃晃地捧到他爷爷面前，稚声稚气地说："爷爷，第一口烧酒你先尝。"然后又用小杯装满刚甄的酒递在我面前，一点也不生分地说："爷爷，你也尝尝我家的酒。"

  看着那双捧着酒的小手，我懵了，这么小的孩子就这么懂事，就这么懂得"第一口烧酒你先尝"的孝道，还懂得对客人的和善……

  我先恍然，后悟然。

  这难道不是我四下洲塘所要找的弥足珍贵的东西吗？

  爷爷很得意，他告诉我，洲塘人懂善懂孝，那是有悠久历史的。说着他执意把我拉到村口的一条小河边。指着一座刚修缮好的崭新桥说："这叫'念亲桥'，相传溶江对面的高汪村有位谭姓女子嫁到洲塘，她十分孝顺，每周回娘家三至五次，看望孤寡的老母。每次回娘家都得蹚水过河，哪怕是严寒的冬天，数年如一日。洲塘的乡民感动了，自发为这位孝女搭起了一座木墩桥，可搭好的桥不久便被一场山洪冲垮了，洲塘人顽强不屈地冒着山洪大水跳入河道再搭。这样不知道反复多少次，'念亲桥'始终不倒，一直屹立至今。"

一座桥的不倒，不就见证了洲塘书画村的善举与孝悌吗？

善举孝悌在洲塘书画村中折射出一道内涵的光！

1935年，刘勃舒就出生在这充满善，充满孝的洲塘古村里。也许是祖传家训，抑或是忠孝传家，使得幼小的他在耳濡目染的熏陶下成长起来。他12岁那年在家乡的一个小书店里发现了两本画册，封面上是徐悲鸿画的《水墨奔马》。他看得如痴如醉，爱不释手。面对徐悲鸿的马，他想，这马多威武，多气派。人要像马一样，那才是他一生的追求啊！他从此与马结缘，彻彻底底地爱上了马。但由于囊中羞涩，他买不起徐悲鸿完整的画册。但再难也难不倒这倔强的孩子。于是，他每天放学都会跑进书店找到这本画册，一丝不苟地临摹徐悲鸿画的马。就这样过了几年，他到南昌读初中时，真是初生牛犊不怕虎，他突发奇想给大名鼎鼎的徐悲鸿写去一封信，并将自己临摹徐老先生的马一并寄去。没想到的是，徐老居然给他回信了，而且在他临摹的画作上亲笔题词为"有美好远景"。刘勃舒这下受宠若惊，更是立志发奋。洲塘人那种为造"念亲桥"的不屈不挠精神陡然间在他身上得到了完美的体现。15岁那年，他被中央美术学院破格录取，成了徐悲鸿的关门弟子。

一位大师不嫌贫寒学子，且谆谆教诲，除令人敬佩外，更多的是在释放着一种大善。

但，时代有时也会捉弄人。正当刘勃舒的事业蒸蒸日上时，1958年，他被下放到马场。马场，顾名思义，一个养马的地方。刘勃舒并不气馁，反而感到庆幸。在马场这段时间里，他终日与马为伍，观察马的习性，观察马的喜怒哀乐，观察马的一举一动。此后，刘勃舒笔下的马，成了一匹又一匹活的马，一种体现出龙马精神的马。但是，他笔下的马并没有被作为赚钱的工具，而是被当作教材来培养学生，教导学生……

在逆境中不离不弃，把成熟的技艺毫不保留地施教于学生，他不也是在继承徐悲鸿老先生对自己的大善和大爱吗？

今天，我走进洲塘的画室，这里坐满了大大小小的孩子，他们正在老师的指导下，一笔一画地在学着画画。我问老师："今天是周末，这是你开的书画培训班吗？"老师摇了摇头说："这里是书画培训班，但不是我开的，我是义务教学。"

义务教学？在物欲横流的当今社会，在洲塘居然还会出现"义务教学"一说？

老师十分郑重地告诉我："在洲塘，不但我是个书画义务教学者，就连刘勃舒老先生的学生也会不定期地来洲塘为孩子们进行义务教育哩。"

那位老师告诉我："刘勃舒先生一生不知带了多少学生，其中不乏有许多身世贫寒的学子，他都会慷慨解囊资助他们，关爱他们，直到他们学业有成……"

我哑然，想：这应该又是洲塘内涵中的一个闪光点。

采访到这里，我才发现一直寸步不离我左右的讲解员毛豆。面对她，我有些愧疚地说："小毛豆，实在有些对不住你啦，让你冒雨跟我快一天了。"毛豆淡淡一笑，回答我："你们老远过来，我怎能昧着良心让你们空手而归呢？"

这就是当今的年轻人，这就是当今洲塘的年轻人！

倏地，我记起了著名画家和评论家、中国博物馆副馆长陈履生高度赞颂刘勃舒老先生画作的那句话："刘勃舒画马，将雄强狂放和勇往直前的马的品性推演为视觉的中国精神。"

哦，中国精神！

洲塘人的善，洲塘人的孝，不正是中国精神的一个重要组成部分？！而洲塘人正是把这一重要组成部分在传承和延续中不断完善和升华。

哦，是这方水土养育出一个志在千里、不忘初心的刘勃舒，也养育出懂善、懂孝的众多洲塘乡亲！

善行天下，大爱无疆。

我寻到的是善，是孝。以马为媒，寻善洲塘——是薪火相传的一种中国精神！

（2018年8月23日发表于北京《绿海》副刊。获第九届"白鹭洲"文学奖。）

韵 律

伍 科

什么叫韵律？

人常言：红花要有绿叶配。这红与绿搭配出来的和谐应该就叫韵律吧。

怎么搭，怎么配？今年我受约写一部反映毛泽东在秋溪创建农村第一个党支部的电影剧本，来到了阔别十几年的永新县龙源口镇这块红色的土地上。到镇后，镇党委年轻的吴书记因下在村里处理一件紧急事务，特嘱咐办公室一同志陪我随行。

龙源口镇位于永新南部，距县城16公里，是龙源口大捷的发生地，是歌曲《十送红军》的首唱地，是毛泽东亲手创建的第一个农村党支部（秋溪乡党支部）的所在地……

说她的红，红透了全镇183平方公里，名副其实，一点也不过分。

而她的绿呢？陪我随行的小吴告诉我，龙源口镇主要表现在"六个一"。一山一水一座桥：一山，省级自然保护区绥源山；一水，被称为小丽江的龙源河；一桥，1955年发行的面额为3元的人民币上的龙源口石桥。一塔一舞一支部：一塔，佛教古塔阿育塔；一舞，国家级非遗保护项目永新盾牌舞；一支部，毛泽东在井冈山斗争时期亲手创建的第一个农村党支部（秋溪乡党支部）。

这里红得发紫，这里绿得透亮。

红与绿在这里，正在演绎一出新时代的乡村振兴大戏。

说到党支部，我立即想到了毛泽东1928年来到秋溪乡后，亲自发展了以李松林为支部书记的首批五名共产党员。在残酷的斗争中，这五名共产党员为革命洒尽了最后一滴血。更让人痛心和愤慨的是他们五家全被反动派杀害，没留一个子孙。时隔近百年后的今天，一踏上这块热土，我的心是沉重的，也就迫不及待地想知道如今的第一党支部所在地怎么样了，这五名英雄用热血浇灌的土地上的人民现在怎么样了。

理所当然，我的第一站就是秋溪乡党支部所在地了。

从镇上到秋溪乡党支部旧址约两三公里路程。一路走来，满目小楼林立，村村绿荫如盖，更让我感到惊喜的是每村每户四处整洁清静；小巷口、村道边，无处不见村里的保洁员的身影穿梭其间清垃圾、扫落叶、排污水……把村子修理得整洁安静、光鲜靓丽。那天天气闷热，我正撕根冰棒解解渴，没想当我正撕包装纸时，身边突然站过来几个正上学路过的孩子，他们的眼睛都盯着我欲剥下的包装纸。我误以为乡下的孩子没吃过这东西，赶紧从随身带的冰壶中掏出想分给他们。可他们都摇着头说："叔叔，你把这张包装纸给我们吧，我们顺路给你扔进垃圾箱去。"我愕然了！难怪每进一个村子，都会让我仿佛置身于青山绿水之中，产生出心旷神怡之感。

陪行的小吴告诉我，镇党委为打造振兴新农村，把红根留住、传承，让全社会更多的人们到这块红色热土上接受革命传统教育，不仅有配套的红色教育基地，更有把这块红土地上的人居环境治理好的规章制度，用红色的传统，绿色的环境来吸引游客，留住游客，让全镇乡亲过上安居乐业的生活。为此，镇党委专门成立了人居环境整治领导小组，分片组，分村组，包干负责，定期考核。

看着满目青砖碧瓦的小楼，望着潺潺而过的小溪，远眺林间小道旁的茂密树林……

这是一片绿的世界。

难怪镇上的几个红色景点，天天游人如织。

游客在这里接受了红色的传统教育，享受到了新农村建设的勃勃生机。

我们一行进入龙源口村头，只见当年的红军练兵场上人山人海，红旗飘动。原来这里正在进行一场红军斗笠编织大赛。

听到"红军斗笠"这四个字，我脑海里立即浮现出当年"千顶斗笠送红军"的动人场面……

那年，毛泽东带兵进三湾，红军缺衣少食，连遮风避雨的雨具都没有。我们龙源口的乡亲们看在眼里，疼在心里，在农会的号召下，一夜之间，龙源口所辖的黄淇、泮中、南塘三个村的乡亲把一千多顶斗笠送到每个红军的头上。后经时任湘赣省委书记的任弼时知道后，十分感动，经他提议，永新"南乡斗笠"便改名为"红军斗笠"。

这是对龙源口乡亲的一种褒赞和感恩呀。

当时在红军战士中广泛流传这样一首歌谣："小小斗笠头上戴，避风遮雨防日晒，乡亲恩情比天大，坚决打倒反动派。"

今天，在上百名编织选手中有老中青少。当我发现一位80多岁的参赛老人时，忙走过去问："老人家，你这么大年纪，还能编呀？"

他郑重地回答我："能，能，这手艺不能忘呀，当年红军为穷人打天下那阵，我们哪个上了年纪的老人没上阵哟。今天我们编斗笠就是让下一代，再下一代永远记住红军恩啦！"

这时我发现每个游人的背上几乎都背着一顶红军斗笠穿梭于红色景点之间。那是一抹中国红啊！

老人说得太好了。编斗笠在记住红军，游客买斗笠也是在记住红军呀。

大赛刚一结束,龙源口桥头的乡村大舞台上突然传过来一阵紧促的战鼓声。

这里正在表演威武雄壮的国家级非遗保护项目——永新盾牌舞。

说到盾牌舞,瞬间打开了我记忆的闸门。那是1926年底,双枪女红军贺子珍来到南塘村,她以盾牌舞表演队的名义秘密组建了一支农村武装——农民暴动队。就是这支暴动队,队员个个舍生忘死,英勇无比地投入到硝烟滚滚的七溪岭战斗之中。也就是在这场战斗中,暴动队党代表献出了自己年轻的生命。后来人们每年都会以盾牌舞的表演形式来缅怀和纪念这位英雄。

这时,一位90多岁的老暴动队员坚持要儿孙扶他上舞台,他要用当年的豪情再现一个老暴动队员的血性:

黄竹剖篾织盾牌,
舞起盾牌威风来,
削尖黄竹当长矛,
矛冲盾挡打世界。

是呀,郭沫若先生在《宿永新》一诗中高度赞扬永新血性男儿:"长征逾万参加者,烈士八千磊落才。"从龙源口走出去的李湘军长义无反顾地奔赴朝鲜战场,将一腔热血挥洒在保家卫国的疆场上。这,就是永新龙源口血性男儿的典型代表!

后来,我专门采访了这位老队员。他掷地有声地告诉我:"同志哥,我们的矛和盾什么时候都得用,这是一种本事呀,有本事才能保家,才能卫国啊。"

把一个纯武术的民间舞蹈提高到了"保家卫国"的高度,这不但体现了老区人民的一种家国情怀,更是对广大游客的一种长效警示。由此又使我想起了盾牌舞传承基地上的那副对联:"卫国保家南征北战打天下,血性男儿东平西定定乾坤。"

龙源口镇,您是一块红色地标,您是一个绿色家园。

红与绿的韵律在这里得到了完美的结合!

这种完美而和谐的结合,应该就是一种韵律。

这里有红色景区两处,景点20多个;绿色景区四处,景点30多个。随着旅游业的兴起,很快带动了龙源口镇的绿色产业生产,葡萄的种植、黄桃树的种植、旅游区的民宿业也如雨后春笋,星罗棋布于各旅游景区。而龙源口红与绿的韵律很快得到了大型红色经典电视连续剧《井冈山》和红色电影《三湾改编》剧组的青睐,纷纷前来取景拍摄。据说反映永新县农民共产党员贺页朵誓死保护入党誓词的电影《誓旗》,也把拍摄的目光投向了这块红色宝地。

这一切无疑是振兴乡村的又一种新兴产业。

这次深入龙源口镇,我感慨万千,决定下次一定带上我的儿孙一起来接受这里红的传承,感受这里绿的陶冶,因为我被这里的红色教育所震撼,被这里的绿色所神怡。

采访结束了,好客的龙源口乡亲们,正在用他们那淳朴厚实的表现方式——唱山歌来欢送我:

    一杯子茶香喷喷
    情意浓浓手难分
    一步分着三步走
    再盼亲人又回门
    …………

(发表于2021年10月29日《井冈山报》"庐陵悦读"文学副刊。)

"歌乡"情歌

江河水

《庐陵府志》载："永新善歌。"

而永新真正出了名的，被一致称誉为"歌乡"的，便是永新上南乡的龙源口镇。

"歌乡"者，是那里的父老乡亲从古至今都爱歌、善歌，且久唱不衰。当你听到从七溪岭望月亭上唱过来的《十送红军》，从龙源口桥头唱过来的"提灯歌"——《打败江西两只"羊"（杨）》，从龙源河畔的南塘、泮中、黄淇村唱过来的，被时任中共中央政治局委员兼湘赣省委书记的任弼时高度赞誉的《红军斗笠歌》时，你一定会认定其"歌乡"是当之无愧的。

今年，我又一次回到了龙源口镇。因为是家乡人，一进村，乡亲们便拉住我，希望为致富了的龙源口乡亲们写一首无伴奏音乐，来表现他们内心的主旋律情歌。

写情歌？我有些懵了……

乡亲说，《十送红军》就是一首情歌。

1934年秋，红军要出井冈山西征了，在龙源口村里有个叫黑姑的年轻妹子，她深爱着一个叫三保的红军战士。三保为表对黑姑爱情的坚贞不渝，在红军下山的前一天，他答应以黑姑丈夫的身份生祭黑姑80岁的老奶奶。生祭是当地的一种风俗，子女出远门或上战场，怕不能为父母尽孝，便在临行前生祭长辈，以示忠孝。三保生祭了黑姑奶奶，这就等于公开承认了他俩的婚姻关系。于是，在送红军的山道上，出现了三保背着黑姑奶奶上望月亭送别他的动人情景。

最终,红军战士三保放下奶奶,朝她磕了几个响头后随部队下山了。奶奶和黑姑噙着泪花望着远去的红军,动情地唱起了《十送红军》:

> 十送红军望月亭,
> 望月亭上搭高台,
> ……
> 红军啊,
> 这台就叫望红台。

老表问我,这算不算是首深沉、真挚的情歌。

我毫不犹豫地点了点头说:"当然是,当然是。"

但,时隔88年后的今天,龙源口这个"歌乡"还会出现这样动人的情歌吗?

乡亲对我说:"会,不信你去村里走走。"

那天,我当真去了村里。刚走进村,我就发现一对年近80的老夫妻,在拉着一个干部模样的人,请人帮他俩与这干部照张合影。一打听,方知道这老人叫史福生,这干部便是村第一书记吴叔帆。吴书记进村后对他俩特别关爱,两老人也把他当儿子看。他俩怕吴书记突然调回县城离开村子,特意要跟吴书记照一张相,说是要永远记住这个"公家"的儿子。谁料,这里照还没拍,突然从村里跑出来一群男女老少,都说要跟吴书记照张相留念,今后即使吴书记调走了,大家也留了个念想。

我想,这吴书记肯定有故事。

在龙源口村的几天几夜里,我从乡亲的身上了解到吴书记在该村的工作情况和他对乡亲的工作态度。龙源口村是个贫困村。吴书记进村摸底排查后,他发动自己的一切力量,在思想上、经济上、技术上给予了倾力帮扶。于是,特困户朱成贤经吴书记的多方努力,为他争来了5万元贷款，买回了十头耕牛，如今年收入近20万，成了养牛大户……

有一天，吴书记突然感到腹部不适，去检查，说只是小斑点，他不当一回事。直到去年6月，他觉得腹部有明显的疼痛感，检查结论为原位细胞癌，必须手术。乡亲们一听都慌了。在吴书记回县城做手术这一天，全村人都赶到了村口，提鸡蛋的，提土特产的，大人小孩都来了，他们全挤在吴书记的面前，拉着手，千叮咛，万嘱咐……

不知谁起头唱起了《十送红军》。

这情，这景，谁能说，这不正是新时代的一首"干群鱼水情"的情歌呢？……

乡亲说，《斗笠歌》也是一首情歌。

乡亲们首先给我讲了一个有关永新建县之前的故事。那是东汉建安八年（203），孙权令周瑜来到永新讨伐"山越"（即匪患），人马刚一到达永新就遇上了暴雨。周瑜为不侵扰百姓，令整个部队上万人马进山扎营，借树避雨。当地一尹姓族公见状十分感动，立即鸣鼓号令全村乡民搬门板、捆茅草，为周瑜人马搭茅屋，树帐篷。周瑜将此事禀告吴王孙权，孙权感动至极，遂下令在此建县，以《礼记·大学》里的一句话"苟日新，日日新，又日新"为意，取名永新。

乡亲跟我讲这故事，意在告诉我永新人自古就有爱兵的传统，用现代时髦的话叫拥军。

为此，我便立即将永新建县与《斗笠歌》紧密地联系在一起了。

1927年9月，毛委员率秋收起义部队经三湾改编后，红军队伍和井冈山革命根据地日渐扩大。但由于蒋介石严酷的经济封锁，红军生活十分艰难。当"歌乡"百姓看到红军战士每次出征作战都是身无遮雨之物时，龙源口镇南塘与泮中、黄淇等多个村庄的乡亲连夜赶编斗笠。没几天，上千红军的头上都戴上了一顶南乡人编织的斗笠。

任弼时望着"歌乡"老表送他的斗笠，无限感慨，不由赞出了几句打油诗：

> 小小斗笠头上戴，
> 遮风蔽雨防日晒，
> 南乡老表情义重，
> 誓死打垮反动派。

谁也没想到，任弼时的这几句顺口溜，一下被"歌乡"人谱进了当地小调，一唱近百年，流传至今。

最会唱，最唱得深沉感人的要数曾任黄淇村党支书记的周学文了。他不但山歌打得好，而且还是编织斗笠的一把好手。他常对村里人说，我们的红军斗笠是有爱军情怀的，一定不能在我们这一代手上失传。于是，在他的带动下，全乡都在传承这门技艺。原先连7岁的小孩子都知道编的那种家庭作坊式操作，在该项目入选省级非遗保护名录后，又得到了发扬光大。现在，"歌乡"人手上的这顶斗笠，走进了博物馆，更走向了前来井冈山重走红军路的战士们、游客们，它无时无刻不在向世人诉说当年红军的艰辛和与百姓的鱼水情深。

那年，中央电视台到该镇拍大型电视剧《井冈山》，就是该镇组织乡亲用一天多一点的时间，男女老少齐上阵，保证了每个红军演员头顶上的红军斗笠。

现在，周学文和他的众多传承师傅们，正用他们娴熟的艺、灼热的情，高唱着《红军斗笠歌》，把一顶顶红军斗笠送到了每个上井冈山的游客头上，送到了每个来井冈山军训的中国人民解放军战士头上。

这情，这景，不就是当年送斗笠给红军的情景再现吗？

这情深啊，这谊厚啊！

难怪，乡亲说《斗笠歌》也是一首新时代的情歌啦！

乡亲说，"提灯歌"（《打败江西两只"羊"（杨）》）更是一首情歌。

1928年2月，毛泽东来到龙源口秋溪乡亲手创建了井冈山斗争时期第一个农村党支部。以李松林为首的第一批党员五人，成了井冈山斗争时期农村革命党的核心力量。1928年6月，蒋介石调动了江西两个师的敌军大举进攻井冈山。当时，在毛委员、朱军长的英明指挥下，秋溪乡党支部广泛发动龙源口周边村子的群众参战，将敌杨池生、杨如轩两个师打得落荒而逃，当地数万乡亲配合红军一举攻占永新城。这是井冈山斗争时期以少胜多的一次成功的人民战争。

如今，"歌乡"人们把振兴农村的目光盯在了红色旅游上。东起烟阁乡，西接356国道，途经老仙水库和龙源口大捷景区，全长12.88公里的区域被划为红色旅游线。该红色旅游线自制订以来，遇到了众多困难，致使工程停滞不前。

在各级党委、政府的正确领导下，在广大乡亲的理解和支持下，这条线路终于开通了。如今她以"歌乡"人的笑脸在迎接着每天络绎不绝的游客。

什么这困难，那困难，用人民战争不是又"打败了江西两只'羊'（杨），真好，真好，快畅，快畅"吗？

把战歌当情歌唱，乡亲们告诉我，那是军民之情和今天的干群之情啊！

我该为乡亲们写首什么情歌呢？写军民情，写干群情，写……

军民团结如一人，试看天下谁能敌！

（发表于2022年9月17日《井冈山报》"庐陵悦读"文学副刊。）

烟的重量

吴 谷

"烟，火气也。……堵塞不完全燃烧而产生的火之气。"

据此解释，烟应为气，它是没重量的。今天我所表述的烟之重量，那是我在江西永新烟阁乡所听到和所遇到的几件事，件件与烟有关，件件都似重锤，锤锤砸在我心尖上。

那年，我为写黄竹岭的那条红色古道来到烟阁乡。进乡前我就对该乡的历史作了一番调查。就该乡的地名"烟阁"两字，便深深地吸引了我。据族谱载，南唐（990—994）有位叫吴晳的主簿，他受命从九江携全家来到永新上任。此人官不大，但守法廉，扬正气，讲诚信，办实事。九江是个常年发大水的地方，他自小丧父，母亲偕他兄弟三人相依为命苦度时日。谁料屋漏更遭连夜雨，在一次大洪灾中，全家惨遭大难而片瓦无存。后来是下游一个村的全村乡民将他一家救下，并受他们接济方得以安生。吴晳中举后，母不忘乡亲大恩大德，教导他要以民为母，尽孝尽善。吴晳唯母命是从，所任之处都爱民如子。到永新上任后，他多次深入各乡村体察民情。一日晓行至烟阁"贵冈埠"时，见一村将午无烟，遂问其故。知该村无米以对，吴晳心痛不已，速将大米运到村里，并按人口发放粮食。不几日，他再次来到该地，在山坡处建一高阁，名曰"环景楼"，并将母亲及家人全迁环景楼下的水尾村。此后每日东方初白，便登阁望烟之有无，发现哪村无烟则给米进户。晳殁后，着其子留于永新继父衣钵，当地百姓为记晳之爱民仗义，呼其阁为"望烟阁"。因"阁"与乡音"冈"同音，故也称烟冈，烟阁由此而得名。

登阁望烟，善救黎民，这烟重否？

前几年，我又一次到了烟阁。

不料就在当晚，万年山区铺天盖地地下了一宿的大雪。第二天一早，山道上铺满了厚厚的雪。黄竹岭村的乡亲们见我执意步行进山，便要派一个年轻力壮的小伙子陪我，我辞谢道："去古道我是熟门熟路，不必麻烦乡亲们了。"话没说完，村委会主任已带着一个挑了一担油盐菜米的小伙子来到我面前："快进山吧，守山大叔快无米下锅了。"

"这是村里人给守山大叔送粮？"

"是呀，下大雪了，他腿脚不方便，又孤身一人，每年大雪封山，村里都会为他准备十天半月的粮食哩。"

陪我随行的小伙子告诉我，这古道在井冈山斗争时期，是通往井冈山的一条秘密通道，因为黄竹岭村是贺子珍三兄妹的故乡，敌人对这里进行了特别残酷的经济封锁，整个村的乡亲们都在饥饿和恐怖中度日。为了全村的父老乡亲，红军把自己节俭下来的米盐和药品通过这条古道秘密运进村，这才救活了全村人的生命。中华人民共和国成立后，村里谁也没忘记红军的大恩大德，决定派专人守护这片山场，守护这条古道。

在红色古道上守山的大叔我了解一些，他是一个红军的后代，当年他的父亲就是在这条古道上跟随贺敏学将一门大炮扛上黄洋界的。小伙子告诉我："当年红军缴获了敌人一门火炮，就藏在我们山下的黄竹岭村。黄洋界保卫战一打响，敌军围困万千重，形势十分危急，山上红军就是通过递步哨在山头上放烟火报的警。见到递步哨山头的报警烽烟，贺敏学便率领十几个暴动队员火速扛炮增援黄洋界。'黄洋界上炮声隆，报道敌军宵遁'的炮，就是贺敏学爷爷他们扛上黄洋界的那门炮哩。"

登高望烟，敌军宵遁，这烟重否？

为感恩红军，感恩这条让穷人得翻身的古道，村里派出的守山大叔在守山护林的同时，几十年如一日地为古道披荆斩棘，使这条古道成了红色旅游线上的一条红色古道，红色血脉在这里得到传承。

在当时一无电话二无网络的情况下，村里人只得在每天早中晚开饭时间，站在山坡上看守山大叔的守山棚上空是否冒出了炊烟。这举动，真像当年的吴晢"登阁望烟，普救乡民"啊！小伙子告诉我说，村里与爷爷有个约定：若守山棚上空一日三餐正常出现了炊烟，就证明爷爷还有粮。若一天只见一次冒烟，那就证明爷爷在节粮少顿了。

登高望烟，运粮济生，这烟重否？

在全乡脱贫后的新农村建设高潮中，我多次来到了烟阁乡。十分遗憾的是每次都寻人不遇。留守在乡里值班的文书告诉我："乡领导和乡干部都下去了……"

于是，我走田头、进山里、串村巷、到工地……真难找哟，这群最基层的乡村干部们。

今天好运气，一进乡政府大门就见年轻的乡党委书记和乡长，在对一拨人分配任务。

看行头，一眼就能看出这些同志都是从医院、医疗室抽调上来的医生。他们受命到所辖村子开展防疫、抗疫工作。

我开玩笑地对书记说："现代化了，烟阁看来要改地名，再也不要与'烟'为伍了。"

"不。"书记很干脆地回答我说，"烟阁两字不但不能丢，我们党委和政府正动员社会力量重建'望烟阁'呢。"

重建"望烟阁"？

我沉默了半天，猛悟：他们是在传承中华民族大孝大善的传统美德呀。

登高望烟，美德永传，这烟重否？

（发表于2022年6月3日《井冈山报》"庐陵悦读"文学副刊。）

那寺，那座名叫"报恩"的寺

江河水

那寺，那座名叫"报恩"的寺，就在我儿时记忆中回老家的路上。

这条路，是条小路，是条铺着鹅卵石又长满苔藓的小路。在一个山坳口，小路伸进了一座寺庙里。庙虽旧，但门额上的三个大字却异常铮亮，似乎时常有人去擦拭。

这三个大字便是"报恩寺"。

因为父母在县城工作，我自小便离开了老家的乡村，去了城里。但我舍不得一直在乡下老家的奶奶。有可能是奶奶更舍不得我哩，每到周末，奶奶就会走20多里乡间小路到县城把我接回老家。那时我小，大约七八岁，奶奶每次总是背着我回故乡，而且每次背我到报恩寺时，奶奶都会把我放下来歇一歇脚。

奶奶这一背就是几年，随着年龄的增长，更随着在报恩寺歇脚次数的增多，我对这寺庙有了兴趣，便吵着闹着要奶奶跟我讲眼前这报恩寺的故事。

但奶奶总是说是因为我年龄太小，讲了我也不懂。那时奶奶每次进寺歇脚时，都会带我向庙中的菩萨作揖打躬，嘴里一直念叨"报恩，报恩"几个字。就这样，到了小学六年级，有一天奶奶似乎发现我长大了，才给我讲起了报恩寺的故事……

在1500多年前，有一家三口从遥远的长江边上来到了烟阁乡的吴家村。他们说，这次远行是来报恩的。到吴家村家家上门致谢后，这一家人便在吴家村的这座山垭口建起了这座寺庙，给寺取名为"清静寺"，又叫"见口庵"。这一家人的心意便是让这恩人家乡的乡亲受菩萨庇护，让人人得到安逸、清静。

原来，那时的烟阁吴家村因为穷，村子里的小伙子都以干"担脚"为生。他们每年都会结队去长江码头担盐，担到城里卖出去，便可得到赖以养家的担脚钱。有一年，村里的一个年轻担脚，因为到盐场迟了时日，便落后了担脚队伍。正当他想拼命赶上队伍时，又遇上下个不停的大雨。无奈中，他只得在山腰搭个草棚苦苦等候放晴之日。这天依然雷电交加，大雨如注，山脚下的大河中浪头滚滚，一艘官船被风浪掀到岸边，撞上了石崖上，一声惊天动地的响声后，船里的人被抛进了洪涛之中。

这一幕刚好被这个年轻担脚看见了，他立即飞身扑下河去，很快将抛在船外的一对夫妇救上了岸。当他得知还有一个八九岁孩子仍在船上时，小伙子二话没说，又扑进了洪涛。就在将他们的儿子推向岸上后，一个滔天巨浪吞噬了这位年轻担脚的身影。

被救起的这家人其实是来赴任的一个县令。他从草棚中那担货担中得知救他一家而舍命的年轻人的身份后，他便在"担脚"中打听。终于知道这年轻"担脚"便是江西永新烟阁吴家村人。得此准确消息后，他决定弃官感恩，便带着一家千里迢迢来到这里建寺修行。

于是，长江口的县令成了这座寺的开基僧人，他的儿子在父亲过世后，接替了父亲的衣钵。

奶奶讲的故事把这座寺庙深深地刻进了我的脑海里。

我为舍身救人的担脚英雄所感动，也对诚心感恩的县令一家而生敬意。

时光荏苒，报恩寺的故事还在继续……

转眼千年，时光来到了血雨腥风的抗日岁月。这年，日本鬼子进入了永新境内。全县人心惶惶，报恩寺的僧人也害怕，也想逃，这时，山外传过来一个特大的好消息，说是永新县的日本鬼子不战而逃了！那是因为永新烟阁吴家村的一个军长为保家卫国，带着他的将士杀回了永新。日本鬼子闻风而逃，将军救苍生于水火，其功德大焉！可是，就在不久后，战场传来噩耗，说这位吴将军在一次与日寇作战中不幸壮烈牺牲。这噩耗一传进报恩寺，全寺僧人无一不落泪。为感恩这位为国家为民族英勇献身的将军，寺主持派出年轻僧人会同吴将军村里亲人不远千里来到抗日战场，将这位民族抗日英雄的尸骨接回永新，隆重地安葬在报恩寺开基僧人坟旁的后山之上。

斗转星移，岁月沧桑。时至1500余年后的今天，我特意重走儿时的路。不见了荒芜，不见了潦倒，迎面而来的是翠竹青青的林荫小道和别致耀眼的寺庙大殿。人未进殿，诵经声、木鱼声一下便把我推进了一个神妙的世界。更让我没想到的是，来迎接我的是两位有高学历，戴着眼镜的年轻女尼。她俩原出家于上海大寺庙，当我问到她俩为何会选择到这穷山僻壤开坛布道时，她俩几乎同时指着寺门上"报恩寺"三个字意味深长地笑笑。

哦，我的心热了，人的最高境界莫过于懂得感恩，懂得报恩！

正当我欲关好车门准备徒步进殿时，身边突然钻过来一个七八岁模样的小孩，他怯生生地朝我问道："爷爷，你车上带了水吗？"

"有，有。"我赶紧从车里取出几瓶矿泉水交在他手里。

小孩接过一瓶朝我鞠了一躬："谢谢爷爷，我只要一瓶。"说罢便消失在众多的香客之中。

一进寺殿，在络绎不断的香客中，一个白发苍苍的老大娘，带着一个学生模样的小青年特别扎眼，我便好奇地和他们攀谈了起来。这大娘虽说已八十高龄了，但很健谈。她告诉我，她是寡妇带崽，儿子从小得了小儿麻痹症，是个残疾人，长大后娶了个媳妇也是个残疾人。夫妻俩生了两个孩子，一个今年高考考上了大学，还一个小的也在读书哩。老人十分激动地把她身边的孩子拉在我面前说："全靠共产党呀！我们家不仅脱了贫，我的大孙子还要去上大学了！"说着老人从孩子手里拿过大学录取通知书给我看，显得无比激动。

我们正谈在兴头，一个小男孩直朝我们飞奔过来："奶奶，你肯定渴了，快喝水，快喝水……"原来是刚才向我要水的那个男孩。当他一发现我时，有些害羞地说："奶奶带我们进寺大半天了，我怕奶奶渴……"

一句"我怕奶奶渴"，我的眼红了！

这时我才发现在这众多的香客群里，有许多牵儿带女的年轻夫妇们，他们带着孩子来到这里，不正是为了让孩子从小懂得感恩，懂得报恩！

今日，先祖的坟茔犹在，英雄的墓碑犹在，报恩寺的门匾犹在，祭奠者、瞻仰者犹在……

因为，这坟茔，这墓碑，这祭奠者和瞻仰者，都在向人们昭示：英雄永垂，感恩不朽。

清静寺、见口庵，经上千年的风雨沧桑，现在呈现在人们眼前的是更为耀眼夺目的三个大字：报恩寺。

哦，那寺，那座名叫"报恩"的寺。

（2023年9月发表于"百度"等多家网站）

院下那抹红

尹兴华　曾绯龙

红六军团牛田西征

1933年6月中旬，根据中革军委的指示，中国工农红军第六军团（以下简称红六军团）在永新县沙市成立，下辖第十七、第十八两个师。其中湘赣革命根据地的红八军改编为红十七师，萧克任师长，湘赣省军区政治委员蔡会文兼十七师政委；湘鄂赣革命根据地的红十八军改编为红十八师，师长严图阁，政治委员徐洪，从修水、铜鼓等地调往永新。军团领导机关当时尚未建立，军团长首先由红十七师首长兼任。军团组成时，中革军委还将湘鄂赣的红十六军改编为红十六师，打算把它调归红六军团建制，但未实现，仍然留在湘鄂赣根据地。军团直辖部队当时实际是红十七师和红十八师的五十二团。

1934年1月下旬，公略警卫营和茶陵、永新独立营合编为红十八师五十三团。7月下旬，在永新坳南牛田村组建红十八师五十四团，红十八师也管辖了3个整团，全军共9700余人。

1934年7月23日，湘赣省军区电台在牛田收到中央书记处和中革军委给红六军团及湘赣军区的训令，确定了军团领导成员：萧克任军团长兼十七师师长，王震任军团政委兼十七师政委，张子意任军团政治部主任，李达任军团参谋长。

红六军团成立后，受中革军委和湘赣省委双重领导，在省委帮助下，制定了赣西游击计划，确定了红六军团的基本任务、活动范围、游击区域及战略战术。在一年多时间里，展开了红十七师的北上行动及沙市伏击战、松山阻击战等战役战斗，给敌军重大杀伤，有力地配合了中央红军的第五次反"围剿"。

红六军团是湘赣革命根据地的一支主要武装力量，在配合中央红军第五次反"围剿"、保卫湘赣革命根据地的斗争中，发挥了巨大作用。

1934年3月24日，红十七师胜利返回湘赣根据地后，敌西路军总指挥刘建绪企图趁我军疲劳之际，迅速发动进攻，歼灭我军于禾水以北、袁水以南地区。刘建绪除了派第二十三师、第六十三师继续修建碉堡，加强封锁我根据地外，还令尾追红十七师的第十六师接替了第十五师在宁冈和永新地区的防务，把王东源的第十五师全部集中在永新县城，准备随时向我军进攻。

3月底，湘赣省委召开扩大会议，研究红六军团的作战行动。军团领导率领干部到永新通往莲花的大道上亲自勘察地形，制定作战方案。

4月4日，我军通过党在永新城里的秘密组织，得到敌军第十五师正筹集干粮、大抓民夫，准备翌日向沙市进犯的情报，遂将部队连夜从黄岗、花溪、象形等地向沙市、澧田大路以北地段集结设伏。5日拂晓，各部队都按时到达指定位置：红五十一团在沙市东北，红四十九团在乌岭南侧，红五十二团在汉山附近。这3个团集中在涂下垅4里多路的正面担任突击，红军学校在禾水河南岸的江背和南城地区，侦察部队和作述区游击队在澧田和沙市之间沿途设置了6个递步哨。此外，还有当地党组织精心安排了500多人的救护队和担架队，并动员1000多名群众配合红军作战。

4月5日拂晓，天空还在下着毛毛细雨，王东原率第十五师近万人离开了永新城，这些士兵松松垮垮地向沙市方向走去，完全放松了戒备。

9时许，敌军先头部队第四十三旅全部兵马进入了我伏击圈。萧克一手撑腰，一手挥枪发令，刹那间，两头扼敌的突击队首先向敌人发起了猛烈的进攻。敌军惊慌失措，狼奔豕突，无奈身入罗网，插翅难飞。红军凭借有利地形，给敌人迎头痛击，拦腰斩断，分而食之。王东原的后续部队看着第四十三旅被包围，赶忙去增援。扼守在澧田的红军突击队死守硬拼，前抵后挡，王东原眼睁睁地看着第四十三旅就这样被红军吃掉了。

王东原赶忙派人回县城向彭位仁求救，意欲请彭位仁发兵救急。哪知这时红军已收紧"布袋口"，将四十三旅全部装下，旅长侯鹏飞躲进当地农家的茅草屋里，也被村民搜了出来；旅参谋长赵楚卿藏在一口污水池塘妄想逃走也未能幸免。侯鹏飞、赵楚卿双双耷拉着脑袋，时而面面相觑，时而惊恐不安，不停地向红军将士求饶。红十七、十八两师押着侯鹏飞、赵楚卿向北退去。此次伏击战俘虏敌人1000余人，击毙敌人600人，缴获长短枪2000支、火炮3门、迫击炮10多门、机关枪50余挺。

红六军团虽然取得了沙市伏击战的胜利，给敌人沉重的打击，但湘赣苏区和其他苏区一样，在国民党反动派的"堡垒政策"压迫下，受到四面夹击，红色区域逐渐缩小。

在王明"左"倾错误路线的影响下，湘赣省委提出了"为保卫苏区流尽最后一滴血"的口号，进行紧急动员，领导根据地军民在花溪、象形以北的九重门、公公山地区和城西的高汶、台岭，城北的钱市街、松山地区以及城东的石灰桥、金华山地区，广筑工事，准备以阵地防御战阻击敌人的进攻。

当时湘赣苏区的形势是：通向永新县城的东、南、西大道均告失守，唯独安福经怀忠至县城的通道还在红军手中。敌第五十三师（全部美式装备）在师长李抱冰的督领下，由安福金田向永新怀忠推进。中革军委即令主力红十七师从金华山赶赴怀忠松山地区，阻击敌第五十三师的西进。红十七师长萧克、政委王震迅速率领四十九、五十、五十一3个团连夜跑步从高桥楼涉过禾水河赶到了怀忠松山地域布阵。此时敌先头部队已前进到只距离我军阵地500多米，敌情十分严峻。

红十七师全体指战员迅速投入战斗。1934年7月1日9时，敌第五十三师开始向我军进攻。敌军在炮兵和飞机的配合下，首先集中兵力攻击我军五十团神功山阵地，其主力周旅在虹桥从反面进击，另一部兵力迂回到桂林坊，从侧翼攻击神功山东面。红五十团在敌人优势兵力的猛烈进攻下，奋勇作战，杀伤了大量敌军，打退了敌人多次疯狂攻击。战斗到黄昏，才撤出阵地，向南转移到永新县的高桥楼地区。

7月2日10时，敌李旅及三一六团转向我红五十一团防守的松山主阵地进攻。敌主力以神功山作依托，经宁家、下边、平湖岭攻击东山头；另一部分兵力经南田、上塘向红军学校和游击队警戒阵地进攻，占领了怀忠圩、下木栅，接着从我军左翼迂回松山西山头。我军防守东山头上的第三营和机枪连，待敌人接近我阵地前几十米处时，进行猛烈反击，最后在松山村子里与敌展开了肉搏战，迫使敌人后撤。我红军勇士猛追不放，敌人逃到开阔的稻田时，被打死的不计其数。西山头上的第一营，也给迂回之敌重大杀伤。战斗进行得非常激烈，松山村后的一带山岭，长着茂盛高大的松树，在敌人飞机和大炮的轰击下，成为一片火海。我军战士忍受着一天吃一顿饭的饥饿，加固工事，严阵以待。至下午4时左右，红五十一团由于遭受数倍于己的敌人两面夹击，形势非常不利，奉命撤出战斗，转移到香炉山阵地。

7月3日中午，占领松山主阵地的敌军分两路向香炉山进攻。敌军数次进攻都被我军打退。下午2时，敌人再次发动猛烈进攻，我军发起猛烈反击，把敌人压回到松山。这时，敌人第二梯队正向松山开进，准备组织新的更大的进攻，形势对我军非常不利。于是，我军立即撤出战斗，向南转移到高桥楼。当晚，各部队均渡过禾水河，返回到金华山和梅田地区。

松山阻击战历时3天，我军虽然伤亡了500多名战士，但拖延了敌军打通安福至永新通道的时间，掩护领导机关顺利撤退。湘赣省党政军领导机关在任弼时率领下，从象形经夏阳安全转移到牛田地区。萧克将军回顾这段往事时曾这样说过："松山阻击战，敌军人多，我军人少，敌人全是美式装备，我军明显处于劣势，加上王明'左'倾错误领导，在军事上采取堡垒对堡垒、阵地战等战术，等于用鸡蛋碰石头，我军不可能打赢和取胜。但这个仗有一点必须肯定，松山战斗打了3天，拖延了敌军从安福打通至永新通道的时间，给我军赢得了宝贵的时间，掩护了以任弼时为首的省党政军领导机关安全转移到了牛田地区。"在萧克将军提议下，1991年8月在松山村后高岭上修建了"松山阻击战死难烈士纪念碑"，萧克将军亲笔题写了碑名和碑文。

1934年7月上旬,湘赣省党政军领导机关和部队转移到牛田之后,中央苏区进入了第五次反"围剿"的最后阶段。由于"左"倾错误领导,我军已处于困难境地,根据地范围缩小,物资缺乏,部队回旋艰难。在这种情形下,红六军团不得不准备突围。根据7月23日中央书记处和中革军委《关于红六军团转移到湖南创造新苏区问题给红六军团及湘赣军区的训令》的指示精神,任弼时、萧克、王震在牛田村紧张地进行西征前的一系列准备:

首先,组成了红六军团最高指挥机关——军政委员会。中共中央政治局委员、中央代表、湘赣省委书记任弼时担任军政委员会主席,萧克、王震、张子意、李达为军政委员会委员,领导红六军团突围西征。

其次,由陈洪时(后叛变)、谭余保、彭辉明等组成湘赣省委领导班子。陈洪时任中共湘赣省委书记兼湘赣省军区政治委员,谭余保任湘赣省委副书记兼湘赣省苏维埃政府主席,萧行麟任省苏政府副主席,彭辉明任湘赣省军区司令员,刘发云(后叛变)任湘赣省政治保卫局局长,王用济任共青团湘赣省委书记,旷金媛任中共湘赣省妇运委员会书记,领导坚持在湘赣根据地的游击斗争。

再次,由任弼时主持,召开了湘赣全省政治工作会议。任弼时作了《争取新的决战胜利,消灭湖南敌人,创造新的根据地》的报告。报告分析了目前形势,传达了任务。省委和军政委员会对这次转移作了周密的部署:第一步到达湖南桂东附近地区发展游击战争,扩大游击区域;第二步到达湖南的新田、祁阳、零陵地区,发展游击战争,创立新的根据地;第三步横渡湘江,向新化、溆浦广大地区发展,并向北与贺龙领导的红三军取得联系。

另外,扩大红军,发展壮大红六军团的军事力量。红六军团近万人马驻扎在牛田、津洞、碧江洲地区,短短十几天时间里,军团首长没有放松对部队的整顿与训练,除加紧操练外,还妥善安置了重伤病员,并且依靠地方各级党政军组织动员青壮年参加红军。7月下旬在牛田组建了红十八师第五十四团，人员达1200多人，并且实施了行军、侦察、警戒的教育。地方行政机关也进行了精兵简政，充实部队。此时，红六军团总人数（包括轻伤员、担架队、辎重队在内）达到9758人。

最后，加强后勤，筹集物资。供给部在余杰的领导下，依靠牛田区委、区苏政府和其他地方党政组织和人民群众的支援，筹备粮食（大米）14万斤，每个战士做干粮20斤（自带10斤，其余交辎重队运输）。规定每个战士自备雨具1件，每人打草鞋5双以上。发动当地妇女组织洗衣队、缝补衣物队，为红军洗衣服，缝补衣服鞋子。人民群众全力以赴、满腔热情地支援红军。当时，我军还筹集到很多西药和草药，赶造子弹、手榴弹，修理枪械，筹备了较为充足的弹药等军用物资。

1934年8月初，红六军团全体指战员在红独立第四团的引领下，秘密离开牛田地区向遂川方向前进。连续突破敌军4道封锁线后，到达湖南桂东县的寨前圩。12日，全军团在寨前圩召开连以上干部的西征誓师大会，庆祝突围胜利，任弼时代表中央正式向外公布红六军团军政委员会和军团领导成员。萧克将军后来回忆说："红六军团突围西征，比中央红军长征早两个月，为中央红军长征起到了侦察、探路的先遣队作用。"

彭清云与白求恩的故事

这里是当年的红军驿站，也是现在的667研学基地。开国少将彭清云就是从这个驿站走出去，踏上革命征程的。

彭清云（1918—1995），江西省永新县曲白乡铁炉下村人，1955年被授予少将军衔，是第五届全国人民代表大会代表；1982年在中国共产党第十二次全国代表大会上被选为中央纪律检查委员会委员。

在他的身上出现过许多传奇故事——

1938年9月，侵华日军华北方面军纠集数万兵力，对以五台山为中心的晋察冀抗日根据地进行围攻。10 月 21 日，雁北敌后工作队送来情报称：日军积极调集重兵，筹集调运武器弹药和军粮，成队的汽车，由北向南行驶，并有飞机掩护，企图多路围攻晋察冀边区。七一九团首长对敌情进行了研究，决心在邵家庄伏击敌人。伏击战打得很漂亮，经过一阵激战，大部日军被解决。彭清云率领突击队员像一个个下山的猛虎，向剩下的敌人猛扑过去，横挑竖刺，很快把顽抗的日军士兵全部消灭了。

然而，战场刚打扫完，队伍还没撤走，日军增援部队赶了过来。战斗中，彭清云右肘关节被子弹打穿。

战斗结束后，彭清云被送到三五九旅卫生部前方医院抢救。但由于八路军缺医少药，医疗条件不好，他的伤势日趋恶化，伤口严重糜烂，整个右臂肿得像个大紫茄子，鼓胀欲裂。医院实在无能为力，立即组织民兵用门板将他抬到 70 里外的灵丘县河浙村三五九旅后方医院第一卫生所，请白求恩大夫给他手术治疗。

然而不巧，白求恩到前方去了，一直等了 4 天，还是不见白求恩大夫归来。旅卫生部政委潘世征心急如焚，只得向王震旅长打电话告急。王震果断决定："立即送彭清云到前方找白求恩大夫手术治疗！"

彭清云在战友的护送下，终于在前线医院找到了白求恩大夫。然而，已经失去了最佳抢救时间。面对生命垂危的伤员，白求恩认为，为了保住生命，必须做截肢手术。在手术过程中，白求恩大夫为抢救他，毫不犹豫地输了自己身上的血。手术极为成功，彭清云十分敬佩与感动地对白求恩大夫说："谢谢白大夫，是你的热血给了我第二次生命啊！"

三个月后，伤愈的彭清云又用左手挥舞着驳壳，驰骋在抗日前线。

（2023 年 8 月收录内部资料《永新红色记忆》）

名人文章中的永新

湘赣边界的一颗明珠

张 涛

"兴国永兴，永新常新"，兴国、永新是江西老区两个著名的将军县。兴国县在赣南，永新县在赣西。永新县是土地革命时期的湘赣苏区的中心，这块红色土地上开展过轰轰烈烈的土地革命，进行过艰苦卓绝的革命斗争。毛泽东、朱德、任弼时、陈毅、王震等老一辈无产阶级革命家在这块土地上留下了他们的足迹，留下了许多动人的革命故事。新中国成立以后，许多老一辈革命家重访了永新，如1965年5月毛主席就到过永新。我热爱永新，因为我曾在20世纪50年代初在那里工作过6年多的时间，走遍了永新的山山水水，深受老区人民艰苦奋斗的光荣革命传统熏陶，深感永新人民的勤劳勇敢、豪放淳朴、团结互助、情操高尚；我爱永新，永新可谓是我一生难忘的第二个故乡。现在，虽离开永新许多年了，但对美丽的永新和永新人民的深情永远不忘。

一、将军之县 人才辈出

永新是个古老的县，远在公元204年（东汉建安九年）开始设县。唐宋时北人迁入，随之中原文化传入，影响很深。县内流传着"买田、砌屋、生子、读书"八个字，重文章节义，讲道德廉明，历代读书风气甚浓，人才济济。北宋刘沆、明代刘定之最出名。

20世纪20年代初，在外地求学返乡的进步青年欧阳洛、刘真、刘作述等，运用创办平民夜校等方式传播革命思想，1926年就建立了中共永新支部,由欧阳洛任支部书记。1927年9月29日,毛泽东率领秋收起义部队进驻永新三湾。在三湾,毛泽东对部队进行了改编,党支部建在连上,实行党对军队的绝对领导;建立士兵委员会,实行军队民主,为建立新型人民军队奠定了基础。随后毛泽东率领这支军队在井冈山创建了第一个革命根据地,并与朱德、陈毅率红军三打永新,开展了建立工农政权、打土豪分田地、扩大红军队伍的轰轰烈烈的斗争。毛泽东深入永新南乡进行秋溪乡调查,发展党员,建立党的基层组织,开办训练班,培养大批干部。不久,党调任弼时同志任中共湘赣省委书记,与王首道、张启龙、王震、萧克、甘泗淇等同志一道,加强湘赣苏区的领导,建立健全各级工农政权,加强党的建设,扩大红军,开展武装斗争。从1927年至1934年,永新数万人踊跃参加红军,仅参加长征的就有1万余人。经过长期的锻炼和党的培养,涌现出大批将才和领导骨干。中华人民共和国成立后,第一次授军衔时,永新籍的王恩茂、张国华、旷伏兆、王道邦4位被授予中将军衔,还有张铚秀、贺光华、龙飞虎、彭富九等被授予少将军衔。一个县拥有共和国将军41位,所以永新县素有将军县之称。中华人民共和国成立后,健在的永新籍红军长征干部有200多名,其中省、部级,军、师级和地方厅局级以上的有150余人。

永新不仅在过去战争年代造就了大批将才,而且在和平年代培养了大批高级科教人才,分布在全国各地科技教育战线。据不完全统计,具有副教授、副研究员等高级职称的永新籍科教人才近300位。

二、烈士之乡 壮志凌云

"长征逾万参加者,烈士八千磊落才""永新无数佳儿女,更大光荣争取哉",这是郭沫若对永新的赞誉。当年,在土地革命艰苦的战争中,永新人民做出了巨大贡献。我在永新县委工作的6年多时间里,经常聆听有关烈士的英雄故事,催人泪下,深受教育。印象最深的有:

革命先烈刘家聚，永新西乡人，1925年加入中国共产党。他曾在上海参加首次工人起义，1927年7月回到江西，随后参加了八一南昌起义。1928年2月去上海向党中央汇报，途经九江的旅馆被捕，押解到南昌。他的外甥探监时哭了，刘家聚呵斥说："革命者流血不流泪，哭什么！"敌人严刑拷打，他宁死不屈，在南昌英勇就义。

烈士周平，永新里田人，12岁参加红军，经过长征，到达陕北，后随军入山西抗日前线，同日寇进行过50余次战斗。1938年9月，他在太谷北洸村打伏击，英勇善战，全歼一个日军小分队，但在与增援的日军作战中，光荣牺牲。毛主席致电嘉奖。续范亭先生题词赞曰："欲遂平生志，不顾命和家。但愿血和泪，浇灌自由花。"

烈士颜龙斌，永新北乡人，1933年参加红军，随后加入中国共产党。1944年8月，他所在的部队三五九旅奉命从陕北挺进江南，拟创建湘粤赣抗日根据地。1946年9月，三五九旅奉命北返中原，颜龙斌时任七一九团团长。在秦岭战斗中被敌军打断右臂，仍坚持指挥战斗。因无药，伤口化脓感染而牺牲，就地安葬在深山里。当时三五九旅政委王首道撰文悼念这位英勇杀敌的烈士："同志们怀着无限的悲痛和颜龙斌同志告别，把他安葬在祖国丛山怀抱里，巍峨的高山和青翠的松柏，象征他死得重于泰山……"

烈士李湘，名扬国外。他是永新南乡人，1930年参加红军，参加了从第一次至第五次的反"围剿"战役，作战勇敢，英勇杀敌。长征中在赤水战斗中身负重伤，仍坚持战斗。他在22年戎马生涯中，负伤11次。1940年参加百团大战，时任团长，作战机智勇敢，被誉为"机智灵活的优秀指挥员"。中华人民共和国成立后，历任副军长。1951年秋率部参加抗美援朝战争，美军、李伪军以4个师的兵力向中国人民志愿军防地大举进犯。李湘坚毅沉着，粉碎了敌人的多次进攻，创造了3天歼敌1.7万余人的新纪录，获志愿军总部嘉奖和朝鲜民主主义人民共和国一级国旗勋章。在朝鲜战争中，美军不顾国际公法，实行细菌战。李湘军长患病仍亲临前哨阵地，被细菌感染，不治而牺牲在朝鲜。中朝广大军民深为悲痛，赞扬李湘同志是"伟大的国际主义战士"！1989年我赴朝访问时，特地到平壤的中朝友谊塔和朝鲜解放战争纪念馆参观，当我看到李湘同志的遗照悬挂在纪念馆的墙上，他的英名列于烈士簿之首，心中感慨万分！李湘牺牲时才37岁，正是风华正茂的一位将军。李湘是永新儿女的优秀代表，是伟大的国际主义战士。

三、红色故乡 旅游胜地

永新不仅风光秀丽，而且是毛泽东、朱德、任弼时、陈毅、王震、王首道、萧克等老一辈革命家亲自开创的湘赣边苏区，处处都有革命遗址，共计400多处。尤其是三湾，在那里有三湾改编纪念馆，有毛泽东旧居、士兵委员会等旧址。三湾籍老红军李立个人捐献的毛泽东半身铜像，屹立在枫树坪，供人们瞻仰。永新县城革命旧址也很多，有湘赣省委及湘赣省苏维埃旧址、省军区旧址及任弼时旧居。在龙源口还有朱德同志题写碑名的龙源口大捷纪念碑和当年朱德指挥龙源口战斗的指挥所（望月亭）。在永新各地还有许多值得纪念的革命旧址，如南乡的贺子珍故里、永新第一个党支部——秋溪乡党支部旧址等；西乡铁镜山坚持三年游击战的谭余保、刘培善游击队旧居；东乡石桥毛泽东旧居；北乡王恩茂、张国华、王道邦、旷伏兆、谭启龙、刘俊秀等人故里。

永新名胜古迹也不少，如禾山龙溪，在县西北。禾山有71峰，主峰秋山海拔1389.3米，山顶有倚天湖、玉女亭、双童石、罗汉洞等景点。传说唐丞相姚崇曾隐居此山，故有姚相台。台下有白石室，瀑布悬流而下成一深潭，名曰龙溪。石壁上"龙溪"二字相传为唐代颜真卿所书。石壁下方原曾有一古刹甘露寺，相传唐姚崇、牛僧孺和宋刘沆曾在此读书，后人曾立"三相堂"以示纪念。

高士山，风光奇秀，传说颇多，是旅游好去处。传说北宋诗人、书法家黄庭坚（江西修水人）在任太和（今泰和）县知事时，曾访高士山，为在此隐居的高儒尹安仁题写楹联："书读秦汉三代以上，人在廉让二水之间。"高士山曲径通幽，山鸣谷应，在土地革命时期是战场。

还有南华山、阿育塔、梅田洞等名胜。石桥梅田洞，明代旅行家徐霞客曾乘舟逆水而上，并对这一溶岩古洞做了精彩描述。

美丽的永新，红色的革命故乡，人杰地灵，物华天宝，给我留下永生难忘的记忆。我衷心祝福：永新常新，前程似锦。

（**作者简介**：张涛，1955年任中共永新县委书记，后任江西省文联副主席等职。）

永新风骨

缪俊杰

永新，罗霄山脉井冈山下一片神奇美丽的土地，层林叠翠，绿水环流，东向泰和，西接湘境，南通井冈，北走庐陵。建县1800多年的风雨淘洗，造就了它铮铮铁骨，多彩风韵。永新像一部内容丰富的大书，让人们阅读不尽。

我像朝圣一般，两次来到永新。我在禾水河边、古镇街头，聆听着老人们讲述古老的传说；去三湾古村、龙源口桥头瞻仰革命遗址，看永新的铁马金戈；到石桥古镇、湖面村头，拾掇文化的碎片，体验永新的古今……每到一处，每看一景，我都强烈地感受到一股雄风扑面而来，文化氤氲浸入心肺。我在领略永新的历史文化、自然风光和革命遗存的陶醉中，强烈感受着永新人的风骨，一种被古人称之为"气"的特殊品质，那就是熔铸在永新人骨子里的才气、勇气和义气。

永新人充满才气。永新地处山区，出门见山。山，往往意味着闭塞、贫困和愚昧。然而山里山外的永新人，却开朗、开明、开放，充满着才气。永新是一个书香四溢的文化永新。我先前不知道永新出过那么多的才子才女，来到永新方知自己孤陋寡闻。早在唐代，一个叫许和子的永新歌女，被选入宫中，嗓音嘹亮，并能作曲，其歌声"喜者闻之气勇，愁者闻之断肠"，放在今天，也就是国宝级明星歌唱家了。永新自古文风鼎盛，人杰地灵。北宋名相刘沆，元朝名儒谭天如，明朝"布衣哲人"颜钧、国学大师尹台，清初文学家贺贻孙，都为中国留下了宝贵的精神财富，为中华文明增添了光彩。永新文风代代相传，漫漫长程，积淀着深厚的人文底蕴。

永新人的勇气，卓绝过人。我过去听说过"湘勇"二字，说湖南人蛮，湖南人勇。孰知与湖南比邻的永新，亦复如此。义潭浩气、八砖千古、南宋义井、聚茶除奸等故事传说，讲的都是永新人的"勇"和"义"。其中义潭故事最为动人，说的是宋末名将文天祥妹婿彭震龙率部抗元，被困于永新皂旗山下，弹尽粮绝，后援无继。彭震龙殉职后，部下3000多永新子弟兵，个个身绑巨石，手拉着手，沉入潭中，凛然就义。其壮烈，其勇猛，其忠义，比"八女投江""狼牙山五壮士"岂不过乎？抗战时期，永新人将贺贻孙写的《忠义潭记》刻在忠义潭北岸的悬崖峭壁之上，以激励后人，弘扬宁死不屈、视死如归的爱国精神。

当代革命，永新人之勇敢忠义更为动人。第二次国内革命战争时期，毛泽东、朱德、任弼时等革命前辈在永新开辟湘赣革命根据地。当时仅有27万人口的永新，就有8万人参军参战，一万多人参加长征。在烈士英名录上，记载着8000个永新儿女的名字。永新人勇猛，在许多革命英雄身上也得到印证。历史当会记得：五四运动风起云涌，那位领着学生到天安门集合、带头火烧赵家楼的北大学生领袖段锡朋，是永新人；五四以后，那个来到永新播撒火种、建党革命，后来壮烈牺牲的中共湖北省委书记欧阳洛，是永新人；那个满门忠烈，为革命出生入死，性格刚烈的巾帼英雄贺子珍，是永新人；长征途中，强渡大渡河十八勇士之一的英雄周平，是永新人；在太行山上率全班战士击毙日军"名将之花"阿部规秀中将的战斗英雄王道邦，是永新人；牺牲在抗美援朝前线的志愿军高级将领李湘、蔡正国，也是永新人。还有建国名将王恩茂、张国华、谭启龙、萧思明、龙道权、龙飞虎、旷伏兆、左齐、彭清云、张铚秀等，永新出了40多位开国将军，成为我国著名的将军县之一。他们是永新人的楷模，永新人的骄傲。烈士们的殷殷热血，染红了共和国国旗，他们英勇卓绝，换取了民族的新生，他们的名字，永远镌刻在人们的心中。青山不老，河水长流，他们是一座不倒的丰碑。勇哉，壮哉，他们都是永新人。

永新人不仅英勇、刚烈，而且很重义气。在中国人的字典里，勇敢、诚信、忠义是连在一起的。《论语·学而》篇里说"信近于义""忠，竭诚也"。《孟子·滕文公》里说"教人以善谓之忠""危身奉上，险不辞难，曰忠"。在中国的古典戏曲、古典小说里，写了许多忠义故事。《三国演义》里写的"桃园三结义"，《水浒》里写的"忠义堂"，都为了宣扬中国人的勇敢、诚信、忠义之美德。中国传统文化中宣扬的忠和义，有忠于朝廷，忠于君主，甚至忠于"主子"的一面。但我们看到，永新人的忠，更多的还是忠于他们的信仰，忠于衣食父母，忠于人民百姓。永新的革命先烈们，正是基于这样的真诚信仰，才那样前赴后继，大义凛然。郭沫若先生诗句："长征逾万参加者，烈士八千磊落才。"（《宿永新》）"磊落才"三个字正是对永新人的勇敢、壮烈、忠义品格的赞扬。

往事越千年，后人勤着鞭。今日永新人，正是靠着自己的才气、勇气和义气，把古老永新，建设成了一个百业兴旺、百姓祥和、满眼风光、春意盎然的新永新。永新城已经建设成将近十万居住人口的新城，鳞次栉比的建筑与繁茂的林木花草交相辉映，让人们体验到"城在山水中，人在园林中"的美景。永新人靠"诚信"创建的万亩工业园等又为永新增添了蒸蒸日上的当代氛围。改革开放以来，永新大兴旅游产业，在"红""古""绿"三个字上大做文章。他们把400多处革命遗址，包括三湾改编旧址群、子珍故里黄竹岭、龙源口大桥等，都打造成"红色旅游"的亮丽景点；积极开发"三相读书"的甘露寺、道教名刹高士山、奇山秀水碧波崖、暮鼓晨钟阿育塔、浩气凛然忠义潭以及三湾国家森林公园、七溪岭自然保护区，让人们访古探幽。绿色、古色和红色资源交相辉映，使永新更加亮丽迷人。

新农村建设又为永新增添了光彩，我们在三湾、烟阁、石桥、埠前等村镇都看到，人们把古老的村落整治成"村庄错落有致，生态环境优美，庭院经济发展，农民和睦相处"的宜居环境。永新古老的文化和红色文化得到了很好的传承与延伸。广场的群众文化活动，聚集成百上千的群众，唱歌、跳舞、健身、晨练，构成一道道亮丽的风景。独具特色的盾牌舞、全国书法之乡、唱号音的永新小鼓、群众性的书法，成为永新一张张闪亮的名片。永新已经赢得了全国生态农业先进县、国家绿色农业示范区、全国商品粮生产基地等十多项桂冠。

晚唐诗人杜牧有两句诗："千里莺啼绿映红，水村山郭酒旗风。"这描写江南水粉画般图景的诗句，用来形容今日永新不是也很贴切吗？当我看到，永新城内三湾路、三湾大桥、三湾公园那些新的人文景观，看到城市广场活跃的群众文化场面，看到石桥镇樟枧村妇女们擂起的"威风锣鼓"，我仿佛看见古老永新、红色永新、绿色永新在眼前跳动。

永新不老。永新风骨常存。永新永远年轻。当年孙权在立县时，引用《礼记》中的话"苟日新，日日新，又日新"，预示这个山区小县将会永远"布新"。孙仲谋有胆识，幸而言中。是啊！永新，永远以崭新风貌呈现在赣中大地。

（作者简介：缪俊杰，《人民日报》原高级编辑，全国著名作家、评论家。）

永新的忠

韩小蕙

题记：永新的"忠"非凡地鼓舞了我，这是我在全国其他地方从没看到的、重大的、有着民族定位意义上的收获！

对面是一座突兀而起的山崖！脚下是一条滚滚滔滔的大河！

山崖像一块巨大的盾牌，横平竖立，直上直下，浑身绷紧了钢筋铁甲的意志，罡风烈烈，要把敌人的金戈挡住！挡住！

大河犹如一支离弦的弩箭，奔腾呼啸，一往无前，朝着信念的终极目标，风雨兼程，绝不停下前行的脚步，哪怕撞过去，粉身碎骨！

山崖叫幡竿岭。大河叫禾水河。它们的垂直相交处，是一道水流湍急的峡谷，下面有一深潭，深三千丈，也许三万丈，名曰"忠义潭"。

它们矗立在江西省永新县的红土地上。古往今来，这里发生过的所有忠烈故事，清风全记得！

永新男人

此刻，我站在忠义潭前，望着轰轰烈烈疾驰的禾水河水，想起第一个故事：

南宋末年，朝廷上腐下败，气数已尽。凶悍的元兵长驱直入，一路烧杀抢掠，铁骑踏破江西版图。文天祥出使元大营被无理扣押，解往大都（今北京）。文丞相部下的数万抗元义军，尽皆被南宋求和派官员遣散。无法，文天祥的次妹婿彭震龙带领几位永新籍将领，回到永新县界，重新组建抗元义军，响应者云集，一时名声浩大，甚至在打了几个小胜仗之后，一举收复了县城。但在强大的元军和南宋无耻降将刘槃的夹击下，很快，县城沦陷，彭将军被刘槃腰斩，元军屠城三日，血流成河。义军剩下的3000多名将士且战且退，最后被元军围困于幡竿岭一带的峡谷中。

义军坚守在峡谷中与元军抗衡，刀砍得卷了刃，箭用光了，就用石头砸向敌人。但强大的元军似乎源源不断，他们也把蛮横的仇恨充斥全身，发誓不把这些义军斩尽杀绝就决不撤兵。元军用精良的武器对付义军士兵的石头、匕首，甚至拳头和牙齿，强弱力量对比明显，他们知道自己肯定是最后的胜利者，狞笑着，不断叫嚣着：

"活捉这些野蛮人，把他们剖心挖肝！"

"看他们还敢不敢和我们战无不胜的元军对抗！"

…………

可是义军的呐喊也不停地反击回来，像满山怒吼的松涛，像林间轰鸣的炸雷：

"滚回去，强盗！杀人犯！""你们才是野蛮人！""我们宁死不投降！"

…………

惨烈的战斗一直持续到夕阳西下，元军死伤无数，义军也面临弹尽粮绝的最后关头。但是，3000多士兵没有一个动摇的，没有一个投降的，也没有一个怕死的。最终，他们作出了一致的决定：选出一批身体还强壮的年轻战士继续抵抗元军的进攻，其余的人，则一个个沉着冷静地抱起大石块，一步步走到山崖边，纵身跃入深潭。刹那间，风雨如晦，涛翻浪卷，一道道电闪雷鸣中，传来壮士们最后的呼吼声：

"我——是——永——新——人！"

"永——远——不——屈——服！"

3000多人啊，集体沉潭，在中华民族历史上，用"忠勇"二字，刻写出了一块血染的大山之碑。让青天颔首，让白云仰望，让松涛歌吟，让大河呜咽，让我们这些世世代代的后世子孙，永永远远地崇敬、纪念、缅怀、顶礼膜拜！

我深深地慨叹，一时无语，胸膛里却激荡着一个中华民族后来人的崇敬。我看见，几百年时光过去了，忠勇的幡竿岭上，满山青松愈发绿得深沉墨郁，挺直腰杆，一圈一圈地粗壮着历史的记忆；红土地还是红得明亮，厚重雄浑，每一粒沙石都在用力，用力地耕作着永新的发展。

历史，永远是当代人的思想史。

永新女人

"生当作人杰，死亦为鬼雄。至今思项羽，不肯过江东。"

永新女人吃苦、耐劳、能干，同时亦温柔、贤惠、大度，是江西有名的好女人。但她们也同自己的父兄一样，关键时刻，个个都有一腔忠烈的英雄气。

也是南宋末年，也是元军铁骑杀来，也是奸臣刘槃带着元军破了县城，见人就杀，无恶不作，累累尸首堆积在大街小巷。在逃难的百姓中，有一家4口人，随着大家躲在一间学馆内，后被元军发现，公公、婆婆都被杀害了。抱着婴儿的媳妇清媛因为长得十分貌美，被为首的元将看上，示意手下将其带走，欲行侮辱。清媛以死抗争，大骂这些禽兽不如的入侵者。元将拿出银钱、珠宝相引诱，后又以杀死孩子相威胁，清媛均宁死不从。恼羞成怒的元将命令元兵将孩子抢过去，恶狠狠地刺穿了孩子的小胸膛，可怜婴儿惨叫一声就死去了。清媛见状，大叫一声，拼出全身力气挣脱了撕扯她的三四个元兵，猛地扑向旁边一个元兵的刺刀，只见红光迸溅，刺刀已穿进她的胸膛，这位忠烈的年轻女子立时倒在地下，气绝身亡。元将、元兵俱被震慑得面如土色，一边骂骂咧咧地给自己壮着胆，一边灰溜溜地撤走了。

躲在房梁上的一名屠夫看到了这忠烈的一幕，赶紧下来为清媛收尸，此时，清媛的鲜血已经染红了她身下的8块地砖。后来，过了好久好久，那8块砖仍然鲜红如初，而且一直显示出清媛抱着婴儿的身影，不管怎么清洗、擦拭，都不褪色。再后来，学馆的新主人用砂石反复磨砺，甚至用火烧烤，结果都一样：砖面上的血色总是红艳夺目。乡亲们都说，那是清媛忠烈不屈的灵魂啊。

历史前行，只有98年寿命的元朝匆匆一晃而过，明朝的200多年也过去了。在永新县的多种史册上，均记载了如下文字：

明末某年，知县派人对学馆进行大修。因地砖均已毁坏，凹凸不平，便在上面铺上数寸厚的灰石，用石灰、泥土筑好。然而没过多久，血痕居然又沁出地面，鲜红如新！

清顺治时期，知县王登录又派人用同样的办法，在地面上铺上灰石，结果血痕还是和先前一样沁出了地面，颜色依然鲜红。王知县感到十分惊奇，便把这奇异的事情上报到朝廷。顺治皇帝亦为清媛的气节所感动，下旨在学馆内修一座烈妇祠和一座八砖亭，并御赐"贞烈祠"匾一块、"八砖千古"石碑一块。

我始知历史为什么被称为"青史"了：因为它的清正廉明，因为它的刚直不阿，因为它的秉笔直抒，因为它的历尽沧桑而不改其本色。尽管它有时也蒙难、蒙冤、蒙羞，甚至头上长出萋萋荒草，身体即将被黄土埋没，但是请相信历史意志的坚定性，也要耐心等待它的沉稳和坚持。历史永远是胜利者，它一定会笑到最后，看到不义和邪恶被埋葬，迎来正义和忠烈被尊崇！

永新人

在最初踏上永新的红土地时，我也和大多数来客一样，以为"永新"是近年来新改的名字。可是我很快发现自己犯了经验主义的错误，其实，永新从东汉建安九年（204）建县当日起，就叫"永新"，县名一直沿用至今，已有1800多年的历史积淀了。

这里面的故事，又和永新人的忠信有关：

东汉之前，在永新这块吴头楚尾的丰腴之地上，居住着由尹姓等五大姓及各小姓的黎民百姓。东汉末年，吴国孙权率领大军平定山匪之后，来到这里，见是个屯兵休养的好地方，就下令军队在此安营扎寨。吴军纪律严明，对百姓秋毫无犯，深得当地人民拥戴。谁想天时不利，雨季来临，连日的瓢泼大雨让吴军无处栖身，孙权急得束手无策。五大姓的族长连夜商议，决定派出健壮青年马上出发，联络全县各地子民第二天一早赶到南城西北，为吴军将士搭建帐篷。翌日清晨，上千百姓全都按时赶到了，吴军还没弄清他们的来历，众人就动手干了起来。等到惊动了孙权，派人打探之际，一座座整齐划一的茅棚已经搭建完成。孙权被感动得流下了眼泪，召集全军列队，向风雨中被浇得水淋淋却没有一个溜走、忠诚守信的永新百姓三鞠躬。

之后几天，山洪暴发，禾水河两岸面临着灭顶之灾。孙权又一次惊奇地看到，族长一声招呼，河堤上立刻聚集了众多乡亲，万众一心护卫大堤。等持续了一个月的洪灾退去后，两岸村庄受损严重，孙权第三次震惊地看到，又是南城老人一声号令，全县众多百姓又都赶到灾区，帮助重建村庄，补种庄稼，不到10天时间，被毁坏的村庄又崭新地出现在大河两岸了。

三次神话一般的行动，让孙权看到了这里忠诚守信的乡风，也使他看上了他们笃实善良的品格，最终决定在这里建县。起名的时候，他引用《礼记·大学》里的"苟日新,日日新,又日新",用"永新"概括当地黎民百姓的团结协作、除旧布新精神,同时祝福永新县永远呈现出崭新的面貌……

直到 1800 多年后的今天,永新的传统仍然是把"忠信"二字放在做人做事的首位。永新人的特点是团结、互助、守信、负责任、一诺千金;干部们勤奋上进,工作上总是互相支持;即使是在外营生的打工者们,也特别抱团,相濡以沫。

忠勇、忠烈、忠信,三个有关"忠"字的词汇里,竟然珍藏着这么多有关永新的悲壮故事。同时,永新人民的性格里,还有忠义、忠诚、忠笃、忠敦、忠厚、忠实、忠心等许多优秀品德。

永新

当然是"数风流人物,还看今朝"。

今天,仰望高高的幡竿岭,从那铺满鲜花和绿草的小路上,笑吟吟的,神采飞扬的,陆续走来了贺敏学、贺子珍、贺怡三兄妹,他们身后,跟着王恩茂、王道邦、旷伏兆、张国华、左齐、马辉、李真、江燮元、张铚秀等 41 位共和国的开国将军;还陆续走来了爱国爱家乡的书法大家刘郁文、中国乐坛一代先贤唐学咏、著名畜牧兽医科学家盛彤笙、著名古建筑学家龙庆忠、著名计算机专家洪加威等杰出的永新名人;更陆续走来了意气风发的 50 多万永新儿女。

他们高举着"忠于祖国"的伟大旗帜,于 21 世纪的大创新、大发展之中,拽住时间的浪漫主义衣襟,立足绝佳的现实主义机遇,努着劲儿使劲干。

我突然看见,高高矗立的幡竿岭山崖,已不再是一块血雨腥风的盾牌。它变成了一个巨大的墨块,弯身舀起忠义潭的清水,在永新这块 2195 平方公里的大砚上,徐缓而有力地研起墨来。旋顷,奔腾疾驰的禾水大河也不再是一支弩箭,它变成了一支长256千米的巨笔(禾水河长256千米),它们合力在中华大地上奋笔疾书……

笔墨纸砚千古情,忠烈忠信亦忠勇。铁骨不让青山志,中华盛传永新忠。

(作者简介:韩小蕙,《光明日报》"文荟"副刊主编,全国知名散文家。)

井冈山下歌正飞

商 震

血色的杜鹃花刚刚谢幕,子规鸟的啼叫也温和得像我们的体温。井冈山一带的田野已经进入夏日的葱翠。

走出井冈山机场,我不由自主地哼唱起《十送红军》。日常生活里,我有哼唱歌曲的习惯,在旅途中,更能减轻劳顿。《十送红军》是我常哼唱的一支歌曲,它没有战火与硝烟,没有搏杀与鲜血,有的是温润、体贴,甚至是亲吻的回声。它反映了革命战争年代的军民鱼水情,战争需要的是力量,但力量不仅是肌肉和嘶喊,更是内心的坚定与强悍。这首歌的词曲便是那种易深入心灵的吟唱,能"润物细无声"地让血液在不知不觉中升温;它能让人气定神安,也能让人爆发"不破楼兰终不还"的狂野力量。

《十送红军》产自井冈山的永新县,我此行的目的就是永新。

永新县城不大,许多居民区、村、镇和县城的大街小巷都呈露着质朴,透出这块土地的古老。历史上这里发生过的重大事件,出过的重量级人物,我们姑且不论,就今年是中华人民共和国成立60周年这件大事来说,永新县绝对不可绕过。我们所说的井冈山革命根据地,永新县就是其中一个重要组成部分。毛泽东领导的三湾改编在永新，贺子珍的家乡在永新，当年的湘赣省委在永新。

我在想象：红军长征出发时，尤其是永新"逾万参加者"经过望月亭时，乡亲们在亭上搭起高台，"高台（里格）十丈白玉柱，雕龙（里格）画凤放呀放光彩"。全城的乡亲，尤其是那几十位、几百位姑娘、大嫂、大婶站在台上台下、坡上坡下、路旁路中，"双双（里格）拉着长茧的手，心像黄连脸在笑"。没拉着红军战士手的，摆弄着辫梢，扯拽着衣角，憋住满腔的泪水，深情款款地唱："几时（里格）人马，（介支个）再回山……"

红军走远了，她们绷紧的神经突然松弛，泪水如江河奔涌。她们和着滚滚泪水与远处的枪炮声，继续唱着："朝也盼来晚也想，红军啊！这台（里格）名叫（介支个）望红台。"此时，她们希望远去的红军、正在厮杀的红军战士依然能听到她们的歌声，希望歌声能把枪炮声湮没。

时间走了，时间的脚印还在。战争远去了，红军永在。

今天的永新人，依然喜欢唱歌。喜欢唱歌也许是永新的历史传承，唐朝的歌唱家，即电视剧《大唐歌飞》的主人公许和子就是永新人。不过，今天永新人唱歌更是在休息，在释放喜悦。

傍晚，我来到县城的中心广场，看到人们携家带口自发地登台演唱。他们不矫揉造作，他们自信地吹拉弹唱，台上台下呼应和谐，气氛热烈。尤其是那些孩子，在台上大方地表演，让我想起女儿小的时候，我们一家人围坐在一起看她表演的情形。在永新中心广场，我看得动情、动心，这些登台演出的人们，没有导演，没有为他们服务的工作人员，更没有演出费，甚至没人给他们报幕主持。他们是自己的主持人，他们的演唱不需要专业的乐队、音响，也不需要很好的演唱技巧。他们不把演唱当表演，他们是在与乡亲们聊天，向大家展示他们的生活状态，他们是在政府搭建的舞台上晾晒自己的情感。

当地的同志说，不远处还有一个三湾公园，每周有一次市民自发组织的演出，他们唱红歌、跳红舞，每次演出，都有数千人观看。我叹服，这是块生长欢乐的地方，这是块生长激情的地方。歌乃心声，永新这块红色的土壤，在战争年代产生了《十送红军》《送郎当红军》等著名红歌的原型，那时人们唱出了坚韧，唱出了坚强，今天，人们唱出的是欢欣与畅想。人在歌声在，歌在真情在。

永新永远是红色的，这里的歌声永远是喷薄而出的朝阳。

（作者简介：商震，《人民文学》原副主编，全国著名诗人。）

永新女子好颜色

王剑冰

穿行于永新的大街小巷，一些水灵的女子随时会突现眼前，她们或挑担，或摆摊，或随意地走。

贺小林就说了："我就是永新人。这里早就有一个说法，叫'永新女子好颜色'，不知是源于这里的山水还是什么。"说着他又指给我一个对面走来的女孩子。这女子只是穿着极普通的当地服装，挽着头发，却显出别样的与众不同。在她走过去的刹那，我突然想到一个名字：贺子珍。贺子珍不就是永新女子吗？

当年这个18岁的泼辣俊秀的女孩在传闻中是手持双枪的女侠，首次与毛泽东相见时，不也使伟人眼前一亮吗？永新女子最终走入了毛泽东的生活，并随同他出生入死，走过二万五千里长征，十年相伴同甘共苦，挥写出一曲曲动人的爱情乐章。

还有贺子珍的妹妹贺怡。我见过她的照片，那也是个俊秀的女子。

革命战争年代,她像哥哥和姐姐一样投身于战火纷飞的战场;中华人民共和国成立后,曾任吉安地委组织部副部长。长征出发前姐姐把孩子托付给了贺怡,让她寄养在老表家里,但战乱中孩子却最终下落不明。中华人民共和国成立,贺怡一心想为姐姐找到失散的骨肉。当她听到一个信息,便坐车前去认领,竟由于下雨路滑,车子失事而失去了年轻的生命。还有贺子珍、贺怡的小妹,那个不屈的女孩子也像姐姐们一样美丽,就是因为她是贺家的女子,敌人残忍地挖去了她的双眼,使这个还未成年的女孩子过早夭折。

在贺子珍纪念馆,给我动情讲解的那个解说员,闪着一双聪丽有神的眼睛,把永新女子的好尽情地讲说出来。还有另一个纪念馆的女子,同样俊秀动人。她们是永新的代表,传扬着永新的美丽。小林说:"怎么样,我没有说错吧?"

在永新,你还能听到三女跳崖的故事。北方有狼牙山五壮士,南方有永新南华山之女英豪。她们有名有姓,人称为军中之花,一个叫李明,一个叫盛芳,一个叫刘彩莲。三个名字,俊秀又闪亮,显现着她们的伶俐与颜色。在一次与敌军的战斗中,三个女战士为了抢救一名伤员延误了转移的时间,被敌人发现。她们在密林中与敌人周旋,为了不牵连战友,她们朝部队相反的方向撤离。经过一天的奔波和苦战,三个女战士打光了子弹,盛芳的手臂受了伤。敌人一看是三个漂亮的女孩,又没有了子弹,狂妄地向他们扑来。在最后的时刻,三个女孩做出了一个悲壮的决定:从山崖上跳下去。她们高喊着口号,纵身而跃。在那傍晚的时光中,像三只美丽的天鸟,融入了一片霞光之中。三个女孩年龄都不大,最小的盛芳才17岁。

吃饭的时光,大家七嘴八舌地说起永新女子,众口一词地又说出了一个名字,那个名字也实在是好:许和子。许和子和一个著名的人物可以扯在一起,这个人工音律,善器乐,赏识天下之才,善举梨园子弟,他就是大唐盛世第一人唐玄宗。许和子能够出现在大唐宫廷之上,是由于永新县令推举了她作为乐师的父亲入京。出身音乐名门的许和子凭着自己的天赋和乐师的指导,从小就显露出别样才华,很快成为宫廷中的优秀歌手。那时的人们说起许和子,几乎无人不晓。而为许和子伴奏的也只能是号称天下第一的笛手。

小林说,历史是有记载的。天宝十四载,杨贵妃38岁生日,朝廷大庆,勤政楼前面的广场挤满了成千上万的百姓。戏开演了,声音却没能使观众安静下来。在高力士的建议下,许和子走上了勤政楼,她一开口便如鸟鸣于寂林,泉响于幽涧,使广场立时变得鸦雀无声,只有悠扬婉转、清脆明亮的许和子的歌声在萦绕,在跳荡,在飞扬。一曲完了好久,才有一阵山呼海啸般的掌声和欢声,这种情景同样感染了唐玄宗和杨贵妃。这或许是"渔阳鼙鼓动地来"之前的大唐最后一次美妙的回忆了,这个记忆竟也因着一个永新女子。

永新女子好颜色,倒真的不只是说形象好,还有她们的心灵,她们的才华,她们的性情,她们的品格。一代一代的永新女子就是这样,像永新俊秀的山水,把这种好颜色传留下来,发扬而去。

正想着的时候,一群小学生放学了,年轻漂亮的老师引导着孩子们过马路。阳光斜照着她们秀颀的身影,也映照着那群孩子。

从队中的那几个小女孩的脸上,我又看到了新一代的永新的影子。

(作者简介:王剑冰,河南省作协副主席,全国知名作家。)

名人诗歌中的永新

题吉州龙溪
［唐］何 敬

龙溪之山秀而峙，龙溪之水清无底。
狂风激烈翻春涛，薄雾冥濛溢清泚。
奔流百折银河通，落花滚滚浮霞红。
四时佳境不可穷，仿佛直与桃源通。

何敬，生平无考。曾题诗吉州龙溪，《全唐诗》存诗1首。

送萧尚书致仕归庐陵
［南唐］徐 铉

江海分飞二十春，重论前事不堪闻。
主忧臣辱谁非我？曲突徙薪唯有君。
金紫满身皆外物，雪霜垂领便离群。
鹤归华表望不尽，玉笥山头多白云。

徐铉（916—991），字鼎臣，广陵（今江苏扬州）人。南唐文学家，官至吏部尚书，后随李煜归宋，官至散骑常侍。他10岁能属文，不妄交游，与韩熙载齐名江东。萧尚书为萧俨，永新人。

登白云凌霄峰

［宋］刘 沆

一峰复一峰，危磴绕穹窿。
步出红尘外，身临霄汉中。
碧杉梳晓日，黄叶弄秋风。
徒倚闲凝目，高天望不穷。

刘沆（995—1060），字冲之，永新埠前人，宋仁宗天圣八年（1030）进士及第，名列第二，授大理寺评事，通判舒州。皇祐三年（1051）由尚书工部侍郎升任参知政事，至和元年（1054）进为同中书门下平章事（宰相）。嘉祐元年（1056）罢相，出知应天府，再后迁刑部尚书，徙陈州。卒赠左仆射兼侍中，谥号文安。

挽刘沆

［宋］赵 祯

早富经纶业，终成辅弼功。
立朝无党势，为国尽公忠。
此日悲遗直，谁人嗣匪躬。
深嗟亡一鉴，何以慰予衷。

赵祯（1010—1063），即宋仁宗。宋真宗赵恒第六子。在位期间刘沆曾任宰相之职。

刘丞相挽词二首

[宋] 欧阳修

南国邻乡邑,东都并隽游。
赐袍联唱第,命相见封侯。
念昔趋黄阁,相看笑白头。
盛衰同俯仰,旌旐送山丘。

连章相府辞荣宠,拥旆名都山镇临。
年少已推能宰社,乡人终不见挥金。
长蛟息浪归帆稳,乔木生烟蔽日深。
平昔家庭敦友爱,可怜松槚亦连阴。

欧阳修(1007—1072),字永叔,号醉翁,吉州永丰(今属江西)人。唐宋八大家之一。

丁巳宿宝石寺

[宋] 黄庭坚

钟磬秋山静,炉香沉水寒。
晴风荡蒙雨,云物尚盘桓。
沦茗赤铜碗,觅泉苍烟竿。
红榴罅玉房,幺橘委金丸。
枕簟已思燠,饭糁可加餐。

观已自得力，谈玄舌本干。
理窟乃块然，世故浪万端。
牛刀经肯綮，古人贵守官。
摩挲发硎手，考此一丘磐。

　　黄庭坚（1045—1105），字鲁直，号山谷道人，又号涪翁，洪州分宁（今修水县）人。宋英宗治平四年（1067）进士，历官叶县尉、北京国子监教授校书郎、著作佐郎、秘书丞、涪州别驾、黔州安置等。诗与苏轼齐名，并称"苏黄"。后人将他推为"江西诗派"始祖。

四美堂
［宋］杨万里

义山禾水在处在，明月清风无地无。
光禄子孙宁底巧，不应造物独私渠。
君不见谢家名子取四字，段家作堂兼四美。
主人自有笔如椽，何用殷勤问杨子。

送永新杜宰解印还朝探梅
［宋］杨万里

去年摘山初弄兵，永新县前戈剑腥。
杜侯不持一寸铁，闭合坚卧民不惊。
军前米作山谷聚，木牛流马安用许？
但令绿林无点尘，何须烂额尽麒麟？

紫皇急才宵不寐，斯人合著班行里。
速骑匹马谒明光，夜来溪风吹玉霜。

杨万里（1127—1206），字廷秀，号诚斋，谥文节，吉水（今属江西）人。南宋绍兴二十四年进士。历任国子监博士、漳州知州、吏部员外郎秘书监等。主张抗金，不逢迎权贵，遇事敢言。与陆游、范成大，尤袤同为"江西诗派"的第三代代表人物，并称南宋"中兴四大诗人"。著有《诚斋集》。

永新县春风亭

［宋］元　绛

三年到此百无功，种得桃花满县红。
此日不能收拾去，一时分付与东风。

元绛（1008—1083），字厚之，钱塘人。宋代文学家，官至副宰相。曾任永新县令三年。

山中载酒用萧敬夫韵赋江涨

［宋］文天祥

拍拍春风满面浮，出门一笑大江流。
坐中狂客有醉白，物外闲人惟弈秋。
晴抹雨妆总西子，日开云暝一滁州。
忽传十万军声至，如在浙江亭上游。

文天祥（1236—1283），字履善，又字宋瑞，其五世祖由永新钱溪迁庐陵，至文天祥为十三世。宋景帝五年（1264），文天祥莅永新固塘省族，并赋《六义堂》一诗。萧敬夫，永新人，为文天祥诗友。后随文天祥起兵，为国殒难。

永新城东

[明] 解 缙

宛宛禾川绿绕城，东风吹得晚云腥。
休将铁笛吹山月，怕有蛟龙听得惊。

解缙（1369—1415），字大绅，江西吉水县人，累官至内阁首辅。明太祖时，受命修改《元史》，删定《礼经》，明成祖时奉诏总裁编纂《明太祖实录》和《永乐大典》。

和赵子昂吊岳武穆墓诗

[明] 刘定之

大统那堪有离合，忠臣真可寄安危。
高天漠漠倚长剑，落日萧萧照大旗。
驾去龙髯攀莫返，极倾鳌足断难支。
至今每为纲常恨，岂独荒茔过者悲。

刘定之（1409—1469），永新人，字主静，号呆斋，明朝大臣、文学家。

龙源口大捷

田 汉

特选罗霄作战场,扬威破敌过端阳。
会师倍使军容壮,改制平添斗志强。
枪炮成雷飞绝壁,旌旗如火卷层冈。
七溪岭峻龙源涨,争唱红军灭二"羊"。

田汉(1898—1968),字寿昌,湖南长沙人,当代中国卓越的戏剧家,是五四运动后早期话剧运动和大革命后兴起的革命戏剧运动的开拓者之一。1962年访问永新时创作此诗。

宿永新

郭沫若

领袖亲征三度来,前驱人物费培栽。
长征逾万参加者,烈士八千磊落才。
已使九州换日月,还教四海激风雷。
永新无数佳儿女,更大光荣争取哉!

郭沫若(1892—1978),四川乐山人。当代中国杰出的诗人、作家、戏剧家、历史学家和古文字学家。1965年7月来永新时创作此诗。

后记

"借得阳春布夏野,万物生辉留沧桑"。在春夏交接的日子里,《别让时光带走了记忆——讲好永新故事》一书顺利付梓出版了。

《别让时光带走了记忆——讲好永新故事》以生动流畅的笔触,反映了永新县名的来历,记录了永新的风土人情,留住了永新的名人轶事和红色经典。从书中,我们紧扣住时光的流逝,把永新人的精神,永新人的善良,永新人的睿智,永新人的勤劳和永新人"忠勇信义"的风骨尽情地展现在读者面前。

我们扼住了时光,留住了记忆,留住了乡愁。

永新人倔强、纯正的深刻精神内涵以及省内外名人对永新的高度评价都成了永新人的一种骄傲。一种财富。它穿越了时空,浓缩了精华,为外界提供了一扇窗口;也将增进了外地人知我永新,爱我永新,兴我永新的一种情感，一种力量，一种永不磨灭的记忆。

编撰期间，我们竭尽全力收集整理有关永新的文献资料，充分寻找到先辈们编撰有关永新的故事传说。在不断深入调研中，我们力争探赜索引，在追寻记忆的同时又凸显时代特征。做到文学性、知识性、艺术性与思想性的和谐统一。力争做学生乡土教材，力争飨学者案头研讨，力争为广大游客在永新观光时必备的一种指南。

全书分"永新是面典""永新是面旗""永新是首歌""永新是扇窗"四个章节，近百篇文章，从各个层面表述永新的人文历史和永新人的风骨。由于时间跨度大，内容繁杂，故编撰者在语言风格上，尽量以讲故事的口吻力争做到朴实简洁，朗朗上口。下大力气做成一部紧接地气老幼皆宜的通俗读物。

该书体裁以故事为主，并掺入散文、随笔等体裁，力求全书风格的统一。

在该书的编撰过程中，我们收录了本土作家发表和出版过的众多文章，同时也收入了几位已故为永新文化作出极大贡献的先贤们的作品。在此，我们特向本土作家和永新先贤们致以最崇高的敬意！

由于水平有限且时间仓促，书中难免存在纰漏，恳请诸君不吝赐教，批评指正。

编者

2024 年 5 月